思绪为千

A Red Flower
in Your Eyes

高台树色　著

上海文化出版社　博集天卷
CS-BOOKY

那块橘子味软糖已经放了很久了，
如果不是今天，
或许它会直接躺到过期，
躺到地老天荒。

当现实过于逼仄时，

旅行便成了一种成全——

再不济，

他们也能找个地方，

安心肆意地在街上闲走。

目　录

唐锴只觉得心里一瞬间就被这四个字勾出了一万句话，一万个问题。

想说你有没有回去看过我。

想说你为什么不回去看我。

想说我一直很想再见你。

想说我不敢再见你。

还想说当初的事情我真的知道错了。

第一章

橘子软糖

唐绪出国交流了两年，回来以后的第七天，就已经站在那三尺讲台上，兢兢业业地浇灌祖国的花朵。

讲台下面有此起彼伏的窃窃私语声，来自躁动的、被帅哥激发出巨大热情的后青春期少女。

自动化这个专业男女生比例为十男一女，两个班的六十名学生坐在下面，却只能看到七张女孩子的脸。饶是如此，女孩子的议论声也是纷纷而至，争先恐后地传到了唐绪的耳朵里。

他轻轻咳嗽一声："好了，同学们，安静一下，我们上课了。"

唐绪的声音充满磁性，而且是适合在深夜里听的那种含笑三分的声音，再配上禁欲系黑衬衫，隐隐被勾勒出胸肌的轮廓。

唐绪虽是个教师，却不是那种温文尔雅的书生形象。从小长在部队大院里，坚实的身体和偏古铜色的肤色，使他看起来男人气十足，在这个多半老师都是不修边幅的工科院校里独树一帜。

自然而然，唐绪这一声引得下面几个女生又是一阵"互掐大腿"，就算嘴不能说话，也要用眼神相对呐喊："太帅了！"

唐绪不急不缓地说："首先自我介绍一下，我是唐绪。"

说完，他转身将名字写在黑板上，两个大字苍劲有力，真正的字如其人。

他随意地将粉笔扔在讲桌上："这学期我会和大家共同学习自动控制原理这门课。自动控制原理是自动化专业非常重要的专业课，所以为了我们相处得更加愉快，上课之前，我说几点在我的课上需要注意的事项。第一，在我讲话的时候，可以随时提问，不需要举手，坐在座位上说就可以，我喜欢生动的课堂。但不要在下面交头接耳。都已经大三了，大家应该知道，课堂上该干什么、不该干什么。第二，期末考试前有任何问题都可以随时找我，期末考试以后不要联系我，不要来找我要成绩。大家还有什么问题吗？"

一个短头发的女生立马接受了他的上课习惯，坐在座位上嬉笑着说："老师，你要给我们联系方式啊！"

唐绪笑了笑，捏起一根粉笔，在黑板上唰唰写了一个邮箱地址和一个电话号码："欢迎大家进行任何学术上的提问。"

学术两个字有意无意地被加上重音，是玩笑般的强调。接着，他捏起两张名单："以后我不会进行任何点名活动，但是教务处要求有平时成绩，所以我需要在今天认识一下大家，自行观察大家的课堂表现。另外，我还需要选出一名课代表。"

听见这话，下面的几个女生纷纷偷偷整理起自己的仪容仪表，对这个帅气老师的点名翘首以盼。

唐绪一个名字一个名字地念下去，点到谁，那位同学就会喊声"到"，举起手表明自己的位置。唐绪会朝他看过去，有时候稍微交谈几句，比如表扬一下这个名字很好听。

当唐绪念完一页名单，翻了页以后，却忽然停住。紧接着，他在同学们不解的视线中皱了皱眉头才启口念道："唐错。"

不大的教室中，倒数第二排一个方才一直低着头的男生举起手。他皮肤白皙，长着一张娃娃脸，脸上的轮廓不像别人似的那么分明，眼睛大大的，长相格外无害。他看起来比同龄的男生要小一些，不像是大三学生的样子，反倒像是一个青涩的高中生。

"到。"

不知是因为紧张还是什么，这一个字说得尾音都在颤。声音落下后，那个少年紧紧抿着唇，只看了讲台上的人一眼，便又低下了头。

唐绪看着名单上的那个名字，手指收紧。他暗暗吸了一口气才抬头望过去，看到那个正在放下手的人的时候，依然觉得有些不真实。

他好像没什么变化，又好像长大了一些。

他收回目光，让自己重新回归平静，再低下头准备继续点名的时候，多年前的事却连招呼都不打地呼啸而来，在脑海中互相碰撞推搡，到最后，竟只剩下一个场景——十三岁的唐错泣不成声地拉着他的胳膊，哭肿了双眼看着他说，求你了。

往日的那些课上，一到选课代表，基本就只剩下一室寂静，但是今天不一样。唐绪看着那一只只高举着的手，无奈地摇头笑，那动作有几分 20 世纪 80 年代香港电影里男主角的雅痞风流味道:"当课代表不会有加分,只是平时收一收作业,费力不讨好。"

一个男生坐在座位上喊:"老师,因为你长得帅,所以他们不怕苦不怕累。"

一阵哄笑,几个白眼。

举手的基本都是女生,这种狼多肉少的工科专业培养出了男生们独特的护花情怀,譬如有什么活动先征求女生们的意见,有什么好事儿先让着自己班里的女生。毕竟能选这种专业的女生,可以说都是上天派来拯救他们和尚生涯的小天使。

于是,几个本来举着手的男生也把手放下了,除了唐错。

唐绪挑着眼角环视半晌:"五个人,你们说怎么选。"

有人大声说:"竞争上岗呗!"

虽是玩笑,倒也在理。唐绪点了点头:"我看可以,那你们说说吧。"

举着手的人自动自发地从坐在最前面的开始发言。几个女生倒也诚实有趣,即使是开头说了几句冠冕堂皇的我爱学习、我爱"自控"的话,也在最后笑眯眯地补充:"不过最主要的原因还是老师帅啊!"

轮到唐错,他站起来,背脊直挺僵硬。他沉默了半天,才说了一句:"我就是想当课代表。"

唐绪站在前面,面上平静无波,和终于看向他的唐错对视。

唐绪手指轻点着桌子思考了一会儿,才扯了扯嘴角说:"咱们学校挺大,我的办公室也挺远的,既然有男生,还是选男生吧。"

奇怪的是，唐错的后背并没有因为唐绪的这句话而放松，反而绷得更紧。

"老师，你就是颜控，选了长得最漂亮的！"

唐绪一时间哑然，唐错漂亮吗？他看了依旧站着的人一眼，确实是漂亮的。九年前，他在那个四处漏风的破茅屋里第一次看到唐错，眼神中就有了惊艳的意味。尽管他脸上满是泥巴，还瘦得如同一根干枯的树枝，可是那双眼睛是尘垢遮不住的。不仅遮不住，反而在那脏兮兮的皮囊和破败凄凉的环境中，显得更加不谙世事，惹人心疼。

不过他此时选他当课代表，只是因为唐错那句他想当而已。他不得不承认，他确实牵挂了唐错很多年，他也想知道，当初那个孩子这些年过得好不好。

唐错的脑袋一整节课都在嗡嗡作响，他很不舒服，从肩膀一直麻到了胳膊。唐绪的声音就在他耳边，他却不敢听。一直到下课的时候，唐绪说："唐错留一下。"

他在座位上慢吞吞地收拾书包，同学们都已经走了个干净。他听到唐绪关了多媒体，收拾好了书本教案，继而走到他的旁边。

"带你去吃个饭吧。"唐绪这话说得随意熟稔，仿佛两个人是多年好友。

唐错站起身子，乖乖地点了点头，跟着他出了教室。

坐在教师餐厅里，唐绪询问完唐错的意见，便拉开一个凳子让他坐下，自己去窗口打饭。等将餐盘放在唐错面前，把筷子塞到他手里，又给他的面里倒上了一点醋以后，唐绪才得以细细打量面前的少年。

唐错有些拘谨，却并不显慌乱。他低声道了句谢，礼貌而疏远。

唐绪笑了，看着埋头扒拉着面条的唐错说："长大了，懂礼貌了。"

唐错抬头朝他笑了笑，没说话。

唐错的变化真的挺大的，以前的唐错，哪会有这么彬彬有礼的表现？这样看来，他过得还不错。唐绪心里多少有些欣慰，毕竟是自己带出来的孩子，总是希望他好的。

唐错开始吃面，整个过程不发一言，甚至一点吃面的声音都没有发出来。这个细节，唐绪在吸溜了几口面以后才发觉。唐绪发觉以后，便有些愣神。

出神间，唐错已经抬起头看着他说："太多了，我吃不了，要浪费了。"

那一碗面明明还剩一半，唐绪奇怪："这就不吃了？"

唐错点了点头。

唐绪颇有些不可思议。以前的唐错每次吃饭都如同一只护食的小猪，无论面前摆着多少东西，他都能狼吞虎咽地吃得渣都不剩，好像胃口大到根本不知道什么是撑得慌。最开始唐绪以为他就是饭量大，结果在唐错两次都因为吃得太多而肚子痛以后，他才知道这孩子不是饭量大，而是饿怕了。从那以后，他不得不亲自控制唐错的饭量。

唐绪把唐错的面端过来，将大部分扒拉到自己碗里，剩下了两口递回给他："怪不得没长起个来，半大小子，吃死老子，大中午的你吃这么点怎么行？再吃两口。"

唐错握着筷子犹豫了一下，还是将筷子伸到了碗里。

唐绪挑了一大口面条，刚要塞到嘴里，又想起了什么，停在那儿问："你怎么又把名字改回去了？"

本来在夹面条的筷子顿住了，接着唐错用筷子在碗里搅了搅，跟玩似的。

好一会儿，他才闷着头说："你不是不要我了吗？"

闻言，唐绪愣住。

餐桌上的两个人一静一动。等到唐错又把碗里的那几根面条送下了肚，唐绪的声音才在一阵筷子与碗沿碰撞的声音之后响了起来。

"你在怪我？"

唐错的指尖骤然收紧，他的眼眶忽然就酸了，可他自控力很好，立马又把那酸涩压了回去，再抬起头的时候，已经是一脸平静。

唐错说："没有，我知道，你是为我好。"

唐绪一动不动地望着他，仿佛是打算一直望到他的眼底，辨清唐错这句话的真伪。这次唐错没有回避他，还朝他微微笑了一下。

唐错不怕他看，因为这就是自己的真心话。这么多年，唐错也是一直这么说服自己的。归根结底，不过是他不配用那个名字而已。

他本就是个荒唐的错误，遇见唐绪之前是，遇见唐绪之后更是。

唐错生下来就叫唐错，这个奇怪的名字，形容的是他的出生。

十一岁以后，他有了新的名字。唐绪给他取的。

那时候唐绪抱来了《唐诗宋词三百首》，还有一本《诗经》，盘腿坐在床上说，你这个名字不好，咱改个新名字。

正捧着一本小学课外读物在看的唐错趴在唐绪那堆书旁边，说："那我要叫唐思。"

唐绪却一口否决："不行，像个女孩子的名字。"

可是唐错不干，执意要叫唐思，还指着他那本书上的一个词说："你叫唐绪，我就要叫唐思。"

唐绪凑过去看了看，乐了，撸了一把唐错的脑袋说："你跟着我取名干吗？"

那本书上让唐错移不开眼的那个词，叫作思绪万千。

彼时唐错还只是一个小孩儿，根本不知道这词是什么含义，他一脸倔强地说："你是我的恩人，所以我要跟着你取名。"

唐绪被他这庄重的态度弄得哭笑不得，最后还是不得不答应他考虑一下。他又斟酌了一会儿，还是觉得唐错本就长得漂亮，再取个女孩子的名字，未免少了些男子气概，所以最终给他加了个"行"字，取名唐思行。

可是这个名字唐错只用了两年。在唐绪离开他以后，他又自行改回了唐错的名字。

那顿饭后来的时间，两个人都有些沉默。唐错在食堂门口同唐绪道别，称呼上规规矩矩地叫了唐老师。他转身离开的时候潇洒极了，连个头都没回。

回到办公室以后，唐绪怎么想怎么心里不是滋味，他没养过孩子，就养过唐错那么一年，但这也足以让他觉得不对劲儿了。唐错看起来是过得挺好，可是性子变化太大了，况且，他为什么要把名字改了？

他思绪难平，有些烦躁地点了一支烟。等到烟燃尽了，他将烟头撚到烟灰缸里，起身去了隔壁办公室。

"同僚们，自动化二班的班主任是谁啊？"

里间的王老师喊了一声："我，什么事？"

虽说大学的班主任有些是一共跟同学见两面——开学一面，毕业一面，可在唐绪的印象里，这个王老师是那种挺负责的老师。于是他走到里间，在椅子上大咧咧地坐下："你们班那个唐错，平时表现怎么样？成绩怎么样？"

正在 MATLAB（商业数学软件）上敲着仿真程序的王老师从电脑屏幕后面露出脑袋看了他一眼："挺好的啊，你问他干吗？"

唐绪咳嗽了两声，脸不红心不跳地撒谎："他是我一个亲戚家的小孩儿，我今天才知道他在这个学校上学，这不，跟你了解一下。"

王老师听了，这才反应过来："对啊，你俩是本家啊！"说完笑了两声，把椅子往旁边撤了一点，完全露出了身子，"这孩子挺优秀的，成绩好，去年还拿了国家奖学金。就是斯斯文文的，不太爱说话。"

听完，唐绪想了想，问："他跟别的同学的关系怎么样？"

"跟同学关系不错啊，平时期末还会给班里需要的同学总结重点，人缘挺好的。"

这样听来，好像确实没什么问题。唐绪的心这才稳了稳，站起来说："谢了啊！"

唐错在和唐绪分开后，没有回寝室。路过小树林，他走进去在石凳上一动不动地坐了好久，等觉得整个人舒服点了，才掏出电话拨了一个号码。

"文医生，您下午有时间吗……嗯，我需要找您聊聊。"

唐错翘了下午的课，去了心理诊所。

文医生是个很温柔的女性，全名叫文英。唐错从十七岁开始就在她这里接受治疗，可以说是把所有的零花钱都交给这个诊所了。

文英见他背着书包走进来，笑得和蔼可亲："下午没课吗？"

唐错微笑着坐下来，接过文英递过来的一杯温水，捧在手心里："翘掉了。"

文英讶异地问："好学生也翘课哦，怎么，不开心？"

很久的无声之后，唐错才眨了眨眼睛，就连这眨眼的动作，在文英看来都是小心翼翼的。

"我又见到他了……"

文英听了，并没有惊奇，只是淡淡地笑着，温柔地说："选这个学校的时候，你不就做了再见他的打算吗？"

手中的水杯抖了抖，杯中的水漾出很小的一圈波纹。

唐错不说话，文英也不催，就坐在那里等着他开口。

"我很害怕。"唐错抬起头，"刚才我和他吃了一顿饭，我很难受，喘不上气来，像溺水一样。我觉得我错了，我不应该再接近他的，我应该躲得远远的……"

听到这里，文英从桌上拿了一瓶蜂蜜，站起来走到唐错身边，将那杯水拿了过来。她倒了一点蜂蜜进去，搅了搅，重新递给唐错。

唐错的目光一直追随着那个透明的杯子，他看着蜂蜜转着圈地在水里溶解，听见文英说："可以告诉我你现在在害怕什么吗？"

唐错的眼睛还在看着那杯水，他小声说："我怕我控制不住自己，做错了事……怕我会伤害别人，甚至伤害他。"

"不要这么说自己，你不会。"

唐错却摇摇头："我也以为我不会了，可我才刚刚遇见他，就不确定了。"

他望着文英的目光如同一个懵懂无知的小孩子，迷茫，空荡荡的，一如他第一次来到她面前的样子。文英已经帮他治疗了将近四年。唐错是她见过的最特殊的病人，十几岁的孩子，多半都不会愿意接受心理治疗，可唐错是主动来找她的。整个治疗过程他都很配合，而且他似乎什么都能想明白，把自己控制得很好，好到文英有时觉得，唐错其实根本不需要自己说什么，他来这里只是希望有一个人听他说话罢了。

"有时候我会想，如果他没有带我出来就好了，我可能早就已经死掉了，那样就不会这么痛苦了。"

文英吓了一跳，唐错从没说过丧气话，哪怕是在他精神状态最不好的时候，他也会跟她说，文医生，你帮帮我，我想好起来。

唐绪是在大学去山区支教的时候认识的唐错，也是从那里把唐错带了出来。

唐绪的爷爷是个军功不小的老干部，爱国情怀比军功还大，一辈子都悲天悯人。唐绪从小生活优越，纵然是受了他爷爷的一些影响，也远远没有继承他爷爷那副悲天悯人的情怀。在他爷爷勒令他去支教的时候，他还跟朋友抱怨了好一会儿。可是没办法，他们家他爷爷最大，当年二十岁的唐绪不得不背上行囊，到了那个连普通支教志愿者都不愿意去的偏远山村。

同行的还有一个姑娘，叫韩智未。跟唐绪不同，韩智未做过不少支教工作，完完全全是出于善意和责任感，才会千里迢迢地和唐绪一起到了这里。

那个村子在大山深处，连一条修好的路都没有。他们两个人是坐着一个三蹦子去的村子，一路上跟摇煤球似的，把唐绪颠得都要骂娘了。等好不容易到了地方以后，两个人的五脏六腑都已经被颠得翻了八百个筋斗云。

唐绪以为这不可思议的路途就已经够震撼人心了，可是下车以后，不光是唐绪，就连去过不少贫困山区支教的韩智未都愣住了。他们真的想象不到，竟然还会有这样的地方。

整个村子最好的建筑就是一栋砖房，其余的都是些土房，还有不知道是用什么材料弄起来的几乎都不能称之为房的地方。要不是路边还顽强地长着几株野草，这地方真的可以用寸草不生来形容了。

来安顿他们的是村支书，叫魏安，是个大学生村干部。

唐绪他们的宿舍就在其中那栋砖房里，其实那砖房只有一间屋子，中间用个厚厚的帘子隔开，硬是隔成了两间。韩智未住一边，魏安和唐绪住另一边。

　　进了屋子，三个人面面相觑了一会儿，韩智未才说："这比我想象的还艰难。"

　　魏安把门关上，叹了口气："这还好点了呢，我刚来的时候连那条能走三蹦子的路都没有。"他从地上拎起水壶，问他们，"你们自己带杯子了吗？带了就不用这儿的了。"

　　两个人点了点头，拿出自己的杯子倒上了水。唐绪喝了一口水，没咽，含在嘴里漱了漱口，吐到地上一个脏兮兮的盆子里，这才算把满嘴的土冲了冲。

　　魏安跟他们聊了一会儿，大致说了说村里的情况，三个人没差几岁，说着说着话也就随意了起来。魏安跟韩智未说："唐绪还好，我们都是大老爷们儿，你估计会有好多不方便的地方。我也没交过女朋友，不太了解你们女孩子，你要是需要什么或者有什么困难就跟我说，别不好意思。"

　　韩智未是个性情豪爽的女孩子，毕竟来这种地方支教的勇气不是谁都能有的。她笑吟吟地说："行。"

　　把两个人安顿好，魏安就带他们去了教室，路上边走边跟他们说："我平时也会教他们一点东西，但是这里太落后了，来这儿的村干部又就我一个人，好多工作要做，我根本忙不过来。这下好了，你们来了，我也算能给这些孩子一个交代了。"

说是教室，其实就是一个破茅草屋。魏安站在门口，有些不好意思地说："本来我是说把咱们那间砖房用来当教室的，但是村里的老干部死活都不让把那屋子当教室，这些孩子去上过一次课就说什么都不敢进去了。他们说大城市里的人都是细皮嫩肉的，受不了那漏风的屋子，而且不能亏待了大学生，不然以后更没人愿意来这儿了。"

　　说完，魏安推开了那扇破门。

　　唐绪这一天真的是结结实实地受到了震撼，饶是他这么一个心思粗糙的人，在里屋孩子们小心翼翼的目光下，也不由得揪起了心。

　　里面坐着的孩子大大小小的有十几个。每个人坐着的都像是自己家里打的板凳，谁跟谁的都不一样，但又是同样简陋，孩子们的身上都不算整洁，看起来都脏兮兮的。很奇怪，唐绪一眼就看到了在角落里蜷缩着的唐错。哪怕是简陋至极，其他孩子起码也都坐在板凳上，只有唐错坐在一块大石头上。

　　比起别的孩子，他的身子要更瘦小一些，脸上更脏兮兮一些，可是露出的一点点还勉强可以称得上干净的皮肤，要比别的孩子白上三分。除此之外，还有那双抓人的大眼睛，直勾勾地盯着唐绪，充满了好奇。

　　以貌取人大概本就是人的天性。只不过修养好的人能够在学习了知识、文化，接受了高层思想之后，摒弃这一天性，懂得皮囊之下的灵魂才更为可贵。可是那时的唐绪并没有完全达到这一境界，他不能免俗地在之后的日子里都对这个孩子多留意了几分。不仅他是，韩智末也是。

他和韩智未商量了一下，决定先教一教小孩子们基本的语文、算术，再穿插着讲一些地理、历史的小知识。除了几个调皮捣蛋的，那十几个孩子都学得很认真，每次唐绪问出什么问题的时候，底下都会叽叽喳喳地举手喊，老师我知道。但是唐错从来不，他总是缩在那个角落，眼睛一眨不眨地看着他，不吵不闹，认真专注，却从来不会举手回答问题。

一日在他们教完课回宿舍的时候，韩智未跟他说："那个叫唐错的孩子，好像特别不爱说话，还有点不合群。平时我带着小朋友们做游戏，他都缩在角落里，我跟他说话他也不回答。"

唐绪想了想，还真是这样。

韩智未又说："明天你跟他聊聊天吧，男孩子或许会更愿意跟你说话。"

唐绪点了点头。第二天，他就在韩智未带着一帮小朋友出去的时候，走到了唐错的身边。唐错正蹲在地上，用树枝在土地上写着刚刚学的汉字，字丑丑的。

唐绪挨着他蹲下来，唐错只是手上顿了那么一下，就接着在地上划拉，连头也没抬。

唐绪也不说话，静静地看着他写。其实那时候的唐绪不是一个有耐心的人，也不是一个好脾气的人，甚至完全可以被归类到"一言不合就干架"的流氓那一类。但是来这儿之后，每天跟小孩子们的相处已经把唐绪心里那些少年人的戾气驱散得无影无踪，所以他面对唐错，倒一点都不着急。

在唐错写到"未来"的时候，唐绪忽然握住唐错的手，带着他把那个"未"字下面的一横画长了些，说："下面的一横长才是'未'，写短了就是'末'了，'未'的意思是没有完，'末'的意思是已经结束了。"

唐错这才抬起头看了他一眼。

为了和这小孩儿拉近距离，唐绪抬起手想摸摸他的头，没想到唐错却缩着脖子躲他。唐绪也不在意，还是把手放在了他的头上。放上去之后，唐绪在心里叹了口气，这头发得有好些天没洗了。

唐绪问他："刚才教的字都会了吗？"

唐错又把头埋在了膝盖上，很久以后，才小声说："会了。"

压根儿没想到能得到回应的唐绪被他这突然的回答吓了一跳，立时，心里竟然有种叫成就感的东西升腾起来。

乘胜追击，他接着问："都会了怎么不出去玩？"

结果这问题一抛出来，唐错又沉默了。

这回的沉默比刚才更久一些，好半天，唐错才用唐绪几乎听不到的声音说了一句："我疼。"

唐绪一愣，反应过来以后就以为唐错是生病了身体不舒服，赶紧追问："哪儿疼？"

这次唐错是彻底地噤了声，又把小脑袋埋在那儿，树枝刺啦啦地划动，翻来覆去地写着"未"。

唐绪放低了身子偏着头询问他，尽量让自己做到轻声细语："听话，哪儿不舒服告诉老师，老师带你去看病，看好了病就不疼了。"

闻言，唐错停住，抬头望向他。他动了动嘴巴，迟疑地问："真的吗？"

唐绪点头，那会儿的他根本没意识到，这个破村里连个像样的医生都没有。

窸窸窣窣一阵声响，唐错把小木棍端端正正地放在旁边，卷起了自己那过于肥大的裤脚。他看着唐绪说："身上疼，这里最疼。"

那露出来的脚踝把唐绪吓得都骂了一句。唐错的脚踝已经肿得突出去了一大截，上面还有一道皮开肉绽的伤口，看上去像是化脓了。这伤放在唐错因为营养不良而瘦得不行的腿上，格外瘆人。唐绪看着那伤口倒吸了一口气，第一个反应就是把蹲着的唐错一把抱起来，搁在了腿上。

他语气有点急，几乎是呵斥："脚踝伤成这样了你怎么还蹲着？"

唐错却好像不明白他的话，呆呆地坐在他怀里看着他。

唐绪顾不得别的，把他抱起来就往外走，到了外面跟韩智未说了一句："这孩子受伤了，我带他回咱们那儿处理处理。"

唐绪一路上都以为被自己抱着的孩子是在哪儿摔了一跤，才伤了脚。直到他把唐错抱到宿舍，给他脱了衣服想检查检查他还有哪儿伤了的时候，才发现自己真是太天真了——唐错的身上几乎就没有一块正常颜色的肉，流血的、不流血的，青的、紫的，大大小小的伤痕遍布全身。

只看了一眼，唐绪的怒火就要把他的脑袋冲破了。

或许是他的眼神变得太吓人，坐在床边的唐错忽然呜咽着疯了似的往床里面爬。他把自己缩在墙角，注视着眼睛里写满了惊恐的唐绪。

唐绪深呼吸了好几次，才把自己怒极的情绪克制住。他轻声说："别怕，我不是在跟你生气。"

唐错没动，依然在那儿缩着，但是眨了眨眼睛。

唐绪微微向前探身，朝唐错伸出手："过来，我看看你的伤。"

唐错在文英那里足足待了两个小时，再回到宿舍的时候，他已经和往常没什么两样，可以笑着跟室友开两句玩笑。

何众开完两局黑以后逛了逛学校的论坛，发现十大热榜上赫然顶着一个帖子——再也不用羡慕别的老师啦！

点开以后，他咋舌着同唐错说："这个看脸的世界真是没救了，唐老师刚上一节课，就稳居十大榜首了。"

何众说这话的时候，唐错正在擦他的长笛，一个慌神，长笛就狠狠地磕在了桌子上。听到声响的何众心肝都疼了，扔下鼠标跑过来："哎哟喂，你干吗呢？"银质的笛子被磕出了一个小坑，虽然不大，但是知道这笛子多少钱的人恐怕都得心头滴血。

可唐错看都没看一眼，扔下笛子转身就坐到了何众的电脑前。

那个帖子里贴着唐绪上课时的照片，各个角度的都有。整个帖子没别的内容，除了照片就是一楼一楼的溢美之词，更夸张的是，竟然还有男生在赞美唐绪的身材长相。

何众把长笛给唐错擦好装起来，走过来俯在他身旁说："课代表，知道多少人羡慕你吗？"

唐错没什么表情，扔下鼠标说："有什么好羡慕的？"

说完，他就在何众一声拐着弯的"嘿"之中爬上了床，躺在床上呆呆地看着天花板。

吃饭的那天唐绪是留了唐错的电话号码的，只不过他一次都没联系过唐错。每天睡觉前，唐错都会又期待又害怕地看一看手机，确认了今天没有唐绪的消息和电话以后，才会攥着手机慢慢入睡。但是很多时候他都睡不着，睡不着的时候他就会想，他和唐绪的重逢，是不是只在他一个人的心里倾覆了天地，而没有在另一个人的心里惊起半点波澜。

自控课一周两节，从第二节课开始，唐绪的课堂作业就布置了下来。每节课的内容不多，为的是让同学们熟悉一下公式定理。唐错每次上课都盼着不要有同学迟交作业，当堂就把作业全部交齐，这样他就可以在下课的时候把作业给唐绪，而不需要再单独去一趟他的办公室。

可惜他的这帮同学里，总有那么一些上课都懒得抄作业的，非要拖到不交不可的时候才胡乱抄一抄交上来。唐错只好每次再额外地去见一趟唐绪。但是这样似乎也有好处，他发现慢慢地，他看到唐绪的时候已经不会再有那么强烈的感觉了，仿佛唐绪只是他的老师，他也只是唐绪的学生而已。

这天办公室的另一个老师不在，屋子里只有他们两个人。在唐错把这次的作业放到唐绪的桌子上以后，唐绪从抽屉里摸出来一块糖，依然像当初哄小孩儿一样递给他说："奖励你的，别的老师结婚的喜糖，我看有你爱吃的这个就拿了一块。"

看着平躺在唐绪手心里的那块糖，唐错一时怔住，迟迟没有动弹。

这块糖唐错太熟悉了。当初他总是牙疼，所以什么糖都不爱吃，唯独这个牌子的橘子味软糖，甜度很低，唐错吃起来不会牙疼，还觉得特别好吃。那时候的唐绪是真的疼他，家里总是摆着一大盒糖，全是这一个样的，一块旁的都没有。

见他不接，唐绪挑眉问道："怎么，现在不喜欢吃这个了？"

垂在身侧的手攥了攥拳，唐错垂眼说："喜欢的。"

说完，他就抬手把那块橘子味的果汁软糖攥在了手里。

"哦对了，忘了问你，牙现在还疼不疼？"

"……不疼了。"

"那就好。"唐绪笑了，放下水杯，捏起了那一摞作业本中最上面的一本，在给了一块糖之后跟唐错商量道，"既然你之前说了不怪我，那要不要把名字改回来？我看着实在不顺眼。"

他对唐错的身世、过去了解得清清楚楚，所以他不愿意唐错再跟那些事情有一点点瓜葛。

然而唐错却坚定地摇了摇头："不了，太麻烦了，而且……这个名字还挺特别的，能让人记住我。"

见他这个样子，唐绪也不再说什么："成，你高兴就行，反正名字只是个符号。"唐绪翻了翻唐错的作业，笑说，"六十个学生一半都是你这个版本，你们这风气不正啊！"

唐错无话可说，反正他又没抄。

唐绪又说："作业做得这么好，怎么上课这么不积极？成天在后面缩着，下次你给我坐到前面去。每次一提问一个主动回答的都没有，以后你就给我当个托儿，我问问题你就答，知道了吗？"

看着他开玩笑的样子，唐错抿着唇弯了弯嘴角，点头："知道了。"

出了办公室以后，唐错也没舍得吃那块糖。他把它揣在兜里，像是揣着什么难得的宝贝似的。

唐错在唐绪课上的座位，已经由倒数第二排变到了第一排。

工科的课程真的很无聊，上课除了公式还是公式。但是唐绪的课上倒是格外热闹，总有观光团到他的课上来打卡，当然，都是女生。

唐绪开始时对这种情况一笑置之，充其量就是开玩笑似的说两句："待会儿上课我可是会提问的啊，叫到谁不会的话罚抄公式。"

尽管这样，同学们来看帅哥的情绪也丝毫不减。

直到有一天，当唐绪到教室的时候，发现那个不大的教室已经坐满了人，唐错背着书包站在过道上，一脸茫然地看着他，手上还抱着一摞作业本。

他把手里的资料放到讲桌上，重重地叹了口气："同学们，我不反对你们出于任何兴趣爱好来听课，但是必须是在保证我本班的学生不受影响的情况下。"然后他下巴冲着唐错扬了扬，"现在，有人能给我的课代表让个座吗？"

一句"我的课代表"，让唐错一整节课都如在梦里。

"唐错？"

旁边坐着的学霸用胳膊肘捅他一下，唐错手里的笔唰啦一下在书上划出一道口子。他对书本总是格外爱惜，最见不得弄上一点脏乱，所以在缓缓站起身的时候，懊恼沉痛的目光都还锁在自己的那本书上。

再抬眼，发现唐绪没站在左前方那镶着电脑的讲台后，而是就站在他的正前方含笑看着他，有意无意地还瞟了那书一眼。

被唐绪捏在手里的粉笔打了个转，他没回头，抬手用粉笔向后指了指大屏幕："对于单位阶跃响应，稳态误差是多少？"

事实上在唐错被叫起来的时候，班里同学都波澜不惊，一点也不替他担心，毕竟唐错一直是班里最粗壮的一条大腿，一到期末就能力挽狂澜拯救学渣的那种。结果没想到唐错出口的一句话，让底下的同学们瞠目结舌。

"……稳态误差是什么？"唐错说得特别平静，丝毫没有不听课被抓包的慌张。

高颜值学霸被抓包上课不听讲，一群学生又惊又疑，连手机都不玩了，眼巴巴地等着看戏。

站在讲台上的唐绪偏了偏头："怎么，我今天讲的课很枯燥？"

一听这话，除了唐错以外，几乎所有人立马都变成了大气不敢出的样子。

课堂气氛一时间变得有些怪异紧张。倒是唐绪，目光在教室中扫视了一遍以后笑开了："哦错了，不是今天，这门课本来就很枯燥。所以在我看来，你们这些蹭课的同学实在是想不开。"

话说罢，便引来一群同学的哄笑。

唐绪示意唐错坐下，待笑声没了，自己把那等于零的答案说了出来，接着讲课。后半节课唐错也没听进去，就看见唐绪在他眼前一直晃。

下了课，唐错难得地没有迅速逃遁，而是在座位上磨磨蹭蹭地装着书包。讲台上唐绪正被一个男生问着问题，他在黑板上写写画画地给那男生讲解着，动作间，小臂的线条十分漂亮。

"错错，晚上记得去排练啊！"

肩膀被一只手搭住，来人是他们班的文艺委员路洪。明明是一个五大三粗的男生，却因为班委竞选那天没去开班会，在毫不知情的情况下被损友和一众同学坑成了文艺委员，且连任至今，苦不堪言。

理工大每年的迎新活动都特别丰富，除了在刚开学的时候学校会有一场盛大的迎新晚会，每个学院都会再有一场由院学生会和团委共同举办的学院迎新会，时间不定，完全看各个学院的风格和效率。唐错所在的学院是电信学院，为理工大数一数二的大院，自然事事争强，连迎新晚会都要精打细磨。这都已经开学一个月了，晚会还没办。不过这倒也没什么，曾经还有个小学院在学期末的时候办迎新晚会，自此一战成名。

唐错点了点头，说："知道了。"

他们班这次出了个节目，青春主题的诗朗诵，他负责配乐的长笛部分。这节目准备起来倒也简单，人员少，也不像舞蹈、话剧那样要天天练。四个负责朗诵的同学，一个钢琴配乐，再加上他和何众两个长笛配乐，几个人各自私下练一练，在一起合那么两三次就完事了。

等文艺委员走了，唐绪身边也没人了。他拿起桌子上的手机摁着，像是在给谁回消息，看见唐错还没走，就随口问道："还不走啊？"

唐错站起身，沉吟了两下以后开口："用不用抄公式啊？"

唐绪翻飞的手指顿住，再看向唐错的眼神满是错愕，还带着三分好笑的意味。

看到他这样的神情，唐错后悔地咬住了自己的下唇。可惜说出去的话如同泼出去的水，唐绪的笑声已经霸道地入侵了唐错的双耳。

"你想什么呢？我逗他们呢。"唐绪似是处理完了事情，一边不掩饰地笑着，一边把手机收进了裤兜里。他拿着书走下讲台，抬手揉了一下唐错的脑袋说："傻不傻啊你。"

确实挺傻。任谁都能看出来，唐绪时常挂在嘴边的要罚答不上问题来的同学抄公式只是句玩笑话，可是唐错还是会去思考，万一是真的呢？

唐错低下头，"哦"了一声，淡淡地。

唐绪终于停住笑："你今天怎么走了一节课的神？"

"困。"唐错说。

看着他那快跟眼一般大的两个大眼袋，唐绪摇头："怎么，男生宿舍熬夜的陋习还蓬勃发展呢？"

"嗯。"这声回答完全是唐错从鼻子里挤出来的，挤完以后他就看见唐绪的下巴绷了起来，以微小的幅度向上抬，带得下嘴唇也微微抬起。

唐错垂眼想，还是那个小动作，没变。他从前就是这样，每当心里对什么事、什么话不认同时，脸上都会有这个小变化，大概连唐绪自己都不知道。

"以后不要睡得太晚，没看前两天的新闻说有个总熬夜的大学生猝死了吗？你室友晚睡你就催他们，别张不开嘴。"说完，唐绪把手里那本《自动控制原理》递给他，"上课不听讲，还把书划了，我这本换给你吧。我有两本，今天拿的正好是这本新的。"

唐错受惊一般猛地抬起头，赶紧摇着头说："不用了。"

"啧，你跟我客气什么。"

唐错没说话，因为不知道怎么接话。到现在他也不能给自己和唐绪之间的熟悉度明确地定个位，也不知道到没到不用客气的那种程度。

"刚听见路洪叫你排练，排练什么？"

唐错一丝不苟地答："学院迎新晚会的节目。"

"哦？你表演什么？"

"长笛，我们班诗朗诵，我配乐。"

唐绪的眼中闪过一抹赞赏："你学了长笛？不错啊！"

唐错笑了笑："水平不好，乱吹的。"

似乎唐绪还欲说什么，却被突然进到教室里来要上自习的学生打断。

唐错朝那个有些迟疑地站在门口的学生看了一眼，把桌子上的那本书收到手里："唐老师，我先回去了。"

第二章

定制奶茶

　　唐绪自己溜达回了办公室，没进门的时候听见对门办公室里热热闹闹地笑着，一个老师正在讲着最近他孩子在家里跟他辩论时牙尖嘴利的样子，一众老师都感叹现在的小孩儿真是说都说不过了。唐绪进去凑热闹，听了会儿以后他问那个年长一些的老师："小孩子要是小时候话痨，长大以后会变得寡言少语吗？"

　　那老师奇怪："这种事情没什么规律吧，看小孩儿的性格怎么发展了。有的小孩儿从小到大性格都不怎么变，有的就变化挺大的，跟家庭、经历、周围人的影响什么的都有关系。"

　　唐绪听了，皱了皱眉。

　　唐错晚上在电信学院教学楼的一楼大厅排练了两个小时，几个人把各个细节都对了个遍，才算彻底地把节目敲定了。结束以后路洪吆喝着大家去吃烧烤，唐错吹了一晚上长笛，的确有点饿，所以挺积极地应了下来。要走的时候，在一旁喝水的一个女生忽然喊他说："唐错，你的手机在振动！"

　　手机屏幕上显示的名字有些莫名其妙，一个"阿"字。

那个女生很是通透，不小心瞟到以后就笑眯眯地说："错哥够浪漫的啊，通讯录第一个，女朋友啊？"

那是唐绪打来的。唐错都顾不得回那个女生，只朝她笑了笑，就拿着手机走到了一边。来电时间已经很长了，尽管慌乱，唐错还是马上接了起来。

"排练完了吗？"懒洋洋的声音从听筒那端传过来，即使在周遭杂乱的环境下也格外清晰。

"嗯，完了。"唐错说。

"饿不饿？忙到这会儿我还没吃饭，你陪我去吃个夜宵吧。"

唐错抬起另一只手，抠了抠旁边的柱子："我不饿……"

要么怎么说举头三尺有神明呢？风平浪静的谎话刚扯完，唐错就听见那边一声惊呼。

"唐老师！"

唐错愣住，立马从柱子后面探出一只眼睛看着那边，结果就看见了正举着手机从中间的楼梯上缓步走下来的唐绪。他心头一颤，想都没想就直接心虚地挂掉了电话。

再悄悄看过去的时候，他看到唐绪奇怪地把手机从耳边拿下来看了看。

路洪几步跨上了台阶，凑到唐绪身边，笑嘻嘻地说："唐老师这么晚才走啊？"

看了看他们这阵仗，唐绪诧异地问："你们在这儿排练啊？"

"是啊！"

唐绪这才想起来他们这个七教确实有时候晚上能听见隐隐的音乐声，下意识地，他立马就去搜寻唐错，却没看见他。

"唐老师，我们正说一块去吃烧烤呢，你跟我们一块去呗。"

显然，路洪这提议甚得大家的欢心，得到了一阵阵应和。

刚欲拒绝，唐绪忽然瞥见大堂的一根方柱子后面露出的一方衣角。于是他眉毛微挑，饶有趣味地看着那方被粗心大意露出的衣角，问："你们几个人？"

虽搞不清这问题什么意思，路洪还是说："七个，刚走了俩，还剩五个。"

唐绪笑着点点头："成，那我还请得起，走吧。"

几个人一阵欢呼，数何众的声音最大。

躲在柱子后面的唐错欲哭无泪，在心里盘算着不如打个时间差，随着唐绪的走动慢慢贴着柱子移动，把他错过去。

然而计划刚成型，就听见何众高亢的一嗓子。

"错错！走啊！你在那儿躲着干吗？"

唐错的头皮都开始发麻，不得已，在何众疑惑的目光中走了出来，迎上了另一道戏谑的目光。

"我就不去了，我不饿。"他硬着头皮说道。

猪队友怎么能只有一个呢？物以类聚，猪也是这样的。

站在唐绪身侧的路洪喊："开什么玩笑啊你，刚才你不还嚷嚷着要去吃呢？"

唐错："……"

此时的唐绪站在大堂的灯光下，笑得意味不明。他冲唐错招了招手："课代表，一块去吧，给个面子。"

吃烧烤的地方就在学校的西门对面，位置便利，物美价廉，是班级聚会、社团聚餐的常到之处。

在征得唐绪的同意之后，路洪要了四瓶啤酒，他们三个男生再加上唐绪，一人一瓶。之后的夜宵时光非常轻松自在，大概是因为唐绪年轻帅气，又丝毫没有老师的架子，几个同学和他聊起天来一点也不拘谨，什么都敢问。

"唐老师，你多大了啊？"一个女生问。

"二十九，马上三十的人了，算一算跟你们有三个代沟了。"

两个女生听了，夸张地说："根本看不出来好吗！你看着就像我们的学长。"

这话唐绪听着倒还算受用，他端起杯子喝了一口酒，哈哈地笑着。

"那唐老师有没有女朋友啊？"

唐绪摇头："我单身好多年。"

"咦？这不科学，像你这样的应该是被一堆女生狂追的那种啊，肯定是你眼光太高了。"

唐绪笑笑，道："我没什么女人缘，不招女孩儿喜欢。"

这话唐绪是在撒谎，唐错知道的。

烧烤店里热热闹闹，服务员迎着四面八方的招呼声过来给他们这桌端上来一盘鸡翅。正在和路洪他们说话的唐绪看了一眼，立马叫住要离开的服务员："稍等，鸡翅怎么全是辣的？我们还要了两串蜜汁的。"

服务员回身查看，抱歉地说："不好意思啊，这会儿人太多，估计弄混了，我给你们换两串。"

唐绪却一摆手："不用，直接再加两串吧。"他看了一眼一直在那儿吃烤玉米的唐错，"快一点啊！"

小插曲过去，几个人又开始拉着唐绪说话，唐绪见这些人光说不吃，无奈地把鸡翅一一递给他们。轮到唐错的时候，他在稍许犹豫之后，才拿起一串鸡翅，用筷子的另一端把上面的辣椒刮了刮。

"估计那两串还得等一会儿，你尝尝，应该不太辣。"

唐错一愣，慢吞吞地接了过来。

唐错从小就吃不了辣。

最开始是因为他那个家里根本没有什么所谓的辣不辣，有个能塞到肚子里的东西就不错了。后来有一次唐绪和韩智未想吃肉想得发紧，再加上也想着给孩子们改善改善伙食，于是就跋山涉水去弄了两大块肉和一些作料来，韩智未做了一大盆水煮肉片。不过到最后，唐绪和韩智未一人就吃了一口。

韩智未的厨艺说不上有多精湛，但那天那群小孩子一个个瞪大了眼睛，一面狼吞虎咽地扒拉着碗里的肉和饭，一面虎视眈眈地看着锅里剩下的东西。那是唐绪第一次觉得，"吃着碗里的，看着锅里的"并不是一句贬损之言，而是一句让人无奈又心疼的状况描写。

一群埋头猛吃的小孩子里，唐错是个例外。他只吃了一口，就捂着嘴坐在那儿，眼里还泛着泪光。

唐绪那时已经格外留意他，见状赶紧蹲到他身边，问他怎么了。

唐错又说疼。

唐绪看了看他的嘴巴，里面尽是溃烂的伤口，看上去有人为的，也有缺乏维生素而导致的溃疡。

这哪儿能不疼呢？

当时唐绪就立即伸手去拿他的碗，说："不要吃了，你现在不能吃辣。"

可是唐错见他去夺自己的碗，死抱着不撒手，连筷子都顾不上用就抓了一块最大的肉塞到嘴里，倔强地含着眼泪飞快地嚼着。

这一下把唐绪吓得够呛，他赶紧摁住他的手说："唐错，听话，改天我们给你做不辣的肉，行不行？"

韩智未也闻声走过来，了解情况以后，两个人劝了他好半天，才把碗从他的手中掰下来。

再后来，唐错跟唐绪一起生活以后，依然吃不惯辣，或许是因为真的不习惯，又或许是因为那次吃水煮肉片的时候太疼，他心有余悸。

那串鸡翅唐错只吃了一口，就捂着嘴巴偏过头，冲着旁边一个劲儿地咳嗽。唐绪忙起身给他递过去一杯温水，将那串鸡翅拿了回来："赶紧喝口水冲一冲。"

待他平静下来，唐绪才皱着眉头问："还是一点辣都吃不了啊？"

这话听在其他人耳朵里，自然品出了那么一点别的信息。

何众发出一道疑惑的声音："唐老师，你跟错错以前认识啊？"

"嗯。"随即，唐绪一口咬在了唐错的鸡翅上。

"哇，我才发现，颜值都这么高，都姓唐，唐老师，你和我们专业之花不会是亲戚吧？"一个女生惊呼道。

唐绪忍俊不禁："专业之花？这称呼有意思。"说罢他睨了一眼坐得离他最远的唐错，"可以说是亲戚。"

握着水杯的手指蓦然收紧，唐错的视线映在依然保持了大片光洁的盘子上，眼波看起来平淡无奇，只稍稍现出一丝迷茫，可是又好似在眼眸深处蕴藏着汹涌的万千情绪。

一行人回去的时候已经快十点了。这时安静的晚风吹起来格外舒服，风吹在身上，感觉就像是在被谁轻轻爱抚一般，唐错特别喜欢。

喝了一瓶啤酒，不多，却足以让唐错的精神放松片刻。

把几个女生送到宿舍楼下，看着她们进了大门之后，唐绪才跟何众他们两个说："你们先回去吧，我跟唐错有事说。"

唐错怔了怔，慢半拍地看向他。倒是路洪他们反应挺快，说了声"唐老师拜拜"就勾肩搭背地回宿舍了，还号叫了两句没调的歌。

等他们走了，唐绪看着被风吹乱了头发的唐错，说："走，换个地方说话。"

一旁有小情侣在卿卿我我，还不少，一如往日女生宿舍楼下的夜晚光景。

唐错低着头默默地跟着唐绪走，一会儿却发现唐绪又带着他到了大门口。唐错看了看手表，忍不住上前一步问："还要出去吗？我们宿舍十一点的门禁。"

唐绪停下："肯跟我说话了？"

唐错语塞，也没有故意不跟他说话啊！

唐错还在想着，唐绪就又说："我抽根烟行吗？"

唐错点了点头。

两个人走到一旁，一支烟点着，明明灭灭的星火使得唐错一时间出了神。

两个烟圈消散在夜风中，唐绪眯着眼睛，看似不经意的样子，视线却牢牢地定在了唐错的脸上。

"说着不怪我，其实还是怪我的吧。"

没有什么迟疑，唐错就摇了摇头："我真的没有。"

唐绪努嘴，随意地点点头，又狠吸了一口烟："好，走吧。"

说罢，唐绪便抬脚往外走。

"去哪儿？"唐错站在原地问。

"去我家，我想跟你聊会儿天。"

唐错的瞳孔微微放大，反应了两秒以后才说："我不去。"

唐绪笑了，一只手夹着烟，另一只手揣在裤兜里的姿势，配上这懒懒的一笑特别勾人。

"不是说不怪我吗？好歹跟了我两年，我现在想跟你聊会儿天都不行？而且，不想去再看看你原来生活的地方？"

原来生活的地方……

唐错被这几个字的信息量冲昏了脑袋，一时愣住。

"我没搬家。"唐绪补充道。

唐绪没搬家，家里的样子也没怎么变。

站在门口的唐错恍然。看着熟悉的布局，不算很整齐也不算很乱的屋子，唐错一时间有些局促地踟蹰着。

好像八年前也是这样，当然，那时的他比现在更加局促，滴溜溜地转着眼睛望着里面，手指抠着自己的衣服边缘，脚都不敢往地板上踩。他没见过这样的屋子，没见过这样的木地板。

小小的唐错一直站在门口不敢动弹，那时候唐绪一把将战战兢兢的他抱起来，笑说："怕什么？以后这就是你家了。"

轻轻一声，打断了唐错的思绪。一双拖鞋被放在地上，是露着脚趾的棉布拖鞋，看样子很像是某个简约风牌子的东西。

"新的，没人穿过。"唐绪轻抬下巴说。

唐错低头，几乎没有发出声响地换上了鞋，很舒服。

他走进屋子，草草地环视一周以后，便轻而易举地将那么几个值得注意的变化收入了眼底。

鱼缸里没有鱼了，空荡荡地摆在那儿。窗帘换了新的，原来是水蓝色，现在换成了暗沉的蓝黑色。

他一时间愣住，盯着那窗帘没回过神来。好像，的确比以前的看上去好看许多，高档许多，也更加适合唐绪。

鱼缸和鱼是他挑的，水蓝色的窗帘也是他挑的。

注意到他的视线，唐绪沉吟两秒后开口："鱼缸里的鱼死掉以后就没再买了，之前的窗帘被我侄子弄上了很多颜料，洗不掉，就换了新的……有点丑，没你选的好看。"

听到他这样说，唐错回过头，看着现在不远处的人，没什么表情地应了一声："哦。"

即使到了今天，唐绪还是会尽己所能，维护唐错那点可怜的自尊心。

等唐错坐在沙发上，他还在想，其实唐绪没必要跟他解释的。没了就没了，换了就换了，这是唐绪的家。

"想喝什么？"唐绪一边打开电视一边问。

"奶茶。"

唐绪挑眉看了他一眼，将遥控扔给他，点了点头，朝厨房走去。

没过一会儿，唐错听到"嘀"的两声，猜测是电磁炉打开的声音。

约莫又过了五分钟，唐绪端着一杯牛奶走了出来，往他面前一放："奶茶，喝吧。"

电视上正在播放一档综艺节目，里面的人正因为某个梗夸张地笑着。

唐错垂眼看了一眼那用玻璃杯装着的白花花的牛奶，又抬头看着唐绪："没有茶。"

"嗯，没有茶。"唐绪撸了一下他的脑袋，扯着一边的嘴角，"大晚上喝奶茶，还睡不睡了？"

唐错没说话。又播了几下电视，他才慢慢端起杯子喝了一口。

暖暖的牛奶刚流进胃里，唐错就听见蹲在电视柜前的唐绪说："还有点茶，明天给你弄奶茶。"

小时候，在跟着唐绪生活的那段日子里，唐错对奶茶情有独钟，各式各样的，尤其是焦糖奶茶。从第一次喝开始，唐错就喜欢上了那种香香甜甜的口感。而唐绪对外面卖的奶茶没什么好感，开始还会买给他喝，后来怕外面卖的会加乱七八糟的东西，不可靠，就总找借口不给他买。可唐错又总要喝，他便自己找朋友问了焦糖奶茶的做法，在烧坏了两个小锅以后终于习得了方法，经常会做一杯给唐错解馋。

每当唐绪把一杯刚做好的奶茶端给唐错，小孩儿就会眯着眼睛，捧起杯子递到唇边，嘬一口之后咧开嘴笑："唐绪你做的最好喝！"

唐绪这时会轻轻拍一下他的脑门："叫哥哥。"

唐错便叫哥哥，然后小猫一样接着喝奶茶，样子乖极了。

唐错想到了以前的事，唐绪也是。

他问唐错："都长大了，还那么喜欢喝奶茶啊？"

牛奶杯子晃了晃，险些溅出两滴。唐错今天穿的浅色裤子，他在这么紧张的时刻不着调地想，还好没溅出来。接着，他违心地"嗯"了一声，说："喜欢。"

明明是唐绪说要跟他聊聊天，现在他却什么都不说。两个人坐在沙发上看电视，中间隔了一个人身的距离。

直到唐错把一杯牛奶喝完，电视剧结束了一集，唐绪依然没有要开口的意思。唐错忍不住微微清了一下嗓子问："不是要聊天吗？"

唐绪这才懒懒地偏过头："喝完了？"

唐错点头。

"喝完了就收拾收拾睡觉吧，很晚了。"唐绪将手在膝盖上撑了一下，起身朝卫生间走去，"我给你找洗漱用的东西。"

唐错莫名其妙，他在来的路上做了一路的心理建设，就是为了今晚的"聊天"，然而看样子，唐绪并不是真的想要聊天。

他站起来追过去，站在卫生间的门口，扶着门框问："不聊天了吗？"

唐绪回头看向他的眼睛："怎么，想聊天吗？我只是想把你弄过来早点睡个觉，虽然现在也不太早了。"说着，他竟然抬起手，伸出一根手指点了点唐错的眼睛下面，"你看看你，年纪轻轻的已经成什么样子了。"

在那一刹，唐错僵在那里，木讷地看着近在咫尺的人。

卫生间的灯光偏黄，这使得唐绪看上去少了几分棱角，多了几分柔和。

唐绪回身，又抬手从橱柜的层格子里取出一条黄色的毛巾："我的确想跟你聊聊，不过改天吧，已经十一点半了。"

唐错没动，在唐绪给他准备好所有的东西以后，他还挡在门口。

"怎么，想说什么？"

想说什么？

唐错只觉得心里一瞬间就被这四个字勾出了一万句话，一万个问题。

想说你有没有回去看过我。

想说你为什么不回去看我。

想说我一直很想再见你。

想说我不敢再见你。

还想说当初的事情我真的知道错了。

…………

可是他一个都问不出来，也不能问。因为他心里明白，一旦问了任何一个问题，说了任何一句话，恐怕他就再也没办法站在这里了。他努力了这么多年才重新回到他的身边，不是为了冒险的，也不是为了问这些没有意义的问题的。

扶在门框上的手动了动，唐错这才惊觉，不知什么时候，他的手心已经布满了细细密密的汗。

最终，他只是摇了摇头，说："只是觉得，你好像这么多年都没怎么变。"

唐绪听了，笑了："我还能怎么变，又不长个了，你变化很大。"

后来，唐错就一个人静静地在卫生间刷牙。儿童牙刷换成了成人的，虽然也是绿色的，但是没有了小青蛙。估计唐绪是买的那种一盒两三支的牙刷，因为他手里这支，和旁边杯子里的蓝色牙刷一模一样。

这么想着，他的心情忽然好了不少。

刷完牙，唐错又洗了个澡，洗完以后他慢吞吞地换上了唐绪给他找的睡衣，站在卫生间里看着镜子里的自己，发了好一会儿的呆。

"客房……"唐绪刚说了两个字，又改了口，"旁边的房间一直没人睡，我也不怎么进去，肯定有灰，你晚上睡我那屋，刚给你换了床单。"

"啊……哦。"

唐错朝那间屋子看了一眼。

客房……

不过一个称呼而已，却让他整个人都失落了下去。

其实以前他也没有在那间屋子住过几晚上，他都是和唐绪挤在一起睡。

唐错吹干头发，躺在床上，唐绪进来给他关灯。灯光没了以后，黑夜里的他好像就只剩下一双眼睛，望着站在门口的唐绪。

"好好睡觉，明天我叫你。"

"嗯。"

这一声"嗯"带着鼻音，乖乖巧巧的。

唐绪不知怎么的，忽然就有一种他们还在从前的错觉。或许就是因为这种错觉，他鬼使神差地走了进去。

唐错微微睁大了眼睛，手心里又没出息地开始冒汗。

唐绪蹲在床头，从房门溜进来的微弱灯光，使得他能够大致看清唐错的脸。

相对无言中，他叹了口气，就算唐错不说，他怎么会真的看不出唐错在想什么？

唐绪组织了一下语言，缓缓开口："思行，当初我并不是因为生你的气才把你送走，在我带着你的时候其实就一直在给你联系合适的家庭，你要知道，我并不具备收养孩子的条件。你现在的父母跟我联系过很多次，只是我之前一直没有下定决心……当初做了决定，是因为我觉得我不能给你应有的照顾和引导，你需要一个正常的家庭来成长。你明白吗？"

唐错没想到唐绪会忽然跟他说这些，但他还是快速地反应过来，有些慌乱地点了点头。

我知道的。可是这句话没能发出声音，只在心里流淌了千万遍。

两个人没再说话，好一会儿，唐绪才问："有没有什么想要问我的？"

唐错摇头。

唐绪却笑了笑，摸了摸他的耳朵："还有，我去看过你，只是没让你发现。"

闻听此言，唐错立马攥紧了身上薄薄的被子。他错愕地瞪着眼睛，却没敢看唐绪。

"看到你被照顾得很好，你的养父母对你也很好，我才彻底放下心来。"

唐绪去看过他。

他猜只是在最初的那段日子，但就算是这样，唐绪也是去看过他的。

明明在这之前都不觉得委屈，在知道唐绪去看过他之后，他忽然觉得委屈了。

可是唐绪已经走了出去，好像还在关门前跟他道了句晚安，不过他的脑袋一直在嗡嗡嗡地叫嚣着，所以他没听清，也不确定那是不是一句晚安。

剩下唐错一个人躺在唐绪的床上以后，他没能控制住眼里的东西，不小心流出来几滴，顺着他的脸滑了下去。他觉得自己很扭捏，竟然搂着唐绪的枕头哭。他伸手抹掉了凉凉的东西，闭上眼睛，将脸埋到唐绪软软的枕头里。

本来唐错以为自己一定会一夜无眠的，但是迷迷糊糊间，竟然睡了过去，还睡得很沉。

睡前的最后一个意识，便是明天早上睁开眼，是不是就能看到唐绪了。

早上被唐绪叫醒的时候，唐错睁开眼睛反应了好一会儿，才将昨晚和今晨联系上。这种第一眼就看到唐绪的日子他暌违了太久，久到这一刻显得那么不真实。

看着他懵懵的样子，唐绪乐了，在他眼前晃晃手："睡傻了？"

习惯性地，唐错"嗯"了一声，以至于唐绪笑得更开。早上的唐绪清清爽爽的，穿着一件白色的运动棉 T 恤，一点也不像快三十岁的人。

"起床，我没记错的话，你第二节有课吧，起来吃个饭去学校。"

"哦。"唐错撩开被子下了床，走出卧室，他闻到客厅里有咖啡的香味，便猜到唐绪应该是起来一会儿了。

在洗手间的时候他发现自己脑袋上翘了一撮头发，自己对着镜子压了好半天才勉强压下去。

等他终于收拾好自己走到餐厅，看到唐绪正坐在餐桌旁玩着手机，餐桌上的东西都还没动。见他进来，唐绪便将手机放到一旁，招呼他吃饭。

饭桌上，唐绪闲闲地同他聊天。

"睡得好吗昨天？"

唐错点头："挺好的。"

唐绪递给他一碗粥，皮蛋瘦肉粥，估计是唐绪自己熬的。

唐错舀了一勺放进嘴里，舌尖触碰到柔软的米粒，有些烫，却很窝心。

"你平时不回家睡吗？"

唐错摇了摇头："我家有点远，而且最近我爸妈都跟着一个项目去外地了，家里没人。"

"哦。"唐绪了然，"我这儿离学校近，赶明儿我把那间屋子收拾收拾，你可以来这儿睡觉。"

唐错被呛住，捂住嘴转过身咳嗽，脸都憋红了。

"喝个粥怎么还能呛着你？"

接过唐绪递过来的纸巾，他擦了擦嘴巴，这才望向唐绪。

"我在宿舍睡挺好的，不用来这儿睡。"

唐绪瞥了他一眼："打游戏熬夜，看片熬夜，看球熬夜，天天不到一两点不关灯不是吗？嗯，这样是能睡得挺好的，肯定躺下就睡着。"

……都是事实，唐错无言。

"就我自己住，你别又瞎客气，什么时候想早点睡觉了就过来睡，二十三岁个子还能蹿一蹿呢。你天天早点睡没准还能再长两厘米。"

唐错没答话，搅着碗里的粥。

"好好喝。"唐绪教训道。

唐错这才抬起头，下定了什么决心一般开口："其实你不用这么管我的。"

唐绪听了，挑眉："什么意思？"

"都这么多年过去了，我也不是小孩子了。今年我都二十岁了，跟当初……你去那里支教差不多大了，我能自己照顾自己，而且我不想再给你添麻烦。"

看到唐绪拧起了眉，他咬了咬牙，接着说道："我的意思就是，你不用再像以前照顾小孩子那样照顾我，我长大了。"

餐厅的空气凝滞了一会儿，唐错不敢动，就直直地回视着唐绪的视线。

半晌，唐绪笑了出来："知道，知道你长大了，不过我怎么看，都觉得你还是个小孩儿。"

唐错刚欲争辩，就被唐绪打断："还有，不要再说什么麻烦不麻烦，你再这么说，我就认为你还在怪我。"

一句话，就点了唐错的死穴。虽然唐绪并不知道。

唐错张了张嘴，不知道说什么好。

吃完饭，唐绪开车带着唐错去学校。唐错站在车前犹豫了很久，才慢吞吞地打开了副驾驶座的门。好在唐绪换了车，不然他真的不想坐。

车子行驶到学校西门的时候，唐绪要靠边让他下去，这里离他们宿舍比较近。但是唐错看了看车窗外来来往往的学生，扭过头来说："我跟你一起到停车场吧。"

唐绪看了看表，倒也不晚，便点头转了方向。

两个人下车后，正赶上一阵风。北京的风总是这么没来由，吹得唐错呼吸都是一滞，一口没呼出来的气愣是憋在了鼻腔里。

唐绪关上车门，低头躲了一下风，然后从车头绕过来走到了唐错身边。

大夏天的，虽然理工大里没有纷飞的花瓣，却有纷飞的柳树叶。

等到大风偃旗息鼓、悻悻而去，唐绪抬手摘掉了落在唐错头发上的一片柳叶。唐错抬眼看向他，一只眼睛是红的。

"进沙子了？"唐绪微微低下头，眉间有了浅浅的沟壑。

"嗯……"唐错揉了揉眼睛，又眨了眨，好像还是没出来。

于是唐绪直接上手，扒住他的眼皮，在仔细查看之后，给他吹了吹。整套动作一气呵成，没有半分的不自然。

唐错依然非常不习惯唐绪的碰触，他呆站在那里，盯着唐绪，一动不动。

"好了吗？"

回过神，唐错慌忙稍稍错开身子，眨眼。

"好了。"

唐绪看着他红着眼的样子，笑着问："是不是眼睛大的人眼里更容易进沙子？"

唐错不可抑制地想到了以前的事情，所以忘了回答这个玩笑的问题。

唐绪倒不在意他的走神，伸手碰了碰他的胳膊："走吧。"

说完，唐绪又拉了唐错一把，让他走在左边。

风从右侧吹来，其实以一个人的身体，应该根本挡不住什么吧。

一路上，唐错都觉得自己那进了沙子的眼睛还在发烫。

快走到一个岔路口的时候，人明显多了起来。礼堂前的宣传栏里已经贴上了不少晚会的宣传，唐错眼光扫到海报，思忖片刻之后，不着痕迹地朝唐绪靠了靠。

"学院的迎新晚会就快到了。"

唐绪扭头："什么时候？"

"下周五晚上。"

食指摩挲着裤子的边缝，没等唐绪开口，唐错就又急急忙忙地补充："第二天就是周六了。"

最后一个字刚刚说出口，他就咬住了嘴唇。

废话，周五的第二天当然是周六。

果然，他听到了一旁唐绪低低的笑声，非常清晰，清晰到可以听到他胸膛的震动。

唐错觉得丢脸，低下了头。

唐绪没有再说什么，不知不觉，就到了小树林的旁边，穿过这片树林，就是唐错的宿舍了。

唐错有些颓丧。

小树林里的人并不多，毕竟小情侣们不太会在大上午的时候约会，所以这会儿只有几个奶奶或者妈妈带着小孩子在阴凉里玩耍。小孩子的笑声传到唐绪的耳朵里，他顺着声音看过去，看到一个妈妈摸着小男孩儿的头在夸奖他。

唐错又看了一眼一直埋头走路的唐错，嘴角弯了起来。

在还有几步就要跨出小树林的时候，唐错感觉到一只手忽然覆上了他的头。他猛地停住了脚步。

唐绪含着笑看他，手上微动，揉了揉他的头发。

"我会去看你演出的，就算第二天不是周六也会去。"

树叶彼此拥抱，发出一阵沙沙声。

站在宿舍楼前，唐错才发现，唐绪早就应该在前面的一个路口和他分开的。七教和他的宿舍并不在一个方向。

由于昨晚唐错已经跟何众解释过，所以宿舍的人并没有对他的一夜未归做什么不怀好意的猜测。

何众把唐错的书包扔给他，拉着他往外走，边走边说："走啦走啦，我还要去买个面包吃。"

唐错却忽然停下，何众奇怪地回身看他："干吗？忘拿东西了？"

唐错抱着书包，问："我矮吗？"

"忽然问这个干吗？咳，"何众挺了挺胸膛，"也不矮，不过没我挺拔就是了。"

唐错瞪了他一眼，跟他一起下楼。

何众把胳膊搭在他的肩膀上："小弟弟，别灰心啊，你还正值青春年少，每天蹦蹦高，还能长。"

唐错一个白眼。

何众嗑嗑地笑。

唐错忽然觉得奇怪，伸手摸上了何众的胸膛。

"你非礼我！"

唐错自顾自地皱着额头想，奇怪，明明在跳啊，怎么听不到？

走出宿舍楼，他仍在思考这个值得思考的问题，但是一直没思考出个所以然来。直到看见远处一个女生攥着的心形气球，他抬手摸了摸自己的心口，这才明白了答案——他听到的不过是自己的罢了。

想明白了，却也好像没什么用。这答案带来的，又是突然袭来的失落和想念。

失落是熟悉的，想念也是熟悉的。

学院迎新晚会那天，唐错紧张得一整天吃不下饭，他其实很饿，买了饭却说什么都吃不进。

何众看他刚扒拉了两口饭就不吃了，瞪着眼问他："你怎么回事？不舒服啊？"

唐错摇头，放下了筷子："我紧张得吃不下去，一吃就想吐。"

"不是，你紧张什么啊？"何众叼着筷子，纳闷地说，"一个迎新晚会而已，你都演出过那么多场了，别逗了你。你快多吃点，不然晚上你怎么吹？"

唐错苦着脸："我也想吃啊，但是就是吃不下去，生理上排斥进食。"

"啧，那怎么办？你想吃什么别的？再去买点？"

唐错环视了一圈食堂，没发现什么想吃的东西。这会儿人也很多，吵吵闹闹的，使得他更加没有胃口。他便摇头说："不买了，买了也是浪费。我待会儿去买杯热饮，再吃块糖好了。"

于是何众嘟嘟囔囔地陪着他去买了杯热可可，夏天的热可可，光是看着就觉得甜得发腻了，要放平时唐错肯定不会喝的，可此时的胃好像都缩成了一团。喝了几口以后，那种紧张的感觉倒是缓解了不少。本来何众说直接去礼堂，唐错却想了想，让何众先过去，他回趟宿舍再去。

"你还回去干吗？"

唐错说："拿糖吃。"

"去超市买不就行了吗？"何众指了指旁边不远处的超市，"宿舍多远。"

"超市里没我爱吃的。"唐错推了何众一把，"行了，你快去吧，我很快就过去了。"

　　那块橘子味软糖已经放了很久了，如果不是今天，或许它会直接躺到过期，躺到地老天荒。唐错从抽屉的深处把糖拿了出来。糖纸的样式这么多年都没变过，果汁浓度百分之八十。剥开糖纸，将糖含在嘴里，唐错的第一个念头不是糖真好吃，而是他又该去找一趟文英了。

　　再回到礼堂，何众和路洪已经在左侧前排的椅子上看着舞台上的人做最后的灯光修正彩排。见他出现在门口，何众远远地就朝他招手。

　　待他坐下，何众把一兜吃的扔在他腿上："刚去超市买的，你看看有什么想吃的没有，你得多补充点能量，小心一会儿手抖。"

　　何众虽然大大咧咧的，但是作为一个好朋友，绝对是合格的。唐错捧着那一袋子东西看着何众，满心感谢不知道怎么表达。唐错这小眼神看得何众"哎哎"了两声："你别这么含情脉脉地看着我啊，我笔直笔直的。"

　　几个女生发出一阵窃笑。

　　路洪捏着稿子，奇怪地道："错神没吃饭啊？"

　　"他说他紧张，看看、看看，你自己看看我们错错有多重视你的工作，完事你必须请他吃饭，还必须是大餐，顺便带上我。"何众拍着路洪的胸脯说。

　　"滚滚滚。"路洪撇开他，"我请错神也不请你。"

　　晚会七点开始，六点就有观众进场了，手里都拿着节目单、荧光棒。很燃的暖场音乐放了起来，大家在这样的氛围下心情都很嗨。

唐错他们一行人大包小包地转战到后台，到了后台几个男生就被两个学姐拦住，拖去了化妆间。路洪在一个熟识的学姐手下挣扎："女生化了妆就行啊，我们有什么可化的啊？"

　　那个学姐摁住路洪："舞台上灯光亮知不知道？到时候灯光一打，你整张脸都糊成一片，拍照都拍不清。"接着她看了一眼乖乖坐在一旁的唐错，"你说你哪儿来的自信，长这样拒绝化妆，你看看你这脸，比唐错黑八个色号。"

　　"我靠，古天乐还黑呢！"

　　学姐拧了下他的胳膊："少提我男神，我男神是古铜色，你这是黝黑！"

　　跟那边相比，给唐错化妆的学姐简直就是温柔天使。她就稍稍给他打了一层底，没忍住掐了掐他的脸蛋，感叹说："你这个也不用怎么画，给你上个阴影吧，更立体点。"

　　"我靠！"路洪还在一旁鬼哭狼嚎，"馨姐你别给我画眼线！"

　　"你给我老实点行不行！这样显眼大！"

　　"我不要眼大！"

　　无论是事先彩排过多少次、准备了多长时间，也无论这晚会有多么上档次，后台永远是和台前截然不同的景象——手忙脚乱，不停地有人跑来跑去，总有人在找东西，也总有人在找人。可以说，晚会有多精彩，后台就会有多乱。

　　主持人报幕的时候，唐错悄悄站到帘子的后面打量着前面的观众席，中间的三四五排，都是给老师、嘉宾留的位置。一张张隐藏在灯光与黑暗下的面孔中，他还是一眼看到了唐绪。他今天穿了一件黑色的上衣，舒服地靠在椅背上。旁边坐着一位女老师，唐错又小心地将头朝左偏了偏，看清楚那是位挺有名的英语老师。她侧过头跟唐绪说了什么，唐绪微微探过身子礼貌地听着，没过一会儿两个人都笑了起来。

唐错又将自己彻底隐在黑暗里，低头用脚尖戳了戳地板缝。

"还紧张吗？"不知道什么时候，何众凑了过来。

"紧张。"唐错悄声说。看到唐绪的那一刹那，他更紧张了。其实这次的演出对他来说，应该算是他的第一场演出。

他们的节目排在第六个，前五个节目结束以后，穿插了第一轮的观众互动。每台校园晚会都会有好不容易拉来的赞助商，你总要给赞助商的产品一个上台的机会。

这一轮挑选幸运观众的方法比较简单，没有搞那些什么往主持人手里的手机打电话之类的游戏，摄像机摇到观众席上，主持人说"停"，放大的镜头便锁定一位幸运观众。

唐错严重怀疑，这一切都是有预谋的，怎么就这么巧，唐绪和那个女老师都上台了呢？

不管是男主持还是女主持，都已经喜笑颜开："哇，我们学院男神、女神榜的第一名都上来了啊！"

底下一阵口哨声、欢呼声，甚至有人在起哄，高呼了一声"在一起"，洪亮，突兀。

唐绪在一片哄笑声中将话筒举到嘴边："胡程奕，我听出你的声音了啊！"

于是刚刚大喊的男生又号了一声："绪哥我爱你！绪哥求放过！"

女主持笑吟吟地接过话："看两位老师这受欢迎的程度，真不愧是我们学院的门面担当啊！"说罢，她转向台下，"怎么样，各位学弟学妹，惊不惊喜，开不开心啊，是不是以后都不用羡慕别人的老师啦？"

"是！"

唐错仍旧站在黑暗的地方，而唐绪站在舞台正中央的灯光下，很多人在为他欢呼，很多人在喊"唐老师好帅"。他看不到唐绪的表情，但是可以想象到唐绪的表情，一定又是那种无可奈何的笑。

"错错？"

何众的声音阻断了他的不安，他猛然转头，看到何众正一脸奇怪地看着他。

"想什么呢啊？跟你说半天话你都没听见。"

"……没什么。"唐错说，"你跟我说什么了？"

"唉，你不会也沉迷于柳老师的盛世美颜了吧……我说，互动环节快结束了，过来准备上台吧。"

唐错应了一声，这才想起来，那个英语老师姓柳，出了名的美人。他又回头看了一眼台上，刚好柳绘正转过头和男主持说话，他这才看清她的容貌。

确实很美，不过，在他看来，没有时兮美。

时兮……

唐错紧紧地攥着长笛，手都在颤抖。真的是太糟糕了，他竟然在上台前，想到了她。

唐错今天穿了白衬衫，是他妈妈为了他的各项演出，专门带他去一个很高端的店里定制的。衬衫的扣子工工整整地扣到了最上面一颗，明明是再合身不过的衬衫，这会儿他却觉得有些勒，喘不上气来。

他们几个人排成一排，在第二块帘子后等着入场。舞台站位的原因，唐错此时站在第一个。猝不及防地，唐错就和要从舞台左前方下台的唐绪打了个照面。

唐绪看到他，立马唇角上扬笑了出来，还一边走一边冲他比了个口型——加油。

一旁的柳绘留意到他的动作，朝前方看过去，便看到了攥着长笛一脸严肃的唐错。唐错倒是没注意到她的视线，一直在看着她旁边的人。

灯光暗下来，唐绪和柳绘在座位上重新坐好。柳绘注意到本来懒懒地靠着椅背的唐绪这回稍微坐直了一些，再想想刚才，便拿着节目单问："你班上的学生？"

唐绪点头："不止。"说罢抬手轻轻点了点节目单上的一个名字，"我们家小孩儿。"

柳绘讶异："是吗？亲戚啊？那我得好好欣赏。"

灯光已经有亮起来的趋势，唐绪笑了笑，没再说话，两只手交叠着，专注地望着台上。

其实他最近几年就没再打听过唐错的消息，一是因为放心了，二是因为他确实很忙。他想过唐错在那样的一个家庭里会变得很优秀，但当再次相逢，唐错的优秀还是让他吃了一惊。毕竟他送走唐错的时候，他还是一个连古诗都背得磕磕绊绊的、什么都不会的小孩子。

白衬衫的少年安静地垂眸吹着长笛，每一个音符都飘扬得恰到好处。在唐绪看来，唐错格外适合这个冷清悠扬的乐器。

演出比唐错想象的要顺利，最后的掌声也比唐错想象的要热烈。他在鞠躬之前终于提着一口气朝着唐绪看过去。他看到唐绪在笑着给他鼓掌，见他看过来，还动了动嘴。唐错能判断出那是简短的音节，但不清楚具体是什么。

不过这也足够了，唐错弯下腰鞠躬谢幕的时候，他的一口气终于呼了出来。因为刚才那一幕，好像他这么多年的努力都得到了证明。

下台他才后知后觉地感觉到胃疼，心里的大石头落下了，他索性蹲在地上不紧不慢地拆开笛子，又掏出擦银布，仔细地擦拭完毕，装进盒子里。

被放在地上的手机屏幕亮了，他拿起来，是唐绪发来的消息。

——表演很棒，虽然不是内行，也能听出你吹得很好。

唐错捂着胃坐在地上，然后敲了敲屏幕。

想认真回复些什么，可只写了一句谢谢，便停住了，直到屏幕又暗下来，他也没想出什么别的合适的话语，只好认命般地摁了发送。

但是没想到唐绪的消息很快就又回了过来。

——所以之前是在谦虚吗？

啊，又不知道怎么回复。

——不是……

——要出来看节目吗？人很多，后面应该没有座位，我旁边的老师走了，有两个空位。

第三章

小红花

电信学院的每一场晚会都办得很好，永远是礼堂一二层爆满，后面还能站三层的人。

唐错盯着手机看了一会儿，按键回了过去。

——不了，我去吃饭。

——晚饭没吃？

——嗯。

——正好，我也没吃，我带你去吃，我在礼堂后门等你。

看着这次回过来的消息，唐错愕然，唐绪带他去吃？

可能是因为太饿，反射弧都变长了。在大脑终于接收了这个信息以后，唐错立马从地上弹了起来，把笛子扔给何众："我先撤了。"说完，不理会后面的呼声，便朝着厕所跑去，得把脸上的妆卸了！

唐错冲到礼堂后门的时候，脸侧还挂着没来得及擦干的水珠。唐绪正站在一个垃圾桶旁边抽烟，偶尔有路过的认识他的学生和他打声招呼，他便将夹着烟的手举在半空，朝来人扬头回声好。

唐错发现唐绪现在的烟瘾好像大了不少，以前他几乎没见过唐绪抽烟。不过站在原地转念一想，也是，那会儿唐绪才多大啊！

　　他还在愣神的工夫，唐绪已经转过头，看见他，便抬手将烟摁灭在垃圾桶上。不大的一点烟火，几乎是瞬间就消失在黑暗中。

　　"走吧，想吃什么？"

　　唐错上前两步，追到他身边："什么都行。"

　　唐绪看了他一眼，问："晚上怎么不吃饭？"

　　"……没来得及。"唐错撒谎，手指不安地摩挲了两下，随后他反问，"你呢？"

　　唐绪的眼神有些深沉，末了笑了："一样，跟一个老师讨论了点事情，结束以后发现要开场了，就赶紧过来了。"

　　"哦。"唐错点了点头，虽然觉得唐绪这样不吃饭不好，可心里又不可抑制地涌上一丝窃喜，"但是我的节目又不是第一个，你吃了再过来也来得及啊！"

　　"第一次看你的演出，总要正式点对待。"唐绪的心情好像很好，说这话的时候，字里行间都透露着掩不住的笑意。

　　唐错听了便没再说话，脸颊两侧的水珠早就被温度不低的晚风吹干了，空气很干燥，这会儿脸上都感觉紧巴巴的。他低头踢走一个小石子，那石子骨碌碌滚了老远，撞在一棵大树上。

　　由于唐错坚持要回宿舍，两个人就只在学校附近挑了个馆子。

　　点完餐等候的时候，唐绪的手机响了。唐错真的不是刻意想要去偷看，可他视力太好，只是一扫眼的工夫，屏幕上的名字就跃进了他的眼睛里——时兮。

"嗯，知道，放心吧，忘不了。嗯，好。"

这通电话持续的时间很短，自始至终似乎都是时兮在叮嘱着什么，唐绪"嗯嗯"地答应着。就打着电话的工夫，唐绪还一只手端着水壶，倒了杯水给唐错。

等到唐绪挂断电话，唐错犹犹豫豫地开口："时兮姐……现在还好吗？"

问这话的时候，他一直在无意识地转动着自己手里的水杯。

唐绪似乎是没想到他会突然问到时兮，明显整个人都愣了一下。之后，唐绪才笑着偏头说："挺好的，她一直在上海，这两天要来北京演出，刚吩咐我接驾呢。"

"哦。"唐错应声。

时兮的演出他是知道的，某个门票售卖的网站早在一个月前就贴出了这场演出的宣传，门票开售时几乎秒空。一场芭蕾舞的演出竟然火爆到这种堪比大牌歌星演唱会的程度，好像是不太正常的。不过如果主角是时兮的话，倒也没什么不正常。

唐绪察觉到唐错有些不自然的表情，没打算再继续这个话题，很贴心地和他说起了今天的晚会。接下来两个人都没有再谈到时兮，但是在吃完饭往学校走的时候，唐错忽然问："时兮姐的演出，你有没有多的票啊？"

唐绪吃惊地看着他："你要去看？"

"嗯。"唐错有些尴尬，"我之前在网上买票，没有买到。"

唐绪没有立刻做出回答，又走了一段距离以后，他才说："我以为你不太喜欢时兮，今天好像也是第一次听到你叫她时兮姐。"

这话一出来，唐错更是尴尬得不知如何是好。他埋下头，憋了一会儿："是我以前不懂事……而且，我想跟她道个歉。"

说完这句话，唐错觉得自己轻松了不少。可是很快，又被另外一种紧张的情绪支配，他不知道唐绪会怎么回应他的话。

短暂的沉默后，唐绪把手搭在他的肩膀上揉了揉："当时她太激动，后来她说已经没有再怪你了。"

唐错"嗯"了一声："那我也应该道歉的。"

唐错做好了去看时兮演出的准备，但是没想到唐绪会直接让他跟着去接机。前一天的晚上何众他们在宿舍打游戏到快两点，早上不到六点他就从被窝里爬起来了，这会儿捧着一杯热豆浆坐在唐绪的车上，困得眼皮直往下掉，感觉脑袋都不是自己的了。

唐绪好笑地瞥了一眼明明就能三秒入睡却硬撑着跟他聊天的人，说："困就睡会儿吧，是有点早，到机场还很远。"

唐错实在挨不住了，猛吸两口豆浆，呼噜呼噜地喝完，将空杯子放在两人之间放杯子的地方，说："那我眯一会儿……"

几乎刚说完，唐错就睡着了。

唐绪将车里的空调拧到最小，继续平稳地开着车。他偏头看了唐错一眼，看见有一片阳光正直直地照在唐错的眼睛上，便抬起手，给他放下了遮光板。遮光板挡住了那寸不讲理的阳光，唐错的眼睛得以埋在一片阴影之中。

到了机场停好车，唐绪看时间还早，就没有急着叫醒唐错。他停了车打开窗户，掏出手机看了看朋友圈，正好看见时今在登机前发了一张照片，下面是一溜的赞美与流口水。他顺手点了个赞，忽然想起来自己还没有加唐错的微信。

看着时间差不多了，唐绪才轻轻摇了摇唐错的胳膊："思行，醒醒了。"

唐错迷迷瞪瞪地睁开眼，看了看四周："啊，到了啊！"

"嗯。"唐绪递给他一瓶水，"喝口水下车吧。"

在等时今出来时，唐错变得格外紧张，这么久没见到时今，待会儿说些什么，万一她看到自己不高兴怎么办，万一她生气唐绪带着自己来接机怎么办……唐错在心里演练了几乎一千种即将到来的见面的场景，想得越多，就越忐忑。

实在是不安，他眼巴巴地看着唐绪。

唐绪看懂了他眼中的担心，摸了摸他的脑袋："放心吧，没事。"

说完，大概是为了转移唐错的注意力，他突然拿出手机跟唐错说："哦对了，咱俩把微信加上。"

时今背着个小包出来的时候，就看见唐绪正跟一个男孩儿凑在一起，手上摆弄着什么。她仔细看了看唐绪身边的人，好像不认识。

还在看着，刚巧抬起头的唐绪就发现了她。和他的视线对上，时今立马灿烂一笑："唐绪！"

听见声音，唐错也抬起头，便看见了那张依然美丽如花的笑脸。

时今这才看出来唐错是谁，可是又有些难以置信，所以一直到三个人走到一起，她也没再说话。

唐绪微抬下巴，跟她说："这是思行，不认识了啊？"

唐错连忙将手机收了，很有礼貌地朝她轻轻躬身："时今姐好。"

依然是难以置信。这还是当初见到她就不给好脸的小孩儿吗？

"嘿，发什么呆你？"唐绪轻轻拍了拍她的肩膀。

时今这才回过神，眼神颇为复杂地看了一眼唐绪，唐绪朝她使了个眼色，若仔细看，便能发现有些求情的意味在里面。

"思行，好久不见啊！"时今缓缓开口，面上是笑着的，语气是礼貌温和的，只是言语间透露的疏离，让唐错怎么也忽略不了。

他微微低下头错开目光，不敢看时今的眼睛。

"好久不见，时今姐。"

唐绪没有再开口说什么，时今也没有说什么。

由于唐错低着头，所以没能看见唐绪和时今暗暗的眼神交流。时今莫名其妙地看着唐绪，唐绪回她一个少安毋躁的眼神。

两侧的人流来来往往，有很多亲友重聚的场面，但没有哪里像他们这样安静。

"以前的事……真的很抱歉。"唐错又深深地鞠了一躬，"那时候我太不懂事，过去这么久才跟你道歉，对不起。"

时兮一时间没反应过来，还是唐绪不着痕迹地轻轻碰了她一下，她才说："啊，没事了，都这么久了，我早就不在意了。"

唐错还低着头，身子也没完全直起来，整个人都好似完全淹没在一个谦卑的屏障内。

唐绪虽然觉得唐错道个歉也是理所应当的，但不知怎么，看着唐错长久地躬着身，满是自责地不敢抬头，他心里不太舒服，甚至有点心疼。

其实若是基于道德的角度，这种心疼完全站不住脚。唐错害时兮失去的、承受的，何止只一次诚恳的道歉。

唐绪伸手揽过唐错，捏了捏他的后颈："好了，走吧，你时兮姐还要喝北京豆汁呢。"

一听这个，时兮来了精神："哇，你这嘲讽的语气是怎么回事？你一个北京人不爱喝豆汁，简直是暴殄天物。"

"我那碗送给你喝还不行？思行的那碗也给你，管够。"

唐绪和时兮你一句我一句地聊着天，而唐错，除了在被唐绪点到的时候会说句话，其他时间则完全插不上话。他情绪不太高，沉默地被唐绪搭着肩膀走着。快到车那里的时候，唐绪又悄悄捏了捏他的脖子，他抬头看向唐绪，唐绪也看着他，不过嘴上还回着时兮的话。

到了车旁，唐绪走到了驾驶座，时兮好像是习惯性地朝副驾驶走过去，手刚碰到车门，又突然停下，笑着问唐错："你坐前面还是后面？"

唐错愣了一下，主动拉开后座的车门："我坐后面就行了。"

时今笑了笑，打开车门上了车。

前面放茶杯的地方，还放着刚才忘记扔掉的空豆浆杯。唐错盯着那个空杯子看了好久，然后没什么表情地将头转向了窗外。

前面的时今忽然问："哎，思行现在在上大学吗？"

"嗯。"一路上都没说话，嗓子都被堵住了，现在突然张口，先发出的是一阵难听的沙哑声音。唐错轻轻咳了咳，才接着说："上大学呢。"

唐绪反手将刚才那瓶他喝过的水递过来，他接过，握在手里，没有立刻打开。

"在哪个大学？"

"……理工大。"

因着那么一点不可告人的秘密，以至于他在回答学校名字的时候，都是一阵心虚。

"啊！"时今的声音有些惊讶，"那不就是你的学校？"

这话显然是跟唐绪说的，正在开车的唐绪声音中带着笑意："是啊，我还在教他专业课，巧吧？"

唐错有些慌乱地朝前面看了一眼，没承想，正好在后视镜中与时今对视上。他眨了眨眼，不知道是该移开目光还是该怎样。

时今眼睛弯弯："是挺巧的。"

时今的演出，唐错和唐绪的座位是 VIP 区，也可以说是亲友区，附近都是时兮的朋友，不少人都互相认识。唐绪跟几个人小声寒暄了几句，没过一会儿又进来了一个人，座位在唐错的旁边，唐错抬起头，发现竟然是陆成蔚。

陆成蔚面上也有震惊的神色，没管还在和别人说话的唐绪，紧盯着唐错看。唐错跟他对视着，随后偏头看了看唐绪没注意到这边，只好讪讪地打招呼："成蔚哥好。"

"我靠！"陆成蔚站在高端的大厅内发出了一声极其突兀的感叹，"思行！真的是你啊！"

这么大的动静，终于让唐绪转过了头，看见来人，他只闲闲散散地扬了句："来了啊。"

"哟！"一旁有个男人看见陆成蔚，调侃道，"蔚哥怎么一个人来的？没领着个美女我都不敢认您！"

陆成蔚闻言笑骂："滚蛋！"

"还真是。"一个女生也笑着搭腔，"你怎么一个人来了？"

陆成蔚按下椅子坐下，大长腿直直地戳在那儿："我倒是想带，结果票被唐绪截和了一张，我只能放美女鸽子了。"

开始调侃他的男人笑得更欢："你应该感谢绪哥，要是时兮知道你动用她的 VIP 门票带着美女来约会，你就再也没有可以跟人吹嘘的艺术家朋友了。"

"滚滚滚，不想跟你说话，你想带还没人跟你呢！"

"哎呀是啊，我哪有蔚哥的风流倜傥啊，我看你名字最后那个字应该改个调，四声不适合你，三声才适合。"

唐错一直乖乖坐在那儿听着他们调侃，没想到他们的对话越来越跑偏……

"行了啊，我这带着小孩儿呢。"唐绪听不下去，插嘴道。

那人于是笑着收了嘴，陆成蔚又指着他低声骂了句小王八蛋，才老老实实地靠着椅背坐好。他扭头看着唐错和唐绪，开口问："闹了半天你是要带小思行来啊，你们这是什么时候又联系上的？"

唐绪说："学校遇上的。"

陆成蔚"哎哟"一声，模仿着小品里的口音："缘分哪！"

唐绪瞥了他一眼："闭嘴吧你，安静点。"

可是陆成蔚要是能闭嘴，他就不是陆成蔚了。在接下来的时间里他不停地问着唐错各种问题，虽说是打着关心一下多年不见的小弟弟的旗号，但是问得最多的问题就是……

"有对象了没有啊？"

"以前有过对象没有啊？谈过几个？"

"没谈过？我靠，那怎么行，来来来，哥哥给你介绍！你看看，我朋友圈这些，你喜欢哪个？哎，这个不错，这个漂亮……哦不对，这个比你大太多了，回头哥哥联系一下倒还行……哎哟我这儿没有年龄小的啊，毕竟我比较爱惜小朋友，不朝小朋友下手……这样吧，你喜欢什么样的跟哥哥说，哥哥帮你物色去。"

聒噪如乌鸦。唐绪忍无可忍，起身拉了拉唐错："换个座。"

没等唐错做出反应，陆成蔚就直接一胳膊把唐错拦住："别啊，我不想挨着你！"

唐绪无言，居高临下地看着他："那闭嘴！"

"啧，"陆成蔚扬扬手，"真是的，我和思行弟弟联络联络感情也不行啊！"

唐绪接着居高临下，王之蔑视。

"得得得，我闭嘴，求您了，快坐回去吧，您站在这儿我有心理压力。"

唐错："……"

时今的确是艺术家，是一名再优秀不过的芭蕾舞者。唐错并不懂芭蕾，但是这些年来，他一直都有看时今的演出，有些是在网上看，有些是买记录碟看，也有一些，是他自己一个人悄悄去现场看，有时候是在北京，有时候他会坐很远的火车去看，到上海，到苏州。

人们对于时今的评价，似乎都是一面倒的赞扬，无论是专业的还是非专业的，在看过她的演出后都毫不吝啬自己的赞美之词。这也是时今的演出如此火爆的原因。她有很多铁粉，这些人粉了芭蕾公主很多年，见证了她的成长，见证了她几乎完美的蜕变，也见证过她的失落。直到现在，时今当年的复出演出，还保持着舞蹈演出的最快售票纪录。

就算是唐错，也要心服口服地承认她的优秀。同时，他羡慕这种优秀。

全程大家都看得很专注，就连陆成蔚都一言不发地欣赏着。

演出结束，时今准备谢幕，前排的一个女生忽然将一大束花扔到唐绪怀里，挤着眼睛笑道："绪哥快去。"

唐绪接住花，"哎"了一声。

"哎什么哎啊，就知道你没准备，我都替你备下了。快去吧你，实话告诉你，我姐今天就期待着你给她献花呢！"姑娘好像还想说什么，结果看了看旁边这么多人，没说，只是又恨铁不成钢地推了唐绪一把，"你快去吧！"

唐绪苦笑，只好跟唐错说让他在这里等自己。唐错听话地点头，目送着他捧着花离开。

舞台上的大幕再次拉开，所有的观众站起来鼓掌。在这掌声中，唐错听出了人们对于艺术的尊重，对于这场舞蹈、演绎它的舞者的尊重，以及赞扬。

上台给时今献花的人很多，唐绪是最后一个上去的。在看到唐绪上台以后，时今就将满怀的花都递给了后面的人，空出手来，独独接过了唐绪的那一束。

唐绪微微弯腰拥抱住她，笑着轻声说："你跳得最棒。"

时今眼里亮晶晶的："谢谢。"

而唐错依然站在观众席中，目不转睛地看着舞台上拥抱着的两个人。

一到了这种时刻，很多回忆就会不受管控地涌到他的脑袋里，他想起来很久以前看过的时今的专访，那是在她刚复出后不久。

主持人问，对于当初失去了进入巴黎歌剧院芭蕾舞团的机会，会不会很失落。

时兮那时静静地坐在椅子上笑着，温婉动人。她说："肯定会很失落了，那是我心中最好的舞团，也是我向往了很多年的地方，我努力了那么多年才得到那次机会，而且这种机会一辈子也就只有一次吧。那一阵子我整个人情绪都很不对，再加上不知道以后会怎样，可以说我变得很偏激。"

主持人顺着她的话聊了下去："那段时间是真的很艰难吧？"

时兮说："是啊，真的很艰难，心理上，身体上，都受到了很大的打击。外界也议论纷纷，让我压力更大。"

主持人接着说："我本身也是您的粉丝，那时候其实很多人都在支持你，鼓励你。有没有给你帮助最多，你最想感谢的人呢？"

唐错记得，这个问题问出来以后，时兮沉默了有那么将近十秒钟的时间，在主持人已经打算自己接过话去聊其他内容的时候，时兮才露出一个很美的笑容，娓娓道来："有啊，最想感谢的是我的一个朋友，他在我出事以后丢下了自己的事情，陪我到国外治疗，一直鼓励我，安慰我，可以说是他陪伴我度过了那段最艰难的日子。我真的非常感谢他。"

或许是因为时兮脸上小女生的表情太明显、太动人，所以明明是很专业的大牌主持人，在那时却难得地说了句不算有分寸的话："哇，那应该是喜欢的人吧？"

时夕没有回答，但是笑着低下了头。

那时候唐错才知道，原来唐绪陪时夕去了国外。所以才会，他去唐绪家找了他那么多次，都始终没有人开门吧。

等唐绪回来，唐错轻声询问："你可以带我去后台吗？"

唐绪奇怪："怎么，有事？"

"嗯。"唐错让开一个要过去的人，接着说，"有礼物要给时夕姐。"

这下，唐绪是真的惊讶了。他失语片刻，笑着摇起了头："你现在比我还懂事了。"

唐错被他灼灼的目光看得不自在，主动挪开了视线，假装好奇地张望着四周。唐绪的目光一直没从他的脸上移开，过了一会儿，他掏出手机打了个电话，唐错听见他问："现在能去后台找你吗？"

那边不知道说了什么，唐绪应了两声挂了电话，随后跟他说："时夕说后台现在人很多，比较乱，她坐我的车回去，我们出去等她吧。"

"好。"唐错点了点头，跟着唐绪往外走，走到门口的时候，碰上了刚从后台凑完热闹回来的陆成蔚。

"哟，你们要走了啊，要不一起去玩啊？"

唐错这才看清陆成蔚左手边还跟着一个穿着红色长裙的美女。

"……"唐错着实有些震惊。

唐绪也十分无语，睨了他一眼，直接拉着唐错越过他往前走，只撂下一句："自己玩吧你。"

他们出去以后没多久，时夕就出来了。她四处张望了下，唐绪举起手朝她挥了挥，喊了一声"在这儿"。

时兮走过来，心情很好的样子。

三个人并肩往车的方向走，其间唐绪看了唐错一眼。于是唐错绕到时兮的旁边，从上衣口袋里掏出一个小盒子。

他小心翼翼地开口："时兮姐，这个送给你，不知道你喜不喜欢。"

时兮被他的动作和说出口的话弄得一怔，发出一小声惊呼："啊？"

她接过盒子，打开。看到里面的东西以后，她更是惊讶万分。

"这个……"接下来的话变成了一阵沉默，不知道时兮在想些什么。

唐错手指不安地来回蹭着裤缝："我记得你以前说喜欢……就给你做了一个，我……"喉结滚动，后面的声音有些不清晰，"希望你还喜欢吧。"

这回时兮停了下来，她合上了那个小盒子，平静地注视着唐错。

"喜欢的，谢谢你啊！"她笑了笑，"说真的，我没想过会再见到你。"她轻轻拍了拍唐错的肩膀，说，"以前的事情……都过去了。"

唐错朝她笑了起来，有些腼腆。虽然唐错仍然拘谨，但放松了许多："真的……谢谢你，时兮姐。还有，一直没跟你说，你舞跳得特别棒。"

唐绪在夜色中看着他们两个人，心里有些复杂。他看到了那个小盒子里的东西，这使得他对于唐错有了更多的疑惑。他本就觉得现在的唐错过于懂事，甚至懂事到小心翼翼的程度，而刚才那个礼物……

车在路上行驶了一会儿，时兮回过头，发现唐错已经靠在椅背上闭上了眼睛。她轻声开口："思行？"

唐错没反应。

唐绪小声说："睡了吧？"

时兮点了点头。然后她转回身去，又打开了那个小盒子。

唐绪瞥了一眼里面的东西，听见时兮说："我没想到他会送我这个。"

她将里面的东西取出来，那是一个晶莹的小球，比一般的玻璃球要透亮一些，球的里面有一朵樱花，唯美漂亮，放在夜晚的光中，是另一种美。小玻璃球的上下穿着吊绳和流苏，每一处都很精致。

"我也没想到……"唐绪说，"他真的长大了不少。"

时兮弯弯嘴角："嗯，好像真的是。"

"估计当初的事一直是他的心结，所以才会主动要来看你演出，要跟你道歉，还给你准备了这个。"唐绪看了时兮一眼，"真的已经不怪他了吧？"

听见这话，时兮皱着眉头看向他："小瞧谁呢？"

唐绪笑："嗯，是我问错了。"

时兮叹了口气："当初，我的话也说重了，现在想想也不应该，我竟然真的责怪了一个小孩子那么久。"

唐绪却说："没什么不应该，你该怪的。是我不好。"

时兮没说话。

后座的唐错指尖微动，依然没有睁开眼睛。

又过了一会儿，时兮突然说："刚才在后台，有个人跟我表白了。"

"哦？什么样的人？"

"人挺好的，而且追了我很久。"

唐绪预感到时兮想要说什么，所以体贴地静静地等待着。

"我跟他说，今晚我想一想，会给他答案。"

时兮在静谧的黑暗中看着窗外闪过的车流建筑，仿佛此刻那些东西都能化成回忆，在夜风中呼啸而过。

"唐绪，我不等你了。等了你这么多年，我好像等不起了。"

唐错握紧了拳头，不过没人发现。时兮一直扭着头，唐绪一直看着前方。

唐绪不知道说什么好，这么多年，时兮从没跟他掩饰过自己的心思，他也从未向时兮遮掩过自己的态度。他与时兮自小熟识，一直将这个乖巧的女孩儿当亲妹妹照顾着。他自然是希望她幸福的，只是她的幸福，实在不会是他。

唐绪转了一圈方向盘，转了个弯。

"你能这样想，真的挺好。那个人什么情况也跟我说说，回头带我见见，我得帮你把把关。"

话都说到这个份儿上了，时兮当然也不会再有什么别的想法了，只是淡然一笑："只是想谈个恋爱而已，把什么关？"

"不行，要把。"唐绪摇头，"现在的男人最会当面一套，背后一套。你看看陆成蔚，骗了多少小姑娘。"

时夕笑出了声："这世界上能有几个陆成蔚啊？"

到了时夕住的酒店，唐绪也下了车。装睡了半天的唐错终于睁开了眼。他伸着脖子偷看，看到唐绪和时夕又拥抱了一下，唐绪跟她说了什么，时夕笑着冲他点头。时夕进去以后，唐绪没有立刻上车，站在原地又点了一支烟。

唐绪点烟的姿势特别帅，他会习惯性地朝左偏着一点头，叼着烟的角度比平常人要上翘一点。打火机的火苗映得他的脸亮堂了许多，因为这会儿起了风，他背风站着，打了两次火才打着。

唐错在车里静静地注视着唐绪抽完一支烟，然后闭上眼睛，继续装睡。他听到唐绪很轻地将车门关上，重新发动了车子，他在心中暗暗猜想，现在这辆车应该是朝着唐绪家去了。

想到这儿，他如同一只刚刚偷到了一把上好小鱼干的猫，飘了起来。可是在他忘乎所以地向空中飘了一阵以后，另一个声音又在他的脑袋中响了起来——呵，你可真卑鄙啊！

那声音刺得他身体冰凉冰凉的，如坠深渊，一万桶小鱼干都暖不住了。

车缓缓停下，唐错在心中排演了一遍，才做出一副晕晕乎乎、大梦初醒的样子睁开了眼。前面的唐绪立马注意到了这动静，转过头来说了句："睡醒了啊？"

做戏做全套。唐错假装迷糊地向四周张望："到你家了啊？"

"嗯，看你睡着了，就没送你回学校，直接给你拉过来了。"

唐错鼻头翕动，低低地挤出一声："哦。"

唐绪住的小区如今已经算是很老的了，比起周围那些有着仿佛要建到九天之上气势的大高层，这小区着实显得有点……破败。

两个人站在楼道口，对着怎么跺脚都不亮的楼道两相静默。最终唐绪用两声干咳打破了自己跺了半天脚的尴尬，一边摸出手机一边说道："这灯确实该修了。"

唐错点头，然后才想起唐绪看不见，又赶紧补上了一声。

唐绪打开手电筒，朝前摆了下头："走吧，我给你照着。"

手电筒的光打到地上，那方光亮并不大，可是唐错动，它也动，一时间唐错竟然有一种永远都走不出足下这方光亮的感觉。这感觉在他的脑海中对应上了一个有些中二且十分卑微的词语——画地为牢。

他突然想起刚才时今说的话——我等不起了。唐错真的很奇怪，怎么会等不起呢？起码对他来说，只要唐绪还肯给他留那么一束光，他就愿意在那光里坐一辈子，而且甘之如饴。哪怕唐绪只是出于同情，出于善良。

他正想着，身后的唐绪忽然问："你那个小东西是什么时候做的？"

"啊？"唐错没能立马领会这个问题。

"小玻璃球。"

"哦……那个早就做了。"

听了这话，唐绪看着唐错背影的视线变得有些复杂。

到了门口，在唐绪掏出钥匙开门时，唐错说："唐老师，你这房该换了吧？"

他听到唐绪轻笑一声："这是损我呢？工资少，买不起，等着小唐同学回馈师恩吧。"

小唐同学闻言眨了眨眼睛，犹豫着给了回答："哦。"

唐绪于是笑得更为开怀，打开门："里面的灯是好的，请进吧，小唐同学。"

重逢后，唐错第二次站在唐绪家的卫生间里准备洗澡，手里还拿着唐绪刚给他找的睡衣，还是上次的那身。唐错看着这衣服，眉头微动。接着他捧着衣服仔细闻了闻，再放下的时候眼中带着悄然而至的狡黠，哈，洗过了，柠檬味的。

唐错心情指数直线上升，开始脱上衣准备洗澡。对他来说这一晚上过得都很有意义，他整个人都放松了不少，还忍不住哼起了小调。

刚刚将身上的短袖扔在洗衣机上，门突然被敲了两下："思行，我进去了。"

大概是因为都是男人，加上性格使然，唐绪在打了声招呼以后就推开了门。他做事一向干净利落，使得唐错根本来不及重新穿上上衣。

"忽然想起来上午刚修了热水器，还没设置好，这东西比较老，你应该弄不……你……文身了啊？"

唐错只觉得被一盆混着冰的凉水迎头泼下，零摄氏度恒温，浇得他神经酥麻。

没察觉间，唐绪已经走到他面前，肩膀被唐绪的指尖一点，唐错惊慌失措，几乎是跳着向后逃去。一场大火从那文身处烧起，如同盛夏酷暑时凶猛的山火，一寸一寸地将他吞没，直至烧过他寸草不生的心脏。

他所有的情感好似都在一瞬间化成了恐惧——要被发现了。

唐绪看着他这样过激的反应，一时间愣在了那里。

"你躲什么？我又不会因为这个说你。"唐绪好笑地扬了一下下巴，"你这文的什么？"

唐错瞪大了眼睛，他……不记得了。

他不自觉地将右手抚到左肩，遮盖住那依然发烫的文身。

"花……"

唐绪笑了出来，散散漫漫的："你文朵小红花在肩上干吗？"

他文朵小红花在身上干吗？

"好看吧。"唐错嘟囔。

"是吗？你给我看看有多好看。"唐绪走过去，唐错还在躲，结果被唐绪一脸奇怪地抓住他放在肩膀上的手，拉开。唐错觉得自己此刻仿佛已经是赤身裸体，暴露在唐绪的目光下。

"你这小红花……有点奇怪啊……"唐绪还真在那儿认真欣赏起来，文身他其实见多了，只是现在小孩儿的审美他确实不太懂，这小红花歪歪扭扭的，五个花瓣也是各自自成一家的做派，难道……这是艺术？

唐绪摇摇头："你们这些小孩儿越来越难懂了。"说完便不再纠结他这个奇怪的文身，回身给他弄热水器。

唐错站在墙根松了一口气。可是看着唐绪稀松平常的背影，他嘴巴无声地动了动，眼睛里的光黯下去了不少。

"行了，洗吧你。"唐绪把热水放出来，试了试水温，确认没问题后才转过身，又玩似的屈起手指敲了敲唐错肩上的小红花，走了出去。

唐绪倒是来无影去无踪，就只剩下唐错一个人火辣辣地站在那儿。

他把手伸到喷头下，撩了一把水在脸上，慢吞吞地开始脱裤子。

你文朵小红花在肩上干吗？

脱完衣服站在水流下的唐错踢了一脚地上的水，懊丧极了。

这下好了，小调也别哼了。

唐错今天这个澡洗得特别慢，过了老半天才出来。他在客厅没看见唐绪，两边卧室也没有，便一边擦着头发一边朝厨房走去。果然，唐绪正站在厨房抽烟，窗户大开着。

唐绪回过头，看见站在身后的人以后立马将烟在窗台上摁灭，随口说了一句："洗完了啊？"

"嗯。"唐错答，站在这里还能闻到烟味，他没忍住，问出了一直想问的问题，"你现在这么爱抽烟啊？"

唰啦一声，唐绪把窗户关上，开玩笑地说："年纪大了，找点精神寄托啊！"

"哦……"唐错已经放下了毛巾，头发乱糟糟地趴着，"你去洗吧。"

唐绪却弯腰从旁边的牛奶箱中拿出了一盒牛奶，打开，倒进杯子里。等微波炉转了起来，唐绪走过来揉了一把那软趴趴的头发："自己拿出来喝啊。”

窗户又被唐错打开，他端着那杯牛奶站在窗边吹风。那枚烟头还窝在窗台上，以一种扭曲的姿势。他垂着眼皮跟那烟头对视了一会儿，然后回头看看，确认唐绪并没有神不知鬼不觉地出现在身后，终于伸出手，以拇指和食指捏起了那枚烟头。

凑到嘴边闻了闻，浓烈的烟草味刺得他耸鼻。烟头在指尖打了个转。这天唐错主动睡到了客房，看得出来，客房已经被唐绪重新收拾过，干干净净的，没一点灰。唐绪把空调定了个时，遥控放到他的床头：“晚安，别玩手机，赶紧睡觉。”

“嗯。”唐错哼哼了一声，“晚安。”

这学期已经过去了一半，班上的人万万没想到，唐绪的课竟然还有期中考。在唐绪宣布这个消息的时候，班上一片愕然。

“唐老师啊！”路洪仗着和唐绪还算熟，直接就嚷嚷开了，“咱们年轻人怎么还能有期中考这个陋习呢？”

唐绪勾着一边的嘴角，似笑非笑：“我们80后就喜欢期中考，哦对了，期中考占最后总成绩的十分，下堂课随堂考，这两天你们可以复习复习。”

于是底下又是一片哀号，一般来说，开学前半个学期，基本上学习都是废的。

唐绪看着底下这群学生，实在是觉得不争气：“你们看看你们这样子，合着平时都不听课、不看书的是吧，期中考的意义就是提醒你们自已有多么无知。怎么一个期中考就跟往你们脖子上架了把刀一样？"

真到了刀架在脖子上，在行刑现场巡逻的唐绪就只剩下无语凝噎了。他这都教了一帮什么学生？

大失所望的唐老师也不转悠了，直接在唐错旁边站定，看着得意弟子答题。眉头舒展，正看得起劲儿，唐错却忽然抬起头望着他，可怜巴巴的。

唐绪一愣，用眼神询问他，怎么了？

唐错抿抿唇，开口："老师你别看我的卷子了……我紧张。"

四周一片窃笑，数路洪声音最大。

"……"

唐绪无奈："好好好，不看。"

说完，他就转身走到了路洪的座位旁。路洪捧着一张就洋洋洒洒写了几个公式的卷子跟他大眼瞪小眼。

"写啊你。"

"难度太高……我不会……"路洪傻乐。

等回到办公室，唐绪批完卷子，仰在老板椅上跟同屋的老师感叹："现在这学生啊！"

那老师也翻着助教批的作业咋舌："一代不如一代啊！"

同屋的老师年龄更大一些，也更加恨铁不成钢一些。

"现在这教育体制就是有问题，进大学太容易，出大学也容易，本科生糊弄得太多，我看就应该引进个末位淘汰制，没压力这群小孩儿是真不学。"

唐绪笑了一声："这么多学生，要真的做到让每个人都有压力，那得淘汰多少人？"他把卷子整理了一下，抽出唐错的那张满分试卷，右手的食指叠在中指上，向下一弹，"还是得靠自觉，都上大学了，难道还得逼着学不成？"

他把唐错的卷子滑到对面的老师那里，多少带了点炫耀的姿态。

"哟，满分啊？不错啊！"

唐绪笑了，不过没说什么别的，只是将卷子拿回来，摆在了最上面。

把成绩都登记好以后他便起了身，跟对面的老师打了声招呼，离开了办公室。路过旁边比较大的办公室的时候，听见里面又在热热闹闹地拉家常。

"我闺女他们幼儿园最近在发小红花，昨天她因为没得到小红花，回家大哭了一场。"一个女老师笑道，"你说这么多年，幼儿园还是小红花那一套，经久不衰。"

"对小孩儿来说，这种奖励就够够的了，别说幼儿园了，我儿子都上小学了还成天拼小红花呢，这叫童真。"

里面七嘴八舌地讨论着，时不时夹杂着一阵笑声。

唐绪听完也一边走一边想，还真是，他小时候也是小红花这一套啊！

站在电梯里按了一楼，唐绪还觉得确实挺有趣。小孩子有朵小红花就知足了，换了他班上这帮学生，一百朵小红花也激不起他们心中学习的水花。

他轻笑一声，又猛然怔住。

"今天刘老师提问，明明我也举手了，但是她没有叫我，叫了葛小辉，葛小辉答上来了。可是他是在刘老师提醒了以后才答对的，明明我可以比他答得好的，可是老师把小红花给了他。"刚上完补习班的唐错穿着个小跨栏背心，坐在席子上，一边吃着西瓜一边抱怨。

"他比你小，你就当是让着他。"

"可是那个班上的都比我小，今天我一直举手，刘老师一次都没有叫我。"

"明天就会叫你了。"

"可是刘老师不叫我，我就没办法回答问题，那我就没有小红花，我今天就一朵小红花都没有，昨天我也才一朵。"

正在写论文的唐绪被絮絮叨叨的小孩儿说得敲错了好几个字，终于无奈地从电脑前起身，在笔筒里抽了一根红笔，掀开笔帽走到啃着西瓜都堵不住委屈的唐错身边。他扶着唐错的肩膀，在上面画了朵小红花，画功不佳，歪歪扭扭的。

"你最棒，我给你发一朵行不行？"

唐错举着西瓜，扭着脖子看自己的肩膀，看见那朵小红花以后立马笑出了大白牙："行！"然后他兴奋地问蹲在面前的唐绪，"以后老师不给我小红花的话，你都给我吗？"

"嗯，他们不给我给你。"

"唐老师？"电梯里不知道什么时候又进来了人。

"啊？"唐绪回过神，发觉电梯早已到了一楼，道了声抱歉，匆匆走了出去。

外面的雨来得突然，唐绪没带伞，索性站在教学楼前，思绪难平地注视着被打出一个个小水坑的地面。

校园里的广播站倒是应景，播放着一首首能衬上这场雨的曲子。校园里的雨是个浪漫的东西，或许是因为身在校园之中，融汇了一些洋溢在四面八方的青春气息，它在很多时候都能让人想到爱情，想到初恋。人之所以会因触目所见而产生遐想，大抵都是因为有什么相关的记忆，或许是亲历，或许是他叙，可总归会有那么点东西存在，然后穿针引线般将林林总总的思想碎片串联成一条线，这端是一场再寻常不过的雨，那端是一个在梦中都不曾寻常的人。

唐绪靠在七教大门旁的墙壁上，听到旁边的一个女生和男朋友抱怨："提醒你带伞还不带。"那个男生嘻嘻笑了一声，伸手揽住皱着眉头的女孩儿，和着喇叭飘扬出的音乐跟唱："最美的不是下雨天，是曾与你躲过雨的屋檐，回忆的画面……"

唐绪自认是一个没什么浪漫情怀的人，不过尽管如此，他还是被这场雨感染了一些。旁边的小情侣已经开始说说笑笑，女孩儿说想去吃黄焖鸡，男孩儿说好，待会儿就去，给你要两碗饭。女孩儿佯装生气地拍了他一下，我饭量很小的好吗？

唐绪听着，手又摸到了兜里。兜里的软包烟盒已经瘪了，估计也就一两根。

他无奈地一偏头，视线正巧触碰到草地上的小花，开得正艳，被落下的雨滴打得摇摇晃晃。只看了一眼，他就又想到了唐错肩膀上的那朵小红花。

忽然很想见见他。

第四章

我的母亲

唐绪叹了口气，终归没将那稍显空荡的烟盒掏出来，而是从另一面的衣兜里摸出手机，给唐错打了个电话。

下雨天最适合躺床，这是何众的至理名言。下午宿舍的窗户忘了关，何众的床挨着边，被飘进来的雨打湿了一大片，于是他爬到了唐错的床上，跟他并排躺着玩手机。两个大男人怪挤的，唐错躺得不舒服，翻了个身，侧过来。

也正巧，电话铃声偏就在他调整姿势的时候响了起来。

何众正打手游打得酣畅，猝不及防地就被刚挂断电话、手忙脚乱的唐错踩了一脚。

"哎哟！我的腿。"

唐错忙说"对不起对不起"，腿上却没闲着，利索地翻身下了床。他一边穿拖鞋一边扬头对何众说："我把你的伞拿走了啊！"

何众哼哼："拿拿拿。"

"这是去给妹子送伞啊？"宿舍另一个人打趣道。

唐错没理他，扯上两把伞出了门。

唐错在大概五分钟以后就飞奔着过来了，唐绪眼睁睁地看着他一大步迈进水坑里，溅了一裤子的水。

"你跑什么，看看你这裤子。"

唐错这才喘着粗气、红着脸低头查看，发现自己的裤子几乎已经湿到了大腿。他揉了揉鼻子，把手里的另一把伞递给唐绪。

唐绪却很快将伞给了站在一旁的认识的两个女生，自己凑到了唐错的伞下。

"你们两个凑合回去吧，我看这会儿还行，估计一会儿还得下大了。"

那两个女生受宠若惊地道谢，谢完唐绪谢唐错。

于是唐错就莫名其妙地被唐绪揽着往外走，唐绪的手正正摁在唐错肩上那朵小红花上。

唐绪带着唐错到了自己的车上，翻出一条新毛巾扔给唐错："稍微擦擦。"

他将车开上了路，唐错还在低头认真擦着身上的水渍，布料的摩擦声、雨滴打在车窗上的声音、雨刮器划过玻璃的声音，在安静了不少的城市中混杂在一起，搅得唐绪心乱如麻。

"思行。"唐绪叫了唐错一声。

唐错手上动作没停："嗯？"

"你记不记得，以前我总给你画小红花，每天一个？"

这话唐绪说得漫不经心，好似只是随口道了句天气真好。可是很突兀地，布料摩擦的声音就消失了。

无论唐错此刻内心有什么样的惊涛骇浪，唐绪都没有看出来半分异常。唐错给自己做了这么多年的心理调整，关键时刻绝不允许自己掉链子。

唐绪观察不出唐错什么反常的反应，心里多少舒了口气。其实他并没有表面看上去那么轻松，对于那朵小红花，他在刚才等着唐错的时间里，连最坏的打算都做好了。

"你肩膀上那个，是因为我以前总给你画吗？"

"嗯。"唐错将毛巾叠起来，整整齐齐的。

"为什么要文在身上？"

唐错将毛巾放到旁边，大大方方地回应："想鼓励鼓励自己，我……刚离开你的一段时间，很不安，跟新爸妈也不太敢说话，还是有点害怕的吧，那时候还不知道文身，就学你偷偷给自己画。后来被一个学长看见了，问我是不是文身了。那会儿才知道文身这东西，就自己去找了个店文上了，省得还总要画。"说完这些，他转过头看了看唐绪的脸色，有些严肃，却并不是生气的样子。他握了握拳头，"那时候不懂事，一时冲动就去文了。"

这话听着有些耳熟，唐绪想起来，他给时兮道歉的时候，也是说自己以前不懂事。想到这儿，他不自觉地将眉头拧成了一个威严的形状。

刚好遇到红灯，唐绪把车停下来，偏头看了看唐错，发现他正看着自己。

"你……你要是觉得不好，我可以去洗掉。"

雨刮器扫掉挡风玻璃上的雨幕，视野清晰的瞬间，唐绪第一次有了后悔的感觉。就算不愿意承认，就算知道唐错现在很优秀，就算知道当初自己只是选择了自认为最可行的方式，他也后悔了。

唐错出生的家庭，使得他从生下来开始，就过着小心翼翼的生活。等到唐绪把唐错带出来，费了好大的力气才让唐错变得和别的小孩子没什么两样，会哭会笑，会撒娇，会耍脾气，会说我想要这个，我想吃那个。那时的唐错是鲜活的唐思行。

可是过了这么多年再遇见，他到此刻才发现，唐错不只是变得懂事了，他好像又变回了那个习惯于看别人眼色的、小心翼翼的唐错，并且比那时候更加思虑周全。

"我没有觉得不好，就是有点好奇，所以问问你。"他伸出手，揉了揉唐错的脑袋。

唐绪压下心中的情绪，在红灯变绿以后问："想吃什么？"

意料之中，唐错回答："都可以。"

唐错的表现一直很正常，唐绪看不出什么别的东西，于是小红花的事情就这么过去了。不过唐绪一直没彻底放下心来，那年唐错离开前说出的那些孩子气的话重新开始往他的脑袋里钻。他想不明白，当时那么偏激、占有欲那么强的小孩子，怎么就在刚刚二十岁的年纪，变成了这样似乎没有一点脾气、平和得不行的状态呢？

唐绪时隔很久，重新翻出了唐错母亲的电话。他看着那号码，想拨通又犹豫。他打过去说什么？说想了解了解唐错这几年的生活？说觉得唐错现在过于懂事了？

唐绪长叹一口气，将手机扔在桌子上。这问题未免太过奇怪，谁家还嫌小孩儿太懂事？

但是又思虑了几分钟，他还是决定约唐错的妈妈出来聊一聊。

别人不嫌，他嫌。

人一旦憋着自己，迟早会出事。

可他还没来得及拨出这个电话，就被打进来的一个电话打断了，是陆成蔚。

"干什么？"

"哇，你对我也太冷淡了吧？"

唐绪心里有事，正烦着，也不想跟他贫，催促道："快说，没事就挂了。"

陆成蔚大概是听出他心情不佳，终于不再纠缠一些有的没的的问题："我正在追求一个小明星。"

"啧。"唐绪要挂电话。

"哎！你听我说完。"陆成蔚加快了语速，"这个小明星吧，有个癖好，有事没事就往心理诊所跑，几乎熟识全北京各大心理诊所。结果你猜怎么着？"

唐绪沉默，不参与，不配合。

陆成蔚毫不在意观众的冷漠，自己揭晓了答案："刚才我陪小明星来一个挺出名的女医生的心理诊所，结果这人记错了预约时间，约的根本不是今天。"

陆成蔚的废话应该会一辈子都这么多。

"这不重要，重要的是，我刚要走，看见进去一个人，是思行！"

唐绪正在给自己倒水喝，听见最后两个字，心头顿时一跳。

"谁？"

"唐思行，"陆成蔚一字一顿地说，"这小孩儿看什么心理医生，现在的小孩儿都这么时髦吗？"

"发个定位给我。"

没给陆成蔚任何反应的时间，唐绪飞快地扔下这句话，就拎上钥匙出了门。

唐绪形容不出来现在是什么心情，他特别希望陆成蔚满嘴跑火车的口这次靠谱一回，唐错只是瞎赶个时髦。

为了给唐绪盯梢，陆成蔚只能放弃约会，哄着小明星陪他在门口等着。小明星倒也懂事，自己在那儿鼓捣着音响听歌。陆成蔚花大价钱买的新车，这环绕音响的效果确实不是吹的，听着挺震撼，好像每一个音符都能从四面八方挥着斧头砍到你心里去。

没过一会儿，唐绪就出现在陆成蔚的视野里。陆成蔚纳闷，从车窗伸出脑袋问："你的车呢？"

唐绪脸色不是很好，看着跟要去跟谁干架一样。

"他认识我的车，我怕他看见，放一边了。"

唐绪拉开车门上了车，上来以后脸色就更不好了。一个男人在重金属的鼓点里声嘶力竭地吼着，跟要用这怒吼掀了车盖一样，生生给他吼出一身的鸡皮疙瘩来。

"换首歌行不行？"

陆成蔚知道他不喜欢这些东西，连切了几首歌。小明星打唐绪上来以后就大气不敢出，唐绪跟陆成蔚不同，陆成蔚是高高瘦瘦的，总是眉目间稍带三分轻笑，典型的贵公子形象，更确切地说，花花公子形象。而唐绪比陆成蔚健壮些，绷着脸不说话的时候，给人一种不怒自威的感觉，平白生出一些距离感。这可能多少跟他家老爷子的气势遗传有关系，但是两人又不一样，唐家老爷子是正大光明地威严，唐绪却是暗带着几分匪气。

小明星看陆成蔚切了半天也没切出首好歌来，主动伸出手说："我来挑吧。"

唐绪这才注意到副驾驶的人，在将这人和陆成蔚口中的"小明星"对应上以后，他眉梢一抽。

陆成蔚车里的歌都是摇滚乐，小明星弄了半天才找到一首抒情的流行歌，前奏飘出来，小明星回头问："这个行吗？"

这首歌唐绪倒是听过，《一丝不挂》，陈奕迅的。

他点了点头："麻烦了。"

陆成蔚看了眼歌名，乐了，阴阳怪气地哟了一声："原来你好这口儿啊！"

唐绪懒得搭理他，专注地盯着对面。小明星动了动手指，把歌设成了单曲循环。

"别盯了，刚进去这么一会儿，且出不来呢，这种心理咨询、心理治疗什么的，都可费劲儿了。"陆成蔚抽出根烟点上，又把烟盒和打火机扔给唐绪。唐绪这时候才发现，自己出来就拎了串钥匙，连外套都没拿，更别说烟了。

他现在确实有烟瘾，烟这种东西，抽着抽着就离不开了，几乎是对一个人自制力的最不留情面的鞭笞。

他们等了得有一个小时，唐错才出来。诊所的门口有几级台阶，唐错是直接从最上面一个飞跃蹦下去的。跳下来以后，唐错扯了扯书包，慢吞吞地一边踢着石子一边往前走。

陆成蔚看着马路那面，问："不下去啊？"

顿了顿，唐绪沉声回答："他不想让我知道。"

陆成蔚闻言一愣："不是，那你干吗来了？我们在这儿等半天又是在干吗，就为了目送小朋友离开啊？"

"嗯。"唐绪靠在椅背上，可有可无地发出一声回应。

"……靠。"

眼看着唐错进了旁边的地铁站，唐绪才打开车门："你们先走吧，我去找那个医生聊聊。"

"哎！"陆成蔚要留住他的话没来得及出口，唐绪就已经撞上车门，大步往马路上跨去。陆成蔚咋舌："什么毛病……"

一直单曲循环的歌又唱到了最后一句，小明星看着正在过马路的唐绪，说了句："你朋友有点帅。"

陆成蔚的动作停住，扭头："你值得更帅的，就在你旁边。"

唐绪进了诊所，却没想到在一楼就被一个小姑娘拦下了。

"先生，请问您有预约吗？"

唐绪摇头："家里人在这里做心理咨询，如果可以的话，我需要了解一下他的情况。"

小姑娘点点头，拿出一个本子："那先生请登记一下您的个人信息，我联系一下文医生，看现在是否方便。"

唐绪在来客登记本上写上自己的姓名、电话，小姑娘接过来看了看，说了声"稍等"，拎起电话拨了出去。

"文医生，这里有位唐先生想要约您谈一下一位客人的情况，您现在是否方便呢？"

大概是为了让这个心理诊所更加使人精神放松，小姑娘并没有使用"患者"之类的字眼。那边不知道说了什么，小姑娘又看了看本子，补充道："唐绪先生。"

挂断电话以后，小姑娘抱歉地朝他看过来："非常抱歉唐先生，文医生马上就要接待下一位客人，正在做准备，今天怕是不方便与您见面了。"她递过来一张名片，"这上面有文医生的联系方式，她说您改天可以提前和她联系，她再同您见面。"

唐绪接过来，打量着小小的名片。

文英。

"好的。"唐绪礼貌地点头致谢，"谢谢你。"

唐绪离开之后，小姑娘拿着本子上了楼。

"走了？"

小姑娘点点头，将那个来客登记本递给文英："按照您说的，将您的名片给他了。"

文英将本子翻到最新的一页，这是她第一次在除了唐错口中以外的地方，触及这个名字。唐绪来得比她想的要早一些。文英轻轻叹了一口气，记下了上面的电话号码，把本子重新递给小姑娘。

小姑娘没有马上离开，抱着本子站在那儿问："唐错最近的情况是不是不太好？他来的频率高了很多。"

"是啊！"文英揉了揉太阳穴，"所以我也需要见一见他的家里人了。"

小姑娘赞同地点头："心理治疗如果有家人朋友的配合，效果确实好很多。"

唐绪回到自己的车里，给唐错打了个电话。

"在哪儿呢？"

听筒中，唐错支吾了一声："地铁里呢。"

"哦。"唐绪弹掉累积的烟灰，"干吗去了？"

"去超市买了点东西。"浑然不知自己已经被发现的唐错还在平静地扯谎，听得唐绪更加无奈。

"嗯，行吧，回去时慢点。"

唐错觉得这通电话有些莫名其妙，这么长时间，唐绪还没有这样无缘无故地给他打过电话。

地铁停在一站，上来了几个人，有个带着小女孩儿的妈妈。唐错立马站起来，跟那位母亲说："您坐这里吧。"

那位妈妈立时连连道谢，还拉了拉小女孩儿的手说："哥哥把座位让给你了，快谢谢哥哥。"

小女孩儿拿出口中的棒棒糖，眨着大眼睛看着唐错，笑的时候露出两个小酒窝，嘴巴和糖果一样甜："哥哥你真好！谢谢哥哥！"

唐错略显局促地摆手："不用谢不用谢。"

被妈妈抱在腿上以后，小女孩儿接着吃棒棒糖，眼睛却一直盯着唐错。

地铁上的人越来越多，唐错看了看还在吃糖的小女孩儿，抿了抿唇后跟那位妈妈说："阿……"刚叫了一个字以后又觉得不太好，改了口，"姐姐，最好不要让她吃棒棒糖了，地铁上人很多，挤来挤去的难免会互相碰到，而且有时候刹车不太稳，万一有人撞过来或者怎么样，小朋友可能会戳到嘴巴。"说着，唐错还如图所示一般，抬起手戳了戳自己的嘴。

被叫作"姐姐"的妈妈听了，赶紧笑着说："啊这样啊，我都没想到，谢谢你啊！"说完，她碰了碰小女孩儿的手，打着商量的语气同小女孩儿讲，"听明白了吗？哥哥说在地铁上吃棒棒糖很危险，出去再吃好不好？"

小女孩儿似乎是纠结了一会儿，才张开嘴，把棒棒糖拿出来举在手上，小大人一样说："好吧。"

"你还有没有棒棒糖？给哥哥一个。"

站在一旁的唐错受宠若惊："不用不用，你吃就好了！"

小女孩儿却立马翻翻自己的兜，掏出一个新的棒棒糖朝他举过来："哥哥，给！"

"拿着吧，她喜欢你才会这么积极地给你，今天真的谢谢你。"

小女孩儿笑眼弯弯地强调自己的内心："是的，我喜欢哥哥。"

唐错一时间更加不知如何是好，只好红着脸接过来，说："谢谢。"

小女孩儿没再说话，也没说不客气，坐在那儿盯着他看。

"哥哥你脸红了。"

唐错被这童言无忌搞得脸上更热。小女孩儿却依然不肯罢休，接着嘴甜："哥哥你长得真好看。"

一旁有两个女生笑出了声，唐错莫名被吓了一跳，眨了眨眼朝她们看过去。那两个女生见被发现，不好意思地偏过头，嘴巴的形状却因为憋笑变得有些奇怪。

结果唐错在下一站就慌慌张张地挤下了车。他站在陌生的站台上目送地铁离开，手里还握着一根棒棒糖。

在人世间所能听到的最崇高的赞美歌，就是从孩子的嘴里发出来的人类灵魂的喃喃的话语。地铁飞驰而去，唐错的脑海中忽然冒出这么一句话，好像是雨果说的。

可是这样的无心赞美，却让他无所适从。

唐错垂下头，在四周热闹的人群中，他的背影显得无力而孤独。他

动了动，将棒棒糖收进了书包最小的夹层，仔细地拉好拉链，静静地等
待下一班地铁。

　　唐绪在当天晚上就联系了文英，文英在那边温柔地向他道了声抱
歉，接着说道，最近的预约真的很满，如果他不介意的话，可以约在周
末，她可以将周六的时间挤一挤，在傍晚的时候见面。

　　唐绪看了看电脑屏幕右下角的日历，周六的话……好像有点晚了，
但是也没办法，文英的时间听起来确实很紧，估计已经是尽量给他抽出
一周内的时间了。

　　"好的，在您的诊所吗？"

　　文英却说，不在诊所了，找一家咖啡厅吧。

　　约好了见面时间和地点，再挂断电话之后，唐绪多少松了一口气。

　　唐错这学期选修了一门心理学，每周一节，在周四下午。按照选课
人数来说，这是一节不折不扣的大课。何众来得早，先占了座位，唐错
站在能容纳二百多人的阶梯教室门口，仰着脖子张望了半天才找着他。

　　这种选修课对大家来说，基本就相当于一节娱乐课。在智能手机已
经霸占了人们生活的今天，娱乐也就相当于玩手机，这样四舍五入算下
来，这节心理学选修也就约等于一节玩手机课。

　　前阵子旁边的一所高校有一个学生跳楼自杀，虽然那个学校将这件
事压下来了，但是在高校圈里这种消息依然不胫而走。心理学老师痛心
疾首，一上课就摇头皱眉地喟叹，现在的大学生心理素质不达标的太
多，同学们一定要学会调节自己的情绪，认识自己的问题，真的有问

题一定不要害怕，要及时去咱们学校的心理角聊天，我们都是不收费的啊！

这番话多少得到了些同学的回应，老师又感慨了两句，开始讲今天的内容。大概是因为那个学生跳楼的事情对老师的触动有些大，老师这节课就拿了一些隐去姓名的自杀的例子，来给大家分析人类到底会在承受了怎样的心理压力的情况下选择自杀。

就算话题稍显敏感，但也不过是一节平常的心理课，课堂上的同学们依然没几个听课的，何众依然沉迷于手游，唐错依然在做着其他科目的作业。可唐错没想到会听到一个自己那样熟悉的例子。

"接下来这个例子就有一些让人心情复杂。这位妇女是在投江一个月之后才被发现的。尸体被冲到了下游的岸边，当地的村民来江边打水的时候发现了她。但是因为在江里冲了太久，又难以判断她具体的投江地点，警方又花了将近两个月的时间，才确认她的身份。令人吃惊的是，她是一个曾经被拐卖的在读大学生。"

或许是因为最后那句话，底下有不少同学抬起了头。

"也是因为她的死亡，警方追查到了当初那个拐卖团伙，这个团伙有些特殊，他们来自一个极其贫困的山区，他们会拐卖年轻的女孩儿到一些通信不发达、非常贫困的山里去，获取钱财的同时，帮那里的人完成繁衍后代的任务。后来警方基本查清了所有被拐卖的人，这个自杀的女人是唯一一个选择死亡的，其他的人基本上都在短暂的反抗以后接受了被改变的命运，而这个女人，在我看来是一直都没接受。她有一个酗酒的丈夫，她经常遭到这个连法律关系都没有的丈夫的毒打，他们生了一个孩子，这个女人试图逃跑过很多次，但都没有成功。大家觉得，是怎样的心理变化，使得她最终选择了自杀这条道路呢？还有就是，你们觉得，对她来说，这样的选择到底对不对？"

老师的这番话说完，教室里便陷入了一阵骚动。难得地，竟然有好几个同学举起了手。

一个女生站起来，说："老师，我觉得她的选择是对的。很多时候并不是活着就是对的，您说她试图逃跑过很多次，那么她一定是在那么多次失败以后，对生活绝望了。她本来是一个有很好的前途的女大学生，一定接受不了自己以后都将在那样的地方守着那种人生活。人们自杀是因为痛苦，我们都觉得自杀不对，可如果那些痛苦不能改变，不能改善，她还有什么别的路可以选择呢？"

女生的话很大胆，显然违背了这堂课的初衷。台上的老师却点了点头，没有发表任何点评。

在她坐下以后，马上有一个男生站起来反驳："我觉得她自杀一是因为被拐卖，那里的生活又太苦，那个男人平时打她也是一个原因，但是我觉得她自身可能也有一些问题。看老师的案例介绍，她被拐卖是二十多年前的事情了，而那时候的大学含金量可以说比现在的高很多。为什么一个大学生会被拐卖？我觉得这首先就是一个问题。再有，我觉得她应该找一些更好的方式来自救，起码如果是到了今天，我不觉得社会上还会有什么绝对的与世隔绝的地方，她想要和别人联系的话总会有机会、有办法的。更何况她还有一个孩子，她死了的话她的孩子会怎么样？所以我觉得虽然她的遭遇很让人同情和惋惜，但是自杀这种行为依然是错误的。"

"她本来就是被拐卖的，孩子也不是她愿意生的，不应该用这个孩子来道德绑架……"

明明只是个课堂发言，却在后来不知不觉衍生出一些针锋相对的意味。

任凭教室里的声音此起彼伏，何众也能保持着一颗强大的内心在那儿玩手游，直到他身边的唐错站起来。

"首先，我想纠正老师的一个错误。"唐错平静地站在那里，语气不急不缓。

何众一时愣住，忘了放大招，抬头看向唐错。

台上的老师也愣在那儿："啊，这位同学请说。"

从唐错站起来，就有女生在偷偷拍照。再加上他的语出惊人，更引得不少同学都错愕地看向他。

唐错并不习惯这样带着探询、带着看戏性质的眼神。他虚虚地捏了捏手掌心，心脏的跳动逐渐变得无法控制。有那么一瞬间，他是想坐下的，可是屏幕上那一个个黑色的字如同红艳艳的血一般漫到他的眼底，他就在这满眼的鲜红中，又看到了她。

"她不是自杀，她是为了救她的孩子，才被江水冲走的。"

这话如同一枚炸弹，炸出了无数窸窸窣窣的碎语，在片刻的静默后斥满了教室。

老师明显有些发蒙，他扶了扶滑落的眼镜，结结巴巴地回了句：

"救……救孩子？"

唐错认真地朝他点头："嗯，当时她的孩子掉到了江水里，她下去救他，最后那孩子被她托上了岸，她却被冲走了。她没有那么不坚强，也没有不好。"

老师往前走了两步，还没有从这话语中回过神："你……你怎么知道是这样的呢？"

何众一直呆愣地仰头看着身边的人，所以他看到了唐错的下颌骤然收紧，又颓然松开。

"因为我就是那个孩子，她是我的母亲。"

几乎在那一瞬间，满教室，二百多个人，谁都没在看手机了。就连在举着手机录像拍照的同学，都震惊地朝站在倒数第三排的唐错望了过来。

身居教室后方，只需要微微垂眸，就能轻而易举地将那些对着他的脸、看着他的眼睛收入眼底。唐错没理会那些能够看得很清晰的眼神，在说完最后一句话以后，就自顾自地坐下了。

何众咽了口唾沫，回过神来，唤他："错错……"

唐错始终低头看着桌面，书本上的公式字符此刻看得他晕头转向。他手心的汗更多了，也没察觉到何众握住了他的手，不停地叫着他的名字。

他站起来为她说了话，却篡改了事实。

她救上了他，但一开始是她骗他可以在那里游泳的，还鼓励他往江心游。或许是因为不忍心，在看着他在江水里挣扎的时候，她最后竟然跳了下去。

还有，唐错慢慢地在脑海里继续无声叙述，在她把她的孩子救上来以后，已经有人看到她落水，并且过来施救了，她也已经抓住了被抛过去的绳子。可是，在刚刚被拉了一下以后，她又看到了岸上的人，那个被她救上的人。

唐错永远都忘不了她的那个眼神。因为在那样的眼神之后，她松开了手中的绳子，在唐错的呼喊注视中，随江而去。

所以，她其实还是自杀的——在看到他以后，放弃了自己的生命。

最近几天，有空的时候唐绪都会去图书馆查一些心理学方面的资料，可毕竟是外行人，两天下来他也没抓到什么重点。这天唐绪又在图书馆泡了一下午，大概五点半的时候，他将今天读的书放回书架上，回了办公室。

自控课是在周二和周五，这两天唐绪都没再看见唐错。快到办公室的时候，唐绪发现自己兜里的烟盒又空了，于是他转了个身，去了唐错班主任所在的办公室。

进去以后发现王老师正在打电话，好像在说哪个学生的问题，表情有些严肃。唐绪自己在桌子上拿了半盒烟，抽出一根再扔回去，拾起打火机，坐在一旁的凳子上等。正欲点烟，却听见王老师说了一声，但是唐错这孩子真的很好，他应该没有问题的。

打火的动作蓦然顿住，他思想迟钝般地看着王老师挂了电话，问：

"唐错怎么了？"

王老师脑门已经汗涔涔的："哦对了，你们是亲戚，你快过来，下午心理学的选修课上唐错起来发了个言，这会儿学校论坛十大的前几个全是说这事的，校领导看见了，怕他有什么情绪波动，一定要我找他谈话。"

在听到"心理学"这三个字的时候，唐绪就不太轻松了。他并不知道唐错选修了心理学的课。

他凑到电脑前看着那个回复量不断增加的帖子，内容很详细，甚至还有完整的视频，足以让所有人了解下午那场风波的始末。

在看完帖子的最后一句话以后，唐绪手里的烟已经碎成了一团。

他狠狠地闭了闭眼睛。就连他都一直以为，唐错的母亲当初只是不堪忍受那样的生活，自杀的。

王老师已经在给唐错打电话，却一直打不通。唐绪转过身，抽走了那张联系单："我会去找他。"

说完，他便紧抿着唇欲离开。

"哎，等一下。"王老师拦下他，凝眉而视，"唐错……不是你的亲戚吗？怎么会……"

唐绪的脚下打了个顿，却没有回头："我那时候去支教，是我把他带出来的。"

王老师并没有想到会是这样，愣愣地说不出话："你……"

一个小孩子，哪是说带走就带走的，这得多麻烦，又要承担多少责任？在他看来，唐绪并不是有着慈悲之心的好好先生，到底是什么样的情况，会让他带一个小孩子走？

　　其实唐绪在一开始，并没有过要带唐错走的打算。

　　在看到他满身的伤痕累累之后，他愤怒、心疼，想要帮他。唐绪什么样的情绪都有，却没有"我要把这个孩子带走"的心思。

　　唐绪带着唐错搭了个驴车，又抱着他走了很远的路，去找魏安口中那个"邻村的小诊所"，唐错一路上都一言不发，乖乖地趴在他的肩头，出神地看着被他们甩在身后的路。

　　后来，唐绪找到魏安去了解情况，魏安也不是特别清楚，于是又将他带到了一位村里还算很明事理的老人那里。

　　那老人刚卷完一卷烟，其实就是薄薄的两层破宣纸，夹上了点再劣质不过的、按麻袋卖的烟丝。那时的唐绪已经会在兜里揣上一包烟了，他上前一步，递给老人一根红塔山。

　　不是什么名贵的烟，老人接过来闻了闻，却又笑着叹了口气，放在了一边，旋而重新拾起了那破烟卷。

　　"抽过好烟以后，再抽我这个，就变了味了。"老人摇了摇头，嘬了一口，"所以啊，不能尝。"

　　"你们说唐错啊……这孩子就算放在这个村子里，也是命苦的。"老人的语速格外缓慢，到了这个年纪，无论是叙述带有怎样鲜明感情色彩的事件，语气里也都会是一种不惊不奇的沉稳了，"他妈是买来的，闹了好一阵，那时候那家的老人还没死，基本上闹就是打，再不行就捆起来、关起来。穷得叮当响的人家，好不容易拼出几个子儿来买了个媳妇，哪会容她那么闹下去？她老闹，后来就打得狠了……有好一阵子都没再听见什么动静，也没再见过那个女人。再后来，她就生了个孩子，名字听说是那个女人取的，也是，一家子，只有她认字儿。不过她不待见这个孩子，我见过好几次，她去江边洗衣服，大冷的天儿，就把孩子扔在地上，哭也不管，脸上什么表情都没有，跟没听见似的。"

唐绪握着那包红塔山立在原地，听见魏安问："买卖人口？这里没人管吗？"

老人叹气。

唐绪皱起眉头，问："后来呢？"

"后来那家的老人死了，唐错他爸爸，就是个连柴都不会砍的酒鬼，老人在的时候，大冬天的都还要去旁边的山里捡柴火，他们这个儿子，屁都不会。再后来，那个女人就跳江死了，尸体没找到，让江水冲走了吧。"老人垂下满是皱纹的眼皮，颤颤巍巍地弹了弹烟灰，"死了也好，活着，除了受罪，什么盼头都没有。"

在离开老人的家回去的路上，长长的一阵沉默以后，魏安问："唐错身体怎么样了？"

"都是伤，得慢慢养。"唐绪说。

路过唐错家那个破房子，唐绪停下来向里望了望，里面没什么动静。魏安在旁边无声地叹了一口气，向前走去。

"下次他再打孩子，咱们就以村干部的名义直接把他关起来。"

魏安这话有些赌气的成分了，唐绪冷静地回应他的建议："你没有关他的资格，你可以选择去报警，或者对他进行思想教育。不过最近的警察局都跟这儿隔了十万八千里，估计也挺难管这穷乡僻壤的事，至于思想教育，行不通。"

"那怎么办，我当着个村干部，看着他家暴啊？"

"家暴"一词，因为"暴"前面加了一个"家"字，便立马变得格外隐晦，且很容易无解。实施家暴的人，无论拥有怎样的受教育程度，都会在被发现、被质问的关头喊出同一句话——我教训我自己的儿子，我管我自己的媳妇，跟你有什么关系啊？这些人扬眉瞪眼的样子，好似一条独自占山封王的疯狗。

唐绪第一眼看到唐错的爸爸，就在心里毫不礼貌地将他与疯狗一词画上了等号。

"哟，是老师啊！我活这么大，还没见过老师呢。"

隔着一臂的距离，混杂着臭味的酒气都刺得唐绪有些作呕的冲动。他憋着气越过他，进了屋子。唐错正站在旁边仰头看着他，见他走过来，伸手抓住了他的衣角。

唐绪覆上腰间的小手，轻轻捏了捏。唐错一愣，接着朝他露出一个小小的笑容。

屋子里昏昏暗暗的，只有一根蜡烛，正以一种歪曲的姿态，苟延残喘地燃烧着。

唐绪蹲下来，问唐错："吃饭了吗？"

唐错似乎是刚欲回答，却在瞥见两步远处阴森森地盯着他的男人以后，噤了声。

唐绪察觉到背后的目光，垂下眼睛，目光落在了唐错掩在大肥裤子下的脚踝上。他摸了摸唐错的脑袋，只字不提伤口的事情，转过头问那个男人："我做了点鸡蛋炒米饭，叫学生们都过去吃了，没见着唐错，就过来找找他，这样，我带他去尝尝，一会儿再把他送回来怎么样？"

男人粗声粗气地笑了两声，舌头打着卷说："成啊！"

出了门，唐绪就又把唐错抱在了怀里，不让他沾地，问他脚踝好点没有。唐错点头，又问道："真的有鸡蛋炒米饭吗？"

唐绪摇头："骗他的。"

一瞬间，唐错眼里的光彩就少了些，怏怏地将头枕在唐绪的肩膀上，鼻子一抽一抽的。

唐绪笑了，把他往上掂了掂。这样把唐错抱在怀里，一把摸过去，几乎都能摸出他骨头的形状。这孩子瘦得都要脱形了。

"没有鸡蛋炒米饭，但是智未姐姐给你做了不辣的水煮肉片。"

在唐错读大学的时候，班上不能吃辣的同学在餐馆问水煮肉片能不能不放辣，引来服务员和同学们的一阵笑声。唐错却笑不出来，因为他确实吃过，而且特别好吃。

后来的日子，对唐错来说，几乎就是一段天降的时光了。唐绪经常偷偷带着他到宿舍吃饭，他吃到了蛋炒饭，吃到了豆沙包，吃到很多道见都没见过的菜。唐绪也会把他抱到床上，检查他是不是有新伤，旧伤口好得怎么样了。若是没有新伤还好，一有新的伤口，唐绪便又会变成那种浑身带着怒气的样子。

韩智未帮他上过一次药，只是才上到一半，就红着眼睛流出了眼泪。唐错喜欢唐绪，也喜欢韩智未。所以他伸手抚掉了韩智未脸上的泪水，说："姐姐你别哭啊！"

韩智未问唐绪："我们去找他谈不行吗？骂他一顿，实在不行打他一顿。村里没人管，咱们管，我不信到时候没人站在咱们这边。"

唐绪抽了口烟，坐在门口的砖沿上："我们可以去教训他，也应该会有人站在咱们这边，一起说他，效果好的话，他可能会暂时收敛收敛。可是有句话虽然难听，但是很在理——狗改不了吃屎。咱们很快就要走了，唐错呢，到时候再剩下他一个人，恐怕那个人会把从咱们这儿受的气，变本加厉地还到他身上。"

唐绪的话刚说完，两个人就听到了水杯打翻在地的声音。唐绪侧身向后掀开帘子，看见唐错站在桌子旁边，脚边躺着一个喝水的铁缸子。

韩智未赶紧进去把他抱起来，搁到床上，又转身去找毛巾。

唐错坐在床沿注视着唐绪，小声问："你们要走了吗？"

"嗯？"唐绪愣住。

唐错低下头，抠了抠裤子缝。他穿的还是韩智未临时给他缝的一身睡衣，拿唐绪的衣服改的。

在这天唐绪送唐错回去的时候，唐错搂着他的脖子问："你们什么时候走啊？"

唐绪没有立马回答，就算是他，也觉得这个问题对唐错来说过于残忍。

"还有半个月吧。"

"半个月……是十五天吗？"这是他前一阵子才学到的知识。

"嗯。"

唐错重新趴了回去，在快到他家的时候又抬起脑袋问："那你们以后还回来吗？"

最后这个问题，唐绪没有回答。唐错也没再追问，他站在家门口，一如往常地跟唐绪挥手，说着再见。

回去的路上唐绪又抽了一根烟，他不嗜烟，以前只会在有场合的时候才抽一根。他这次来带了五包烟备用，为的是以防万一，却没承想已经快被他自己抽完了。

然而即使到了那一天，唐绪也并没有下决心要带唐错走，带走一个小孩儿不是件轻松的事情，他也只是一个没毕业的大学生，还没有自负到认为自己可以担负起另一个人的人生。可后来他所见到的丑恶，让他几乎是毅然决然地拉住了唐错的手。

那天距离他们离开只有三天的时间了，韩智未在吃完晚饭后说想去溜达溜达，看看星星，唐绪便套了个薄外套，陪着她出了门。

"虽然这里很破很穷，星星却很亮。"走在路上，韩智未看着天空感慨。说完这句，她收回目光又说了一句，"可是也只有星星很亮。"

他们本来在闲闲散散地聊着天，说着这将近两个月的时间里发生的趣事，却在路过唐错家的时候，听见了一道近乎绝望的、凄厉的声音，那声音甚至不像是从嗓子里发出来的，很短促，如同一只小鸟濒死时的求救。

两个人都是一怔，在对视一眼以后，不约而同地朝着大门冲过去。

推开门后看到的场景，让唐绪彻底失去了这么久以来锻炼出来的自我控制力，他只来得及骂了一声"你大爷"，拳头就挥到了那个男人的脸上。韩智未被屋内的场景吓得尖叫了一声，顾不得捂住眼睛，就冲过去紧紧地把唐错抱了过来。

唐错整个人都在颤抖，眼睛里没有一点焦距。唐绪还在一拳一拳打着那个男人，韩智未叫了唐错一声，唐错忽然推开她，趴在地上呕吐。大概又是很久没吃饭，唐错什么都没吐出来，却还在一个劲儿地干呕，一边哭一边吐。他一直狠狠地抹着嘴，像是要把嘴擦烂一般。

韩智未怎么叫唐错都没用，她抱着唐错颤抖的身子回头看了一眼，发现那个男人已经被打得翻了白眼，脸上也都是血。但唐绪没有任何想要停下来的意思，依然在那儿红着眼一拳一拳挥在他脸上。

她赶紧叫住他："唐绪！你不要打出人命来！别打了！快点过来看看唐错，我弄不住他！"

唐绪这才渐渐收了手，蹲到韩智未身边的时候，牙齿都被他咬得咯咯作响。

唐错还在使出浑身的力气干呕，眼眶周围也因为破裂的毛细血管，浮现出密密而织的血丝，若不是有韩智未把着他，他怕是要直接整个人趴到地上。

唐绪把他拉过来，像平时那样将他抱在怀里，扶着他的头枕在自己的肩膀上，轻声说："想吐就接着吐，吐在我身上也没关系。"说完，他起身拉起韩智未，"我们走。"

　　唐错被他抱着出了门，依然干呕了好一阵子，却不愿意对着唐绪，只是撑着他的肩膀，歪着身子对着地面。走出去了三五分钟，唐错才慢慢地平静下来，没了力气一般趴在他的肩膀上。唐绪摸了摸他的脸，才发现他的下巴脱臼了，不知是被那个男人弄的还是刚才吐的。

第五章

风雨来时

那天晚上他们两个人带着唐错折腾到半夜，唐错到后来便发起了高烧，昏迷期间，依然攥着唐绪的衣服不撒手。

好不容易哄着唐错睡下，韩智未和唐绪相对着坐在床边，都看着唐错，谁也没说话。很久很久以后，在窗外早起的鸟儿都婉转地啼了好几声的时候，唐绪说："我要带他走。"

唐错那个该死的爸爸果然来闹了。他捂着脸，在唐绪他们宿舍门口如同一个泼妇般撒泼，喊着大学生打人了，乡亲们要给我主持公道啊！

韩智未听得恶心，砰的一下关上了窗户，爬上床躺在唐错旁边，抬起双手捂住了唐错的耳朵。唐错呆呆地看着她，安安静静的。她又腾出一只手，覆上了他的眼睛，说："睡觉，什么事都没有。"

唐绪在里屋打着电话，唐错听不清他在说什么，却在这让他安心的断断续续的说话声中，靠在韩智未的怀里沉沉地睡了过去。

屋里，唐绪的电话已经接近尾声，他最后笑了笑，说："爷爷，现在的社会竟然还有这种所谓的家庭，您说如果我不带这个孩子走，他以后会怎么样？"

唐绪和韩智未离开的那天，全村的人都来送了。一是为了送两个大学生老师走；二是为了来看看，那个可怜的没人要的孩子，是不是真的要被领走了？

唐错被唐绪领着，一个劲儿地仰着头看他。最后唐绪觉得底下的小孩儿脖子都快定型了，只好当着许多人将他抱起来。

唐错的视线还是没离开他，唐绪掂了他一下，冲着人群抬了抬下巴："跟他们挥挥手，再见。"

这话是说给唐错听的，也是说给自己听的，但他知道唐错并不能听懂这句话——跟他们挥挥手，再见，告诉他们，你要告别痛苦，去看真正的世界了。

唐绪放眼望去，看见那个刚拿到一大笔钱的男人也来了，或许只是路过，远远地站在路边看着这边，手上还拎着瓶酒。唐绪的眼神有点冷，没人注意到的，他微微扯了扯嘴角。接着他侧了侧身，确保唐错不会看见那个男人。这个男人一辈子经历了两次交易，一次毁了一个女人，一次"卖"了自己的儿子。有些人，活该酒气熏天地臭死在那里。

唐错在这时举起了一只手，摆动两下，朝着看他们的人群。

他的确没听懂唐绪更深一层的意思，但是他知道，他要去跟唐绪一起生活了。第一次，他面对着这个只带给他无尽痛苦的村子，露出了喜悦的表情。那表情让那个已经花了眼的老人一怔，待回过神来，几个人已经走了。看着他们的背影，老人摸出一根香烟点上，是一根红塔山。他佝偻着身子往家缓步踱去，倏尔念叨了一句，这孩子命好啊！

唐绪连办公室都没回，直接边往外走边拨了何众的电话。

"唐错在哪儿？"

那端何众的声音也透露着焦急："我也在找他啊！唐老师，我就怕他心情不好想着今天要陪着他呢，结果我俩上个厕所的工夫他就跑了，连书包都丢我这儿了，我刚到宿舍，他没回来。"

唐绪进了电梯："知道了。"

挂了电话，他又给唐错拨了过去，但是无人接听。连着打了几通，都是同样的回音，他只得边走边给唐错发了几条短消息，希望他在看到以后起码能够回应一下自己。

——思行，看到短信回我电话，不想打电话回短信也可以，让我知道你没事。

——我知道你不开心，但是不要犯傻。

——听话，跟我联系。

唐绪连发了几条消息，心头的不安却没有消退半分。他觉得唐错不至于因为这件事做什么傻事，但是从视频就可以看出来，他已经情绪崩溃了。

唐绪上了车，给文英打了个电话，同她简要地说明了今天下午的情况。文英在那边凝神思考了一会儿，随后说道："如果按照思行正常的情况，他不会在课堂上站起来说出那番话，他今天没有控制住自己，现在应该很懊恼，又不知道该怎么办。不过他不会做什么危险的事情，以我对他的了解，他现在应该是找了个没人的地方自己待着，因为他其实并不喜欢别人的注目。"

唐绪皱起了眉，不知道文英的判断从何而来，相对于他对唐错的认知，这些判断显得十分陌生。

　　文英继续说道："唐先生不要太担心，不如先将学校这边处理好，过一会儿思行平静一些了，应该就会和外界联系了。"

　　"我已经联系了论坛管理人员删帖。"

　　"那就好。"文英说，"如果您实在担心的话，就去可能的地方找找他吧，他应该已经不在学校里了，因为刚发生的事情跟他的亲生母亲有关，他应该也不会回现在的家，我猜他或许会去一些人少的小咖啡馆、公园之类的安静的地方……"

　　唐绪按照文英所说的，一面开着车大海捞针似的搜寻，一面分神留意着手机的回音。他又给唐错打过两次电话，到了八点多，唐错的手机就关机了。

　　唐绪心里着急，忙把车停在路边，给文英打电话："他始终没回我消息，手机也关机了。"

　　文英沉吟半晌，突然恍然大悟般发出一声惊呼，接下来的语气略带急促："抱歉，我竟然现在才想到。唐先生，您不如回家里看看吧。"

　　唐绪一滞："他去我家了？"

　　无论文英的猜测准确度有多少，唐绪都选择相信。而事实证明，文英这些年来对唐错的心理辅导，确实是尽心尽力。唐绪回到家，就看到唐错正靠着他那有些破旧的防盗门站着，楼道的灯已经修好了，隔着半层楼梯，唐错平静的眼神打着亮光看着他，使他的心在一阵颤动之后，终于安定下来。

"什么时候过来的？"又跨上几级台阶，唐绪走到唐错身边。

"有一会儿了。"唐错嗓音干涩，说完以后咳了两声。

"怎么不给我打个电话，我很担心你，知道吗？"不忍心责怪他，唐绪却还是忍不住说了两句。

"手机没电了。"说完，好像是怕他不信，唐错举着黑屏的手机给他看，还使劲儿摁着开机键，"打进来太多电话了，还有好多消息，我后来想给你回电话，结果发现手机已经没电了。"

唐绪看着他，没再说话，抬起手压在他的脑袋上，揉了揉。然后掏出钥匙打开门，带他进了屋。

"你怎么过来的？何众说你没拿书包，带钱了吗？吃没吃晚饭？"

唐错正在换鞋："我走着来的，走着走着就到你这儿了，还没吃饭。"

"我去给你弄点东西吃。"

唐错点头应着，跟他说谢谢。自始至终唐错都没有表现出太多的情绪，好像什么都没发生一般同他聊了几句天，又说自己想要先去洗澡。唐绪在他进了卫生间一会儿后走到厨房，打开冰箱搜寻了一圈，发现大概只能给他弄碗西红柿鸡蛋菠菜面。面下了锅，唐绪又将一杯牛奶放到微波炉里。

微波炉的结束提示音响了两次，门终于被一只白皙纤瘦的手打开。唐错把里面的牛奶拿出来，回头看着正对着面前的锅出神的唐绪。他将手指在温热的牛奶杯上来回移动了几下，继而走到唐绪身边。

唐绪回过神来，把勺子伸进锅里搅和了两下，锅里红的绿的混在一起，顺着勺子搅动的方向，打了个转："啊，忘记拿了。"

唐错嘴唇动了动，看着他的侧脸问："你都知道了？"

没想到他会主动提起这个问题，唐绪看了他一眼，灭了火，边将面出锅边说："嗯。"

他端起那一大碗面，示意唐错自己拿一双筷子。唐错将手伸到筷子筐里，停顿片刻，拿了两双，又从旁边的橱柜里拿了个碗。

唐绪已经把面给他放在桌上，看见他拿了这么多东西，挑眉看着他。

"太多了，我吃不了，而且……你是不是也没吃啊？"

说完这句话，唐错就没再敢看唐绪。

两个人分了那一锅面，唐错依然在吃面的时候没有发出一点声音，倒是唐绪，毫不在意形象。

"你今天说的……怎么以前没跟我说过？"在两个人吃得差不多时，唐绪问。

"不是什么好的回忆，我不想说，而且你也没问过。今天……"唐错从汤里夹了一片菠菜叶，又放下。

"今天为什么说了？"唐绪追问。

唐错拿着筷子没动，只是眼睛轻轻眨了一下。

"我不喜欢他们那样议论她。"他的声音响在寂静的屋子里，不是带着棱角的辩驳，而是一句坚定的陈述。

唐绪现在其实很想抽根烟，但是忍住了。他无意识地指尖对碰，搓了搓，然后倾身上前，胳膊支在桌子上，注视着唐错的眼睛。

"她对你不好，是吗？"

唐错摇头，看着他："虽然她在别人心里不是个好妈妈，但是我从来没怪过她，也不觉得她不好。"

说完这话，唐错就端起了碗，连带着唐绪的，拿到水池旁去洗。唐绪起身跟过去，按住他的手："我洗就行了，去刷个牙睡觉吧。"

"我洗吧，刚吃完饭就睡觉，对身体也不好。"

这话倒也在理，唐绪本是怕他今天太累，想让他早点休息，毕竟在他看来，无论心情有多糟糕，睡一觉以后都会好很多。可反观唐错的表现，并没有他预想中的惊慌失措，也并不显狼狈，反而对比下来，倒是今晚的他显得有些战战兢兢。

于是他索性靠在墙边，看着唐错在那里认真地洗碗。

上过一遍洗涤灵，在将碗冲干净的时候，唐错忽然说："我在家也经常洗碗，我喜欢看着它们这样变干净。"

水流从龙头流下来，都不需要再借助什么外力，唐错手中的碗就在水流的冲刷下，褪去了身上的层层污垢。作为一个碗，无论它盛过什么，弄得有多花多油，都会在一顿饭之后，拥有重来的机会。

唐绪刚要说话，唐错却又开了口。

"我说我不怪她，是真的，她很多次都想要逃跑，但是都没有成功。其实有一次，她是有机会的。但是当时我很饿，就抱着她的腿哭，她本来已经拿上那个小包了，结果又放下了。她生火给我弄了一碗米糊。那个家里都是用大灶台的，生火很麻烦，我记得她折腾了好半天，后来太阳都要落下来。"唐错像在叙述别人的故事，有条不紊地说，"米糊做好以后，她就让我坐在床上吃，我看到她拎着她的小包走了……晚上她又回来了，被他们抓回来的，身上我看不到，但是脸上都是伤。"

唐错终于把碗洗完了，控干了水放到柜子里，关上柜门之前，说了最后一句："要不是因为给我做那碗米糊，她是能赶在他们回来之前彻底离开的。"

唐绪一直在看着唐错，所以在唐错放好碗，回过身来的时候，两个人的视线正好对上。唐错的眼睛使得唐绪的心里一揪一揪地抽痛，身体比大脑更快地做出了反应，他上前一步抱住唐错，抚着他的后脑勺："都过去了。死者为大，我不想再评判什么，但是她的死和你没有关系，你没有做错任何事，不要再用以前的事情为难自己，知道吗？如果可以的话，我希望你彻底忘掉那些日子。"

这个拥抱没有任何征兆，唐错微张着双手定在那里，眼睛在唐绪看不到的地方，睁得大大的，不敢相信一般看着前方。

"嗯。"很久以后，他这样回答了唐绪。手终是没有回抱住他。

这晚，唐绪安排唐错睡下，照例向他道了一声晚安。唐错说完晚安却又说："明天我不想去学校了。"

唐绪点头："那就不去了，明天有课吗？"

"有，你的课。"

"……"唐绪哑然失笑，"你这是请假呢？"

听了这话，唐错露出了今天晚上第一个笑容："嗯，请假。"

唐绪伸出手，弹了一下他的脑门："准了，明天自己在家可以吗？"

唐错的表情生动了些："我又不是小孩子。"

唐绪嗤笑出声："好，大孩子，睡觉吧。"

唐绪的课是在三四节，他素来有早起的习惯，在给唐错准备好早餐以后，留了张便条便出了门。开车走了一截，看到路边有卖豆腐脑的，唐绪忽然记起唐错十分爱吃，又看了看腕上的表，距离上课还有一段时间，他便停下车去买了一碗。

再回到家的时候，因为怕吵醒唐错，他把脚步放得格外轻，将豆腐脑放到厨房。

正要离开的时候，他却听到自己的卧室里有窸窸窣窣的动静，似乎还有唐错的声音。

他放轻脚步，奇怪地往里走去，发现旁边的客卧已经打开了门，唐错并不在床上。

卧室的门虚掩着，他不知是出于什么心态，又或许只是一种预感，这会儿只是轻轻抬起手碰到门，推开了半扇的幅度。

唐错的声音更加清晰地传到他的耳朵里："……唐绪……你又回来了……"

唐错整个人都蜷缩在一起，他微仰着头，眼角甚至溢出了两滴泪水。

略微清醒过来，唐错才缓缓睁开湿润的眼睛，如同电影中一个长长的慢镜头，放映在梦结束的时候。

而在睁开眼睛的那一瞬间，他看到了站在门口的唐绪。

也几乎是在那一瞬，他如同受了巨大惊吓般弹起了身子，放大了瞳孔的双眼惊恐地看着门口，紧接着，手足无措、连滚带爬地开始向后退。直到身体磕到坚硬的床板，退到退无可退的时候，唐错的泪水才忽然夺眶而出，铺天盖地般漫了满脸。唐错的嘴巴一直翕动，他急切地想要解释什么，却发现自己发不出一点声响，只能绝望地看着唐绪，如同一只在深夜山林中被扼住喉咙的困兽。

唐绪推开门，走了进来，目光始终未离开唐错分毫。

"唐绪……"唐错终于打破了他失声般的境地，动了动，似是要挣扎向前，但是他浑身都是软的，最终只是贴着床头跪在了那里，语无伦次地向对面的人解释，"对不起……对不起……我打算待会儿就回去的……唐绪……"

唐错越说，哭得越厉害，到后来他的脸部几乎是在痉挛，整个人都在发抖，那样子让唐绪看得心惊。

"思行，冷静下来。"他将原本紧张的面部尽量放松，用柔和的语气说。

唐错始终看着他，然而这句话并没有什么效果，唐错还在边抽泣边喃喃地解释，只是唐绪已经完全听不清他在说什么。

唐绪稍微动了动，想要离唐错近一些，却看见唐错立马像是被触动了开关一样颤抖着朝尽量远离他的方向移动，哭声更大，甚至发出了像一个哭过头的小孩子一样"嗯嗯"的声音。

他无奈，朝唐错伸出一只手："先过来好不好？"

唐错没有动，一抽一抽地看着他，一只手紧紧扣着床头的木板，青筋暴起。

唐绪站在这头，眼睛依然紧紧锁住唐错的双眼，耐心地说："思行，听话，先到我这里来。"

两个人隔着一张床对弈，唐绪叫他过去。这情景像极了许多年前的那一幕。

唐错流着泪看着唐绪，一直以来的伪装，在今天这个早晨被猛然击碎，然后支离破碎地刺进他的心脏，疼得他现在动弹不得。他很想重新给自己做一个茧，把自己牢牢地裹在里面，不用面对唐绪。

可他终是太害怕，怕他再不过去向唐绪说些什么，面前的人便会就此转头离开。所以他放下了自己最后一丝自尊心，跪着往前蹭了过去，匆匆地，短短一张床的距离，他却两次跌在那里，狼狈极了。

"对不起……"

他终于跌跌撞撞地蹭到唐绪面前，伸出一只手，却在半空中摆摆划划，不敢落在唐绪的身上。

唐错已经哭到在反抽气，还有鼻涕挂在鼻子下面。他只剩下害怕，怕唐绪骂他，怕唐绪嫌恶他，怕唐绪……再一次离开他。只是想到这种可能性，他就仿佛已经感觉不到自己有任何存在感了。

周遭的空气仿佛突然间就变凉了，温度传到他裸露的皮肤，又顺着缠缠绕绕的神经传到他的心里，冷得他发抖。

身体忽然被一团温暖的东西围住，唐错抬头，泪眼模糊间，看见唐绪正将被子拥在他身上。

"唐绪……"

面前的人伸出一只手，拂上他的脸，叹气："怎么哭成这个样子？"

唐错此时只剩了抽噎，想停都停不下来。

唐绪便站在那里，也不再说话，只是一下一下抚着他的后背帮他顺气。

等到他终于在唐绪的怀中冷静了一些，大幅的抽噎变成了小幅的，唐绪忽然扳着他的下巴让他看着自己的眼睛，唐错惊慌地想要偏开头，唐绪却难得强硬地使了劲儿。

"冷静了吗？"唐绪问。

唐错整个人被裹在被子里，就露出一个脑袋，还哭得眼睛也红，鼻子也红。他张了张嘴，但因为鼻子被堵住，只发出了嗡的一声。

"那告诉我，为什么这样？"

唐错不说话，呆愣愣的，一抽一抽地吸着鼻子看着他，好像听不懂他在说什么。

唐绪轻微地叹了口气，松开了帮他攥着被子的手，转身。

唐错看着他的动作愣住，然后忽然整个人扑腾着朝前栽去，还要去够唐绪。唐绪被身后的动静吓了一跳，回过身就看见唐错已经朝着地上扑了过去，赶紧上前一步把他捞住。

这回唐错紧紧地攥住了他的上衣，又开始哭。

唐绪明白过来，拍了拍他的后背，哄小孩儿一样："我只是想给你去拿点纸擦擦鼻涕。"

说罢，他也放弃了去床头取纸，直接把上衣拽起来，覆在唐错的鼻子上擦了擦。

一点一点给他擦完，唐绪才又把被子给他裹好了一些，抬起他的头，更加明确地问："现在告诉我，为什么要说我回来了？"

他的话刚说完，唐错就又变得很激动，拼命地摇头："对不起……我以后不会……不会……"

"思行，"唐绪不由分说地打断了他，"听着，我并没有说什么，也没有生气，你不用一直道歉。告诉我为什么，我想听真实的原因，你说实话，我就一点都不会生气。"

拿捏一个人的软肋，其实是有些残忍的。可是唐绪今天就是想逼出唐错的实话，想看看真实的他，看看那副优秀、有礼貌的外表下，真实的他。

唐错渐渐没了声音，看着他。

见他终于平静下来，唐绪又鼓励一般摸了摸他的脸，用大拇指擦去刚刚滑落脸颊的泪水。

"告诉我实话。"

唐绪的手掌很温暖，即使是以前在寒冬的日子里，也是可以温暖唐错的存在，更何况是在这样的时刻。

唐错恍惚地看着他，明明离得那么近，近到眉眼清晰，呼吸相融，唐错却觉得就是看不清楚他，越想眨着眼睛看清楚些，眼里就越是模糊。这张脸在他的梦里出现过太多次，在那段他们天各一方、无所相关的日子里，在后来他跋山涉水来到唐绪身边、小心翼翼地扮演一个好孩子的日子里，这张脸都是他唯一的梦境，也是他所有救赎的诞生之处。

唐绪还在等着他回答。

攥着唐绪衣服的手又收紧了许多，脸上的泪没停过，流下来，唐绪擦掉，流下来，唐绪又擦掉，再流下来，唐绪再擦掉……两个人就这么僵持着循环往复，唐绪似是在今天拿出了十足的耐心，也丝毫不打算放过唐错。

在唐绪略有些干燥的手都被唐错的眼泪润湿了一层以后，唐错终于看着他的眼瞳，轻声开了口。

"因为我一直是被丢下的……"

仿佛要把一生的眼泪都流干一样，因为难堪而低下头的唐错，眼泪一串串地打在被子上，晕成了一圈圈泪花，是一种温柔缱绻的形状。

"对不起，对不起……我只是害怕被抛弃……"

早就预料到的回答，却依然在唐绪的心里激起了一个大大的浪头。唐错紧紧地攥着他的手，低下头露出的毛茸茸的发根，还有小幅度颤抖的肩膀，都好像透过他的眼睛攀缘而来，触动了他最敏感的那根神经。只是轻微的一个触碰，他的天灵盖却都已经叫嚣着疼了起来。

唐错这么害怕，是什么时候的事情呢？送他离开时他只是一个小孩子，再度相逢也不过半个多学期的时间，唐错是什么时候变成这样的呢？

多年前的那个晚上，倔强着不肯认错，红着眼睛冲着他狂喊的孩子又浮现在他眼前，他闭了闭眼，伸手覆上唐错的后颈，摩挲着他软软的细碎发根。

"好了，我知道了。"唐绪让他换了个姿势坐在床上，跪了这么久，估计腿早就麻了吧。

将他放好，唐绪又给他抹了抹脸上的泪："别哭了。"

把心里话说了出来，唐错仿佛彻底被抽干了力气。两个人静静地待了好一会儿。

唐绪没有再追问关于个中细节，他觉得今天到这里就够了。他蹲下来，看着唐错说："马上就要上课了，你们两个班就是我一个老师教这个课，临时找老师代课肯定来不及了。虽然我当老师的时间不算长，但是还没出过教学事故，再不走，就真的是教学事故了。"

听到"走"这个字，唐错的眼睫毛忽闪了两下，抬起了头。

"我不放心你自己在家里，去稍微收拾收拾，跟我一起去学校好不好？"

闻言，唐错明显僵硬了身体，半晌才缓缓地摇摇头，再开口时嗓子已经哑了："我不想去。"

唐绪叹气："我知道，那怎么办，你自己在家吗？"

唐错闷着声，点了点头。

"我不放心。"

说完，唐绪拿出手机给同组的一个老师打电话。唐错见了有些急，竟然又要哭："我真的没事，你……你去上课吧。"

最后唐绪拗不过唐错，在他自己又躺下来以后，叮嘱了他几句，便转身离开了卧室。可刚走到客厅，想起唐错最后望着他离开时的眼神，又突然扎扎实实地痛到了心里。

窗外的日头已经开始烫人，他停下来，逆着刺眼的阳光站了好一会儿，又在这日光的照耀下返回去。

他一直是个有主意的人，从小到大的任何决定都是他自己做，很少需要父母或别人插手。这是第二次，他不知道该怎么办。第一次是在七年前，在不知道该怎么办以后，他送走了唐错。

他做过那么多次的决定，事实证明，几乎每次他都能做出最正确、对他最有利的决定。而现在，他意识到，或者说他已经确切地意识到，七年前的决定，他做错了。他不知道唐错经历了什么，但从今天唐错的表现来看，他过得没有他看到的那么好，远远没有。

或许该说对不起的，并不是唐错。

屋里，唐错已经闭上了眼睛，即使听到唐绪回来的脚步声也没有睁开。

唐绪在床前站定，俯下身子。

温热的触感刚刚传来，唐错便猛然睁开了眼睛。他眨了眨眼，很轻很轻，似是怕惊醒这个过于幸福的梦境。

"我不知道怎样才能让你安心点，不要乱想，也不要乱跑，你困了就睡觉，不困就起来看会儿电视、玩一会儿，等我回来吃饭，好不好？"

唐绪的声音落下，唐错睁大了的眼睛还没恢复过来。

没得到回应，唐绪也不知道床上的人到底听没听到："我真的要去上课了，在家好好待着，不要让我太担心，知道吗？"

这大概是唐绪上过的最力不从心的一节课。明明电脑屏幕上是他熟悉到不能再熟悉的内容，今天却好像都在变着法地又蹦又跳，弄得他思绪混乱，又烦又躁。

第一节课的下课铃声响起，他长长地舒了一口气，将粉笔扔在课桌上。尽管现在已经有PPT，老师完全可以不动笔地完成整节课的讲解，但他依然每节课都会写一些板书。被扔下的粉笔没能落住，在讲桌上滚了几圈，啪的一声摔在地上，碎成了两截，还摔出了一些白色的粉末碎屑，毫无章法地散在周围。

图省事反费事，唐绪只得弯腰捡起。起身的时候，他才发现今天教室里不太一样。

往常的课间，学生们接水的接水，上厕所的上厕所，就算没什么事也出去转一圈，干什么是次要的，主要是去放个风。但是今天，底下的同学没什么动的，一部分围在何众周围，没过去的，也大多张望着那边，侧耳听着那边的谈话。

唐绪听见了几句，他们是在询问唐错的情况，为什么没来上课，是不是心情不好。

看来唐错确实人缘很好。

他心里又因着那你一句我一句的关心生出了些波动。于是他放下手中的粉笔，拿起手机靠在一边，给家里的人发了条消息，问他中午想吃什么。

何众刚抱着一摞作业本走上讲台，放在桌子上以后凑到他身边，将声音压得很低问他："唐老师，错错没事吧？"

他抬头看了何众一眼，摇头，又瞥了眼还没收到回复的手机，说："没事。"

"哦，"跟自言自语一般，何众嘟囔，"那就好。"

快上课的时候，唐错才回过来短信。

——我回家了……今天晚上我爸妈就回来了，我本来就打算今天回去的，真的。

没过两秒，又进来了一条短信。

——真的是我爸妈要回来。

看过这条短信，唐绪的脑海里都已经自己描绘出了唐错那张真诚认真的脸。他心中微叹，到底还是跑了。

课间五分钟很快过去，他只来得及回复了短短的一句话，就又将半截粉笔捏在指尖，继续讲没有讲完的内容。

而唐错正站在地铁站里等地铁，手机亮起来，他忐忑不安地瞄了过去，害怕多于期待。他拿不准唐绪的态度，但他觉得事情好像并没有他预想的那样糟糕。

——下课我给你打电话，要接。

嘀嘀两声，地铁门开了，唐错上去走到两节车厢的交界处，找了个小角落靠着。地铁起步，拉着人们远离了这个站台。

唐错又打开短消息的界面，一字一字地去读这句话，阅读速度慢到可以在心中将每个字都以规整的小楷一笔一画地描摹一遍。

打开手机设置，确认手机的铃声设置成了响铃和振动，再确认电量——百分之七十四，唐错这才放心地将手机揣起来，抬头捕捉车窗外一闪而过的广告牌。

当心事被暴露以后，大抵都会经历这样一个阶段，天塌地陷般的惊惶，世界末日般的恐惧，再然后，便是平静了，一种能漫到地老天荒的平静。

唐绪的电话来得很准时，几乎是在五十一分钟之后，手机便响了起来。那时唐错还在地铁里经历漫长的换乘，北京太大，路途太遥远。

"到家了吗？"

周遭有些嘈杂，唐错将手机略贴近了耳朵一些，让唐绪的声音离他更近："还没有，马上就要到了。"

"嗯，"唐绪顿了顿，说，"注意安全，到家给我发消息，知道吗？"

唐错在拥挤的人流中应下来，又挤上地铁："唐……老师，地铁里人太多了，我……我先挂了啊。"

挂了唐绪的电话，唐错才觉得自己的脸被手机焐得发烫。

还是有些难以面对的，他沮丧地低下头。

唐绪在食堂草草吃了饭，再回到家。

床头有唐错留的字条，说他因为爸妈今天要回来，先回家了。

唐绪坐在光秃秃的床上捏着那张字条发了很久的呆，才重重地叹了口气，将字条收进了抽屉。

也罢，等明天见了文英，再去找他吧。

周六傍晚，唐绪提前二十分钟来到了和文英约定的地点。本来文英说的是找一个咖啡馆，但是不知为何，却在昨天打来电话，将地点改成了麦当劳。

唐绪站在麦当劳门口，透过透明的落地玻璃窗可以看到里面三两落座的人群，用餐的，闲聊的，甚至还有凑在一起玩着什么纸牌游戏的。他再一次下了结论，认为这真的不算是一个适合聊事情的地方。

唐绪找了一个相对来说僻静一些的、靠窗的位置等文英。他没见过文英，却在她推开大门的时候，就凭着那股气质认出了她。他朝那个穿着白色风衣的女人招了招手，那人的视线搜寻到这边，笑了笑，走过来。

"唐先生来得很早啊！"文英坐下来，轻声开口，没有过于生疏地寒暄。

唐绪朝她露出一个笑容："习惯早到。"接着他看了看四周，"文医生为什么约在麦当劳？"

文英看起来完全不像是来说什么正经事的样子，坐下以后就开始闲闲地研究着桌上贴着的儿童套餐宣传单。听到唐绪的问话，她弯着嘴角问："怎么，唐先生觉得这里不好吗？"

"只是觉得不太适合谈话。"唐绪摇着头，"我很久没来麦当劳了，我去点餐，文医生要什么？"

没有推托客气，文英说："一小份麦乐鸡块，一杯可乐，不加冰。"

"晚餐时间，就吃这些吗？"

文英莞尔："保持身材。"

文英给唐绪的第一印象很好。或许是由于她是心理医生，对人的心理知悉甚多，她的每一个动作、每一句话，都让唐绪觉得恰到好处。一定程度上，他不是很喜欢客气推托的那一套，一是因为他本身是直来直往的性子；二是觉得，为一些小事周旋来周旋去，太浪费时间。

很快他就托着餐盘回来了，除了文英要的两样东西，餐盘中只多了一杯加冰的可乐。

"不吃点什么？"文英问。

唐绪礼貌地摇摇头："我不是很喜欢这种快餐。"

文英正将甜酸酱揭开，听到他这样说，只是轻轻笑了笑。

"唐先生刚才问我为什么选在这里，"文英捏起一块鸡块，蘸了蘸酱，"这个地方没有让你想起什么吗？"

唐绪一愣，看着文英将那一小块东西放到嘴里，咬掉一个小角。

也是这个动作，突然触动了他的记忆闸门，一个熟悉的场景被抛光锃亮，跃然于眼前。

文英一直注意着他的表情，这会儿见他眉尾都收紧了一些，便知他是想起来了。

"我也不爱吃这些东西，平时也不让我女儿吃。第一次来这里，是思行带我来的。本来按照职业操守来说，我不能随便和人透露病人的情况，但是思行的情况特殊，或许因为我也是做妈妈的，他在我心中更像是我的孩子。我为他治疗了三年，自然希望他能快点好起来。思来想去，只有您能帮他，所以，我决定违反职业道德一次。绕弯子的话我就不说了，唐先生，我从思行的口中听过很多关于你的事情，也听过很多遍你将他送走的原因、经过。但是那都是思行自己的理解，如果您不介意的话，今天我还是想听您亲自说一说那时的原因。"

杯中的冰块随着一个轻微的晃动彼此碰撞了两下，又颤颤巍巍地归于平静，比起刚刚被放进杯子里的样子，棱角已经少了一些。

唐绪下意识地将一只手伸到兜里想要拿烟，又想起来这是在公共场合，收回了手。他将可乐推到一边，两只手叉在一起放在桌子上。

文英略微调低了视线，将他的小动作看在眼里，没说话。

关于那段记忆，唐绪很少回溯。

他带了唐错两年多，一直觉得，自己就算没有将唐错教得出类拔萃，也起码教会了他基本的礼貌、是非。他确实没想到，那次他们去野炊的时候，唐错会将时兮推下山坡。更没有想到，在他质问唐错的时候，他会梗着脖子跟他吼回来。

"我就是讨厌她！她说以后想跟你一起生活！那我怎么办？她要跟我抢你！"

"我就是故意推她的！我没有错！她把你抢走，想都不要想！"

那时唐错说的每一句话，都好像能轻易点着他体内的那一百吨炸药，气得他扬起了手，想狠狠地打他一巴掌。但是，尽管连手都举到了位，他还是没能打下去——他在刚开始带唐错的时候就跟他说过，无论他犯了什么样的错，自己都不会打他。

他记得当时自己点烟的手都在哆嗦。他对唐错失望至极，也对自己失望至极。他十分不明白，唐错为什么会变成这个样子。他不知道唐错明不明白双腿、双脚对于一个将舞蹈视为生命的人的意义，但是不管唐错懂不懂，他懂。甚至，他那时候后怕地在想，如果那个山坡不是个小山坡，如果再大一些，再高一些，再陡一些，会是什么样的后果？

交叉在一起的手紧了紧，唐绪说："我看到了他推时兮，看到了时兮滚下去。时兮做手术的时候，我问他为什么，他跟我说……"

说到这儿，唐绪停住了，他开始从记忆里挑挑拣拣，想要组织出一句可以完全表达唐错态度的话。

"因为时兮小姐说，想要跟你一起生活，思行认为你是他的，而时兮小姐想要从他身边抢走你。"文英顺着唐绪的话接了下去，语气轻柔缓慢，但字字准确，没有丝毫冗余地就概括了当时让他难以置信的内容。

唐绪点了点头："是这样的，他不知错，也不认错，那时候他……太偏激，可能是因为童年的生活而没有安全感，所以对我过于依赖。"

文英在这时才收了脸上的笑意，略显沉重地摇了摇头："虽然后来思行确实很偏激，但那时候他并不是偏激。"

唐绪微诧，以询问的眼光看向她。

"有些小孩子会对于很喜欢很喜欢的玩具有占有欲，或许这个比方不太恰当，但是我只是想纠正唐先生的观点。"文英说。

"他不是偏激，他只是在还不懂得什么是安全感的时候，就先懂得了什么是占有。这也是后来他厌恶自己、将他对你的守护归为一个不齿的错误的原因。"

如同到达了高海拔的山顶，呼吸突然变得沉重而艰难，文英的话回荡在唐绪的脑袋里，唐绪能接收，却完全难以理解。

　　"厌恶……自己？"纵使文英的前一句使唐绪吃惊，但后一句使他心惊肉跳。

　　"唐先生和思行也相处了不短的时间，没发现什么问题吗？"

　　这次文英在抛出这个问题以后，并没有给唐绪思考回答的时间，而是自己揭开了答案。

　　"三年前，思行第一次到我的诊所，是一个人来的。我在决定是否要接收他之前跟他聊天的时候，完全不觉得他有什么问题，成绩优秀，多才多艺，在学校很受同学的欢迎，虽然是被领养的，但是和父母关系很融洽，没有任何矛盾。任谁来看，他都是一个让人称赞的好学生、好孩子。我甚至以为他就是没事干，所以才来做心理咨询。但是继续聊天，在我给他做了一个心理测评以后，我发现了一个很严重的问题……"

　　说到这里，如同每一场暴风雨来临前都会有短暂的平静一般，文英做了一个很短的停顿。唐绪就是抓住这一瞬间为自己做了些心理建设，他甚至都没有察觉到自己的紧张，就已经不知不觉地收住了呼吸，等着文英接下来的或许会让他更加难以接受的内容。

　　"每个人都会有自我认同感，无论程度怎样。自我认同可以简单地理解为一个人理智地看待、接受自己，接受外界，并且进行自我实现。但是唐错完全没有自我认同感，甚至他对自己所有的认知都是非常消极的，由此引发的结果是，他将自己封闭起来，和这个世界割裂。"

文英的话音落下很久，唐绪才从彻头彻尾的震惊中回过神来，他急切地想要辩驳："可是他很优秀……"

"我开始也这么觉得，但是要怎么跟你解释呢？他后来整个人的成长，比起说是成长，更像是……"文英沉吟两声，似是在寻找合适的措辞，"更像是按照一份'优秀说明书'在照做，说明书上写了，应该学习成绩好，应该和周围的人好好相处，应该听话，所以他全部让自己做到。但是他并不觉得这是他本身的优秀，他只是为了不再让自己做错事，为了让自己变成别人眼中，更确切地说是你眼中的好孩子，所以才这样要求自己。"

唐绪一动不动地坐在那里，听着文英说的每一句，尽管听起来仍然不敢相信，但他渐渐冷静下来。因为他知道文英说的就是事实，即使残酷，也是事实。

察觉到文英看向自己的目光，他沉声说："我……大概明白你说的意思了。"

文英这才接着说："他这样做的原因，在我的分析看来，主要是与两个人有关。第一个是他的母亲，他的母亲在他童年的时候向他传达了太多'他不该出生、他是自己的耻辱'这一类思想，以至于他在小时候就在潜意识里将自己归类为一个不该存在的存在。还有，关于他母亲的死，他将自己视为他母亲所遭受的那些苦难的一个代表，他认为他的母亲是因为看到了他，想到了今后现实而无望的生活，所以才选择了死亡。

"但是他母亲的这些影响，在他早期的时候，应该并没表现出来，只能算是一种他心理上潜在的危险。希望唐先生不会介意我接下来的话……真正使得他彻底丧失了自我认同感的，就是您当时将他送走。我不知道您是不是明白，那时候您几乎是他对于这个世界全部的认知来源，他对您的感情，并不只是简单的依赖。他在后来很自责，对时今小姐，对唐先生您。无论您是怎么想的，他一直认为，是他自己太坏，所以才使得您放弃了他。"

文英用了"放弃"这个词，这可能是在世间的感情上最残忍的一个词，特别是对唐错来说。

第六章

数电实验

隔壁桌已经换了一拨人，这次是一个带着孩子的妈妈，小孩子在吵着要吃儿童套餐。唐绪心里头太慌，眨了眨酸涩的眼睛，想要找点依靠，随手端起了那杯可乐，握在手里沉甸甸的，好像能压在心上一般。

"我……"唐绪开口想说些什么，却第一次发现，自己又笨拙，又词穷。

文英善解人意，对他说："不急，您可以稍微消化一下我说的话。"

两个人就真的静默地坐了一会儿。到最后，唐绪杯中的冰块都已经消融得无影无踪。

旁边的小孩子大概是已经心心念念了那套玩具很久，在拿到手后连汉堡都不要吃了，一个劲儿地在那儿又说又笑地向他妈妈摆弄炫耀。

文英静静地看了一会儿，才又转回了视线，突然问唐绪："唐先生，您现在知道唐错害怕您抛弃他了吗？"

唐绪点头："知道……昨天，才彻底知道了。"

文英笑着颔首，继而又摇了摇头："但是您一定不知道他有多害怕。

"您刚才说他偏激，我也说了，那时候其实他不算偏激，他只是对您有强烈的占有欲。后来他才是偏激。在我刚给他做治疗的时间里，我跟他说，如果想要接受过去，从过去中走出来，就要先学会面对。后来他就带我来了这里，您也想起来了吧，这是您在送他去他父母那里之前，最后一次带他吃饭的地方。"

从文英的嘴里说出来这个麦当劳的故事，他听起来还是觉得，很遥远，也很……不想回忆。

"我想起来了，"唐绪苦笑，"那时我也不让他吃这些，但他好像很想吃。虽然打定了主意要送他到新的家庭，但是我心里其实很舍不得，不管他干了什么事情吧，到底跟了我那么久。"

这是唐绪第一次去主动回忆那个晚上的事情。

"我就想着，最后一次了，带他吃点他爱吃的……他就说想吃麦当劳。"

唐绪低垂的眼眸闪过些不一样的光亮，只游弋了片刻，便迅速隐去，而且似乎是连带着他眼中原本的光都带走了，使他的眼底变成了深潭一般的幽静。

他甚至能清晰地回忆起唐错当时的眼睛——转了两圈，然后紧紧地盯着他，小心翼翼，又满是欣喜雀跃。

文英低下头，接着说："嗯，所以这个麦当劳，在他看来也具有一些象征意义。

"开始他带我来，点完餐，吃了两口就跑到厕所去吐，吐完漱漱口，洗把脸，回来接着吃。他那时候是真的偏激，就一直这样逼自己面对那段他最害怕的过去。我们来了好多次，直到他能平平静静地去点餐，然后一点一点、不紧不慢地吃完饭，他告诉我他已经接受过去了，也可以面对了。我问他为什么要这么逼自己，他说因为想快点再见到你，又怕自己会再惹出事情来。"

可乐杯被唐绪捏变了形，一口都没喝过的可乐，已经顺着杯盖的开口处溢出了一些。

这天的谈话比他想的还要久，也比他想的还要残酷。

文英向他说了太多他不知道的事实，听到最后，他只觉得浑身都传来密密麻麻的疼痛，唐错的脸一直出现在他的面前，有小时候的，有现在的。

"其实真的让我同您说关于思行的情况的话，我能说的太多了，毕竟就目前看来，我恐怕是最了解他内心的人。但是还有很多事情，我今天并不打算告诉您。能看出来，您并不反感思行，并且到现在，不管是出于什么样的感情，您都还是疼他的。我想冒昧地问您一句，您打算怎样去处理这件事呢？"

长久的沉默后，唐绪说："当时的决定是我做得最错误的一个，错得离谱。"他勉强扯出一个笑容，"不会再有第二次。"

文英如释重负，温和地点头说道："那我就放心了。"

离开时，文英看着旁边那个小孩子终于放在桌子上的玩具，边向外走边抬头对唐绪说："思行说过很多次，那天晚上的儿童餐赠送了一套玩具，还在吗？"

七年前的麦当劳，赠送的玩具还不是各种手偶、挂件，而是一套真正的儿童玩具——一辆小火车及可以搭建的轨道。

唐绪帮文英推开沉重的玻璃门，点头："在。"

那套玩具一直在他的书柜高层放着，没拆封，也没人玩。他收拾过很多次屋子，每次拿起那套玩具，就会又沉默地将它放回去。

文英站在麦当劳的门口，来来往往的人比来时更多了一些，灯也亮了起来，显得街上更加热闹。她看向唐绪，说："有机会的话，不如拿给他玩一玩吧，他一直念着。"

念的时间长了，便也成了心结。

唐绪其实在那个周末有很多事情要做，但是很颓废的，他什么也没做。烟倒是抽了不少，到了周日倒垃圾的时候，发现垃圾袋满满一层，都是烟蒂。

他将垃圾袋扔到楼下的垃圾桶里。他抬头看看远方，发现天色已经暗了下来，太阳已经看不见了，只余了几道残烛光影般的余晖，施恩似的挂在人间的天边，拖着不肯将这世界交给黑夜。

他又点了支烟，到了车里。

他在七年里没有搬过家，但是他知道唐错家是搬了的，而让他难堪的是，他并不知道唐错现在的住址。

唐错在家里过了周末，一家人去吃了饭，他的妈妈又拉着他去逛商场，给他选了不少当季的衣服。项目还没结束，在周日下午，他的爸妈就又匆匆赶到首都机场。

唐错在机场大厅等了很久，到了差不多起飞的时间，他站在玻璃窗前看着巨大的钢铁怪物飞离了地面，向着天空深处飞去。直到踮着脚、抬高了下巴都再也看不到那架飞机，他才像一个老态龙钟的老头一样，耷拉着肩转身。

从很远的机场回来，刚到家，唐错的电话便毫无征兆地响了起来。

"吃晚饭了没有？"

唐错看了看空荡荡的桌子，摸摸鼻子说："吃了。"

不知为何，唐绪没再说话。这沉默使他心慌，第一个反应就是，唐绪知道他说谎了。

他赶紧说："没吃……我……刚准备吃……"

说到最后，他的声音很不自然地没了，因为心虚，又因为担心唐绪怪他撒谎。

这句话的语气听在唐绪的耳朵里，却是另一种感情。他顿时更觉无力，不知道怎样才能让唐错不那么小心，不那么容易自责。

他坐在驾驶座，抬手揉了揉眼眶，问："你爸妈已经走了吗？"

不敢再撒谎，唐错老实地回答："嗯，下午走的。"

"那我去接你吃点饭，你……微信上给我发个定位。"

"啊……"唐错茫然地站在客厅，想说不用，又使劲儿闭上了嘴，最后只说了一声，"哦，好。"

唐绪将车停在唐错家小区门口的时候，黑暗的天色已经完全压了下来，偌大的北京城没了白天的紧张繁忙，在路灯、车灯的照映下，倒平添了几分放纵潇洒的气质。

跟他那个老旧的小区不一样，这个小区并不允许外部车辆进入。

他熄了火，给唐错发了条已经到达的消息，放下手机想了想，又怕车里的烟味太重，便重新发动了车子，将四面窗户都降了下来。

没过一会儿，就看到唐错远远地跑过来。唐错今天穿了一件带帽子的运动外套，是浅浅的灰色，柔软的布料将他的少年气衬托得恰到好处。

他打开车门坐上来，鼻子里还喘着粗气，明明已经是转凉的天气，却热红了耳朵。

"想吃什么？"唐绪问。

唐错立马就要开口，可是唐绪抢在他前面说："别说都可以，今天你必须选一个。"

唐错刚刚半张开的嘴霎时定了型，不明所以地看着他。唐绪看得好笑，伸出手，替他把嘴巴合上。

"……"唐错别过头，目光无所适从地纠缠在前方的小空调窗上，"可是我真的吃什么都行。"

唐绪也不走，好整以暇地趴在方向盘上，似是打定主意今天必须让唐错把馆子选出来："那也得选。"

唐错憋了半天，从兜里摸出了手机："那我看看大众点评……"

最后唐错找了半天，挑了家鱼火锅的馆子，举起来给他看："这个行吗？"

唐绪凑过去，没有去拿手机，而是仔细研究起下面的评论。

等唐错反应过来，唐绪已经研究完毕："这下面都是辣的，你行吗？"

"啊？"唐错拿回来又看了看，发现图片里的火锅的确都是红艳艳的，"啊……辣的啊？"

唐绪却发动了车子："就去这儿吧，应该有清汤或者别的不辣的锅。"

到了鱼火锅店，唐绪点了个鸳鸯锅，两斤鱼肉，还有一些青菜。上来以后，唐绪吃辣锅，唐错吃不辣的。

但是好像看起来，还是辣的那边比较好吃。唐错咬了咬筷子尖，在唐绪低下头蘸麻酱的时候偷偷地到沸腾的辣锅里夹了一筷子。

唐错刚送到嘴里的时候还没什么，嚼了两口以后眼泪就飙了出来。唐绪再抬头，就看见唐错在那儿泪流满面地吃鱼，吓得他脖子都往前伸了伸。

"快喝饮料，喝饮料。"唐绪说着，又好笑地递了张纸过去，"擦擦。"

唐错接过来擦了擦脸，勉强把嘴里的东西咽下去，又咕咚咕咚灌了半杯橙汁。

"不能吃辣还吃？"

"我……咳……我看着挺好吃的，想尝尝，但是……咳咳……这个也太辣了吧……"唐错觉得这辣味后劲儿还很大，话都说不利索了，又将剩下的半杯橙汁也灌进了肚子。喝完以后顿时懊丧，都要喝饱了。

唐绪看着他凄凄惨惨的样子，想笑又不好笑出来，摇了摇头："以后不要鸳鸯锅了，都要清汤。"

唐错以为唐绪会把他送回家，或者送回学校，却没想到，唐绪问都没问他，就拉着他回了自己家。

"我回学校就行了，明天就该上课了。"

"去我那儿吧，明天再回去。"

唐错没再争论什么，跟着唐绪回了家，然后看电视，喝牛奶，洗漱，躺在床上，和站在门口的唐绪道了声晚安。一切如常到唐错以为前天的事情只是他自己做了个噩梦。

闭上眼睛，唐错想，唐绪这是什么意思呢？他翻了个身，侧躺着看着黑漆漆的窗帘。

粉饰太平，也不错。

第二天，唐绪说自己要先去一趟旁边的合作公司，就把他撂在了学校大门口。然后他叫住正要下车的唐错，说："上次的作业你还没交，记得今天交到我办公室。"

唐错愣在那儿："哦。"

"去吧。"

唐错又应道："哦。"然后打开车门，下了车。

看着唐绪的车离开，他还觉得匪夷所思，不明白从来没催过作业的唐绪怎么突然催他的作业。往学校里走着走着，他又觉得不太服气，难道唐绪还觉得自己会不交作业不成？

这个学期已经过去了大半，这就意味着又到了叫苦连天的日子——不仅考试快要来了，一些课的实验也来了。比如数电，用两个大实验箱拼起来，按照一代传一代的电路图也起码要连一百六十根导线才能完成这个实验，折磨人的程度堪比容嬷嬷折磨紫薇。

唐错被学习上的事情挤占着，没有太多的时间去专门思考日常，更多的时候，他会在零零碎碎的时间里，突然想到唐绪。比如走在路上的时候，看到一个穿着黑色上衣的男生，或者是听到那边有人叫了一声老师好，又或者，仅仅是瞧见一只小鸟扑棱着翅膀落在架设在半空的电线上，然后想到了那句关于窗外多嘴的麻雀的歌词。琐碎的东西，他却总能兜兜转转、千回百转地牵扯到唐绪那里去。

若是细细算下来，他和唐绪每周见面的时间已经很多了，两堂课，几趟办公室，甚至还会有几餐饭，几个晚上。唐绪真的没有因为之前的事情对他有任何回避，而且似乎更加热衷于在他没课的时候，载着他去各式各样的馆子吃饭。就连何众都在感叹，他最近不在学校的日子越来越多了。

数电实验是三个人一组，唐错和何众一组，还带了班上的一个女生。虽说是三个人一组，但是那个女生好像是不太会的样子，所以基本上都是唐错和何众两个人在做。老师给了一周的时间，这一阵乐团又要排练，所以他跟何众的行程基本上就是，吃饭、上课、乐团排练、实验室。

也许是因为这段时间真的太忙了，北京的冬天又来得太霸道，天气冷得厉害，唐错很不幸地感冒了，风寒性的。

"你感冒了就歇着啊，都说了我自己来就行了。"

唐错摆摆手："感冒而已，又不是什么大病。"

实验室在七教四楼，他们在等电梯的时候，刚好碰见唐绪和一个很眼熟的老师一起走过来，也到了电梯前站定。

"唐老师！"何众首先喊。

唐错抬起头，正好与唐绪的视线对上，他也跟着叫："唐老师。"

唐绪朝他们点点头："干吗来了？"

"做实验，数电实验。"

唐绪一听，了然："不好做吧？"

"可不吗？一百多根线，连错了的话检查都得溜溜地捋半天。"

唐绪笑了，一旁的老师也跟着笑。

电梯到了四楼，唐错他们要先下去。两个人恭恭敬敬地说了声"老师再见"便走出了电梯。几乎是刚刚跨进实验室，唐错口袋里的手机就振动了，是唐绪发来的短信。

——感冒了？

唐错握着手机，心中有些惊奇，刚才他好像一共就说了七个字吧——唐老师，老师再见。这都听出来他感冒了？

——嗯……

——看医生了吗？

因为要抓紧时间做实验，唐错快速打上一行字，便将手机揣到了兜里，走到实验台前。

——没有，不严重，一般我过几天就好了，而且这两天太忙，没时间。我要开始做实验了……唐老师。

检查电路、调整电路是件很麻烦的事情。唐错不放心粗手粗脚的何众，只让他在旁边给他念电路图上的线路连接，他在实验箱上一根导线一根导线地核对。一下午下来，他更加头昏脑涨，格外想念自己的床。

等两个人终于将电路调整完毕，觉得大概可以应对老师的验收以后，再一看墙上的表，竟然已经六点半了。

何众被自己"因为学习忘记了时间"的表现震惊到了："六点半了，晚上乐团还要排练，快走，去吃饭。"

何众收拾好实验台，拉着他就往外走。唐错习惯性地掏出手机，这才看见唐绪很久以前就回过来的短信。

——做完实验来找我，我在办公室等你。

"啊。"很短促地，他发出一声惊呼。

"怎么了？"何众摁了电梯，问他。

唐错抬起头，轻轻咬了咬下嘴唇，脚下动了起来："你先去吃饭吧，唐老师让我去找他一下。"说完撒腿就朝着楼梯跑去。

"哎。"七教除了一楼都安静得不行，弄得何众想开口喊他都硬生生地憋了回去，只能瞪眼看着唐错跟撒了欢的牛犊一样，消失在他的视野里。

唐错在办公室门口平复了气息之后才抬手敲了敲门。

唐绪还没走，一个人在办公室里敲着键盘。见他进来，唐绪起身。

"刚做完？"

唐错点头，两只手交叠着站在那里，眼看着唐绪绕过了办公桌，走到自己身前。

唐错身上起了鸡皮疙瘩，他用右手捏了捏左手的手掌。

"嗓子疼不疼？"唐绪的声音打断了他空洞的思绪。

他摇头："不疼。"

"量体温了吗？发烧吗？"

他又摇头："不发烧，就是一般的着凉感冒。"

唐绪听了，转身回到桌边，在桌子上的一个袋子中窸窸窣窣地翻翻找找，拿出一盒药。

"那吃这个就行了。"

办公室中立着一台饮水机，热水的指示灯亮成了橘黄色，开水保温状态。

一杯热水被端到唐错面前，唐错才垂眼看了看那个很熟悉的杯子，然后抬起头说："我感冒了，会传染。"

唐绪拉起他的手，将水杯放到他的手里，又从那一板药中挤出两粒，递给他："没找到纸杯，应该是用完了，凑合着用我的吧。"

吃了药，唐绪本来想直接带他回家吃饭睡觉，唐错却说晚上要排练。唐绪皱眉："感冒了还要去吗？"

"元旦的时候在学校有演出，最近的排练老师要求尽量不缺席。"

没办法，唐绪只好带他去教师食堂吃饭。

吃过饭分别的时候，唐绪将那一盒药递到唐错手里，叮嘱他按时按量吃。唐错低下头，发现盒子上用黑色的马克笔写了几个字，很明显是唐绪的字迹——一日两次，早晚饭后，一次两粒。

和从前一样。好像时间从没流逝过，这七年并不曾将他们分隔。

一瞬间，唐错只觉得自己的心像被刚刚收下来的棉花裹住，软绵绵的，暖和又舒服。

脚不沾地地又忙了两天，终于把实验弄到了他满意的程度，上午和何众又把电路最后检查了一遍，唐错舒了口气摸摸肚子，跟何众说想喝粥。

何众立马同意，利落地收拾完毕，大手一挥："走，哥带你去喝粥。"

两人到学校门口的一个粥铺点了一锅鲜虾粥，粥端上来以后何众拍了张照片发朋友圈，照片上是一脸蒙地看着镜头的唐错和那锅粥，配字：托我们错错的福，坐等明天验收。

唐错不知道他发了朋友圈，正喝着粥，忽然收到了唐绪的信息。

——感冒了是不是最好不要吃海鲜？

这句话弹在手机桌面上，唐错立马吓得扔了勺子，狐疑地转头望了望四周。

"干吗呢？东张西望的。"何众奇怪。

唐错吸了吸鼻子："没事……"

没看见唐绪啊……

他拿起手机，点开微信。

——我嗓子又不发炎，没事吧……突然想喝粥了……

回完消息，他看了看朋友圈，才看见原来是何众暴露了自己。虽然知道何众是无辜的，他还是情不自禁地睨了他一眼。

要不怎么说人不能嘚瑟呢？唐错他们把实验箱调好以后就没再去实验室，没想到验收前一天的晚上，他跟何众正准备出门去排练，那个同组的女生忽然打来电话，说他们的导线好像被拔了好多根。

何众拿着电话，简直不敢相信自己听到了什么："什么叫被拔了？谁拔的？"

"大二的！他们今天下午有两个班在405的里间做实验，肯定是导线不够用，来外间拔的！我室友下午来的时候发现他们的箱子被拔导线了，我知道了就过来看看，虽然我不太懂这个电路，但是我看都有只连了一头的导线，你跟错神快来看看吧！"

挂了电话，何众气得在宿舍跳脚："他们看不出来那是正在做的实验啊?！看不出来那么多线不好连啊?！"

唐错虽然也气得不行，但是这么多年的习惯使得他面上依旧是一副平静的样子。他拉住正要出门的何众："我去吧，你去乐团那边，咱们两个之前也没请假，都不去的话老师要说了。"

"你自己怎么弄啊？我打个电话临时请假得了。"

"别了，上次老师不还说别该到排练时间了才请假吗？而且今天要排的是新曲子，之前又没排过，你得去听听老师怎么安排。我去实验室看看什么情况，没准没那么糟糕。"

何众做了个深呼吸："好吧，那我去乐团，你去看看，不行一定要给我发消息，我跟老师说说再过来，知道吗？"

唐错点了点头，拎着书包去了实验室。

到了实验室，唐错才发现自己真的是把情况想得太乐观了。他打开电源以后，示波器已经什么都显示不出来了。再看看那一大堆导线，根本不知道被拔掉的是哪根。

……有点想打人。

见他叹了口气，一旁的女生哭丧着脸问他怎么办。

唐错抬起头，看见还有几个女生等在那里，好像是这个女生的室友。

"我检查检查就行了，你们还没吃饭吧？先回去吃饭吧。"

那个女生迟疑了一下，才点了点头："那我吃完饭就回来。"

唐错却说："没事没事，我自己弄就行了，你不用来了。"

这个女生平时成绩一般，而且好像不太喜欢这个专业，应该是真的不太会这些电路的东西。唐错觉得没必要让她晚上来陪着自己耗时间，没准自己一个人还能弄得快一点。

唐绪在要回家之前看了看手机，结果就意外地看见何众在朋友圈破口大骂，讨伐大二的，还有一些别的同学也在发同样的内容。他凝眉看了看内容，明白了大概意思，就是明天就要验收的数电实验，被不知轻重的大二学生拔了几根导线。底下他能看到的评论都是他认识的学生，有人问那怎么办，何众回复那个人说，错错一个人在弄呢，我们乐团今天还有排练，我在这边。

唐绪看完，眉头皱得都能夹死一只虫。他关了办公室的灯下了楼，去了405。

因为明天要验收，这会儿实验室里乱糟糟的，不少同学还在焦头烂额地做着最后的挣扎，怎么办、怎么电压还是不稳定的呼号声此起彼伏。

唐绪进去以后收到了许多不是太走心的问候，他随口问一个男生实验做得怎么样。

"凑合着吧，没抱上大腿，只求蒋老师给个及格了。"

"你不就是大腿？"唐绪瞄了眼前面唐错的背影，打趣着问这个男生。

"哎哟，唐老师我连个胳膊都不是，不过最大的大腿有点悲催，大二的奇葩拔了三个组的导线，另外两组还好，唐错那组被破坏得最惨，现在还没查完。"

唐绪立马朝唐错看过去："是吗？"

唐错其实心里也是很着急的，毕竟如果他今天搞不出来，明天影响的就是他们组三个人的成绩。他自己无所谓，但是不想影响何众和那个女生。这帮大二的不知道脑子在想什么，拔了就算了，竟然还有给他乱插回去的，这样一来只能每根线都检查一遍。他一根导线一根导线地在找错误，找到最后觉得眼都花了，脑袋也昏昏沉沉的，根本没注意到唐绪走到了他的身边。

"很麻烦吗？"

唐绪突然出声，吓得他手都哆嗦了一下。虽然惊奇，但他已经顾不得问唐绪怎么会过来，内心只剩下焦躁。

"嗯，不知道哪里被动了，只能一点一点地查。"

感冒还没好，唐错的声音还带着浓重的鼻音。他看了看表，快到八点半了。

"但是今天周四，实验室例行维护，九点就要关门……好像弄不完了……"

唐绪平时的教学并不会用到这间实验室，倒是不知道这个情况。在他思考的工夫，唐错已经又低下头去看电路，露出脖子上的细碎头发。

唐错的头发一直很软，脖子那里的碎发也不扎手。唐绪其实挺想让他别着急，但是周围人很多，而且都是他的学生。

"别急，我去找管实验室的老师要钥匙，关门以后我带你进来接着弄。"

唐错猛地抬起头，瞟了瞟四周，小声问："可以吗？"

"可以。"唐绪点头，"你慢慢弄，待会儿关门了先去我的办公室找我。"

于是，九点二十分，在空无一人、关着大门的实验室里，唐错第一次体验到了走后门的感觉。很神奇。

唐绪拈起那张电路图："我帮你？"

"不行，不能作弊。"

"……"还挺刚正不阿。唐绪有些无奈，但他作为一个老师又不能明目张胆地说什么鼓励作弊的话语，只能收回手老老实实地站在一边，说："那我帮你念连接，你核对。"

这回唐错倒是没什么意见，弯腰埋头："可以念了。"

见他这副认真的样子，唐绪不自觉地弯了弯嘴角。

红蓝黄绿的导线缠缠绕绕，想找一根导线的另一头，还得扒开其他的，再轻轻拽一拽那根导线，看看另一头哪里动了，麻烦得很。

"啊，这根错了。"唐错把一根导线的一端从一个大电容改到一个小电容上，"继续吧。"

他说完继续，却迟迟没听到唐绪的声音。他有些疑惑，抬起头来看什么情况。

唐绪正一手拎着两张纸巾穿过一个个实验台走过来。唐绪走到他面前也没说话，放下手里的电路图，将纸巾叠好，折了一折，递给他。

"使劲儿。"

鼻子上堵着软软的纸巾，唐错看着唐绪的脸，眨了眨眼。然后他就特别实诚地使劲儿擤了擤鼻子。

屋里本来就只有他们两个人，又是晚上，别说实验室了，整个七教四层都静得不行。所以这一声擤鼻子的声音就显得巨大，逗得唐绪乐了出来。

唐绪把纸撤下来，指头微动，又将纸折了一下，重新递给他："再使劲儿。"

唐错就又红着脸使劲儿擤了一下。

"鼻涕都快流出来了，带病坚持做实验，我得跟蒋老师说说，给你点附加分。"唐绪笑着说。

唐错还没舍得放下手里的两根导线，被堵着鼻子嗡嗡地说："你别，我不要。"

唐绪笑得眼睛都挤到了一起："逗你的，怎么什么都当真？"

说完，他转身把用过的那团纸扔到了垃圾桶里。

两个人检查完错误以后，唐错又调了调性能。虽说不想作弊，但是唐绪给他进行了点指导，他一开始还犹豫要不要改，但听了唐绪描述的改进之后可以得到个什么样的结果，他抬着眼皮看了他一眼，默默地上手改了。

等到彻底弄完，唐错摸着两个箱子后怕，有点不敢走："不会再有人来拔了吧……"

他侧着身子看了看周围的实验台，发现大家都已经贴上了带着感叹号的字条——实验用箱！不要动！拔一根导线期末挂一科！

唐错："……"

看来不是他一个人后怕。

唐绪也看见了，觉得现在的学生确实挺有意思，笑着建议："你也写一张？"

"……那写一张吧。"

不过唐错还是没写出拔一根挂一科这种话，甚至连个感叹号都没有。唐绪看着他那张纸摇头："你这也太没有震慑力了。"

唐错看了看——实验用箱，勿动。

"还好吧……"

他把字条放好，想去拿书包，却发现唐绪已经拎着他的书包走到前面去关电源和灯。

关了灯的实验室一片漆黑，鼻子还是不太舒服，唐错在过道等着唐绪，揉了揉鼻子。尽管很黑，但他还是能看到唐绪走过来。

"不舒服？"

黑暗能使得人的感官变得更加敏感，这是没错的。只不过唐错鼻涕太多，堵住了。

"嗯……怎么这次感冒这么久还没好？"

唐绪没说话，在静悄悄的实验室中听着他不经意的抱怨，又穿过短短的一层黑夜，看向唐错的脸。

唐错也就是随口抱怨，并没有想着听到唐绪的回应，所以在静默袭来的时候，他虽然觉得有些孤单，但并未觉得太失落。

他抬起头对唐绪说："走吧。"

唐绪笑说："等你忙过了期末，我带你去放松放松。"

唐错瞪大了眼睛。

这个回应仿佛经历了一个漫长的春夏秋冬，四季更迭中，已经在唐错的心里打翻了人生的百味罐。心中的情绪似乎已经满得要溢出胸腔，绚烂夺目地欲填满这黑夜，又似乎空得只剩了最基本的存在感，就这存在感，余的还只是那一点点细枝末节。

直到唐绪叫他，他也未能回归本体，未能重获半方清明。

唐绪看着他失神的样子，笑说："走吧。"

唐错在下一秒发现自己在不受自己控制地往外走，他从一片昏聩中死命地将神志拉回来。但是看清前方以后，整个人便又陷入了云雾缭绕的世界里，一脚一脚踩下去都没有任何知觉——唐绪走在他的前面，一只手拎着他的书包，另一只手带着他。

出了实验室，唐绪按了电梯的下行按钮以后，笑了一声，侧过头对唐错说："学校就是这点不太好……"

唐错出于本能地回应："嗯？"

电梯门"叮"的一声打开，唐绪轻揽住他的肩膀，给了他一个助力。

"规矩太多，很麻烦。"

即使是笔直地看着前方，唐错也能在电梯门上看到唐绪清晰的影子。

光沿直线传播是一件浪漫的事，因为这意味着，当我看到了你的眼睛时，你的眼中也已必然存了一个我。

唐绪将他送到了宿舍，没有走得太近，而是在较为偏僻的一个拐角将书包递给了他。

"回去赶紧休息，明天加油。"

唐错上了楼，何众早就在宿舍等他，见他进来忙扑上来问："怎么样？"

"啊？"

何众看他傻兮兮的样子，轻轻拍了拍他的脑门："啊什么啊？我问你实验怎么样了？"

唐错这才明白过来："哦，弄好了，没事了。"

不光弄好了，还是升级版的……

"牛！"何众秉承着自己建立的优良传统，拍着他的肩膀跟另外两个室友又夸又吹，"看见没？有我们错错在永远翻不了车，你说你们上辈子得是扶了多少个老奶奶过马路才修来跟我们错错同室共眠，我真替你们感到荣幸！"

另外两个室友的性格不太一样，钟鸣不爱说话，听见何众又开始"日常吹错"，直接白了他一眼无视。但另一个赵飞飞比何众还要贫七块钱的，他咂着嘴鄙视道："哎哟真是，我上辈子没干别的，光一趟一趟扶老奶奶过马路了，实不相瞒，上辈子行动不能自理的你也是我扶过去的。"

他们的插科打诨，唐错完全没在听，此刻他的脑袋嗖嗖嗖地在运转着，分析刚才实验的成功和唐绪的帮助。越分析心跳越快，快到他觉得自己已经心律不齐、手脚发麻。然后他就跟寻求安定般，一把抱住了身边的何众。

……

赵飞飞瞪眼。

何众没有唐绪高，但还是比唐错高一些的。唐错低头，把额头压在何众的肩膀上，不说话也不动。

何众拍了拍他："哎，爱我直说啊！"

唐错哼哼了两声。

理工大的教学周是十六周，第十七周为复习周，再接下来的十八十九周，便是被千千万万学子痛恨的、暗无天日的考试周了。

唐错跟宿舍的人安安分分地跑了一周多的图书馆，天天早出晚归，遨游在知识的海洋里，生活规律到已经形成了考试周专用生物钟。

自控的考试时间最早，唐绪老师把时间定在了考试周刚拉开序幕的时候，说早考完早没事。逐渐安静下来的考场中，唐绪和另外一个监考老师在前面拆卷子，唐错就坐在座位上伸着脖子往前看。他好多天没见到唐绪了，因为他要准备考试。

唐绪要数每列的人数来分卷子，抬起头，目光正好与唐错的对上。唐错立马缩了脖子，萎靡地半趴在桌子上。路洪在他后面捅他："错神，一会儿别趴桌子。"

"……你没复习啊？"

"我预习了一遍。"

"……哦。"

考完以后，唐错倒是觉得不难，却看见一大堆人在前面围着唐绪抱怨题目太难，求他判松点。由于考前大家都统一把书包放在了前面，所以他不得不上了讲台，凑到那一堆人的旁边去拿书包。

"除了倒数第二题有点难度，其他的都是基本题型啊！"唐绪正被花式围追堵截，见他过来扬声说，"唐错，你说说今天的题难不难。"

唐错刚把书包抱起来，因为唐绪这句话，即刻接受了众人齐刷刷的目光。

也就是那么 0.01 秒的时间，他迅速在背叛人民群众和背叛唐绪之间做出了选择。

"不难。"

掷地有声的两个字，引来了唐绪的笑和一众的哀号。一旁的何众哎了一声，赶紧把唐错拉走了，他怕待会儿唐绪走了以后，这傻孩子被人民群众围攻。

何众拉着他朝着食堂的肉包子飞奔："快走，去吃饭，然后紧张刺激地投入下一门复习。"

下一门考试在周四，这不可怕，可怕的是明天就是元旦——他们乐团在北京音乐厅专场演出的日子。按照以往的经验来说，明天这一天的考前黄金时间是废了。

为了帮何众复习，晚上唐错找了个没人的小教室，帮他把下一门的知识点从头到尾串了一遍，整本书讲完以后已经是十点钟，唐错看了看手机，发现有个未接电话，是唐绪的。

"你再自己看看，我去打个电话。"说完，就拿着手机走到了楼道里。

"自习完了？"唐绪在那端问。

"嗯，该回去了。"

"复习得怎么样？"

唐错低头，用脚踹着地板上的裂缝："还可以……"

听筒里传来唐绪的笑声，低低的。

"我刚把卷子批了，想不想提前知道得分？"

"已经批完了？"唐错惊讶，而后想到分数的问题，难得地有些不安，"多少分啊？"

考试的时候其实他检查了好几遍，连那些简单的计算都在草稿纸上仔仔细细地算了两遍，可以说这是他从小到大考过最认真的一场试了。

他这心里百爪挠似的，唐绪却卖起了关子："你猜猜？"

"是满分吗？"他犹豫了半晌，才小心地开口。

唐绪没有回答他，而是说："你现在在哪个教学楼自习？"

"七教……"

"七教的哪里？"

"三楼东 301。"

唐绪听了，说："那在东侧楼梯口等我。"

唐错本身就站在东侧楼梯口打电话，挂了电话以后呆愣半秒，才想明白唐绪这是要过来了。他略带不安地搓着手机，低下头看手机的时候突然看见自己的右手上不知道什么时候画上了一道黑色的水笔印。使劲儿搓了搓，没搓掉，他便赶紧跑到旁边的厕所去洗手。

等唐绪插着兜闲闲地出现在楼梯上，唐错还站在楼梯口甩着湿淋淋的手。见他走下来，唐错也不甩了，偷偷背过手去，在后背把手蹭干了。

灰白交织的毛衣被蹭上了几道水印，白的地方看不出，灰色的地方却是深深浅浅，像是幅随手涂记心情的抽象画。

"复习得累不累？"唐绪一边迈下最后几级台阶一边问。

唐错摇头："不累。"

说完这话，周遭的空气突然安静下来。站在面前的唐绪和这样的安静让唐错的心里有些不太安定，他便主动打破了寂静，问道："我多少分啊？"

"满分。"

唐绪的视线从刚才开始就在唐错的脸上。说完这两个字，他将唐错的手掌在他面前摊开。

唐错不解，看了看自己的手，又抬头望向唐绪。

唐绪笑着低头，昏暗的楼道里，眉眼都像是描了个金边。

手上痒痒的，酥酥麻麻的。他好奇地低头看去，下一秒，便僵在了原地。

神魂出窍般的片刻，唐绪已经停住了在他手上勾勾画画的动作。

"给你的小红花。"唐绪说。

唐错缩了缩手，从唐绪的指尖抽离，看着他欲言又止。

唐绪还在笑着，歪着脑袋向前倾身。

"明天的演出加油，考试也加油。"

肩头还烫着，手心也烫着。

唐错攥着掌心那个虚空的小红花，带着唐绪残留的温度回了教室，起起伏伏的背影透出说不出的仓皇。

唐绪看着他转了弯，彻底消失在自己的视野中，才斜过视线，用懒洋洋的语气对着空无一人的走廊挑眉道："出来吧。"

过了那么将近十秒钟，何众才从厕所畏畏缩缩地探出半个身子，讪笑着举手同他问好："唐老……绪哥好。"

教室之外，又没外人，何众便自动改了称呼。

整个人从厕所里走出来以后，他干咳了两声，又看着唐绪动了动嘴唇，支支吾吾的，没发出什么有价值的声音。

唐绪本来脸上没什么表情，看他这一脸尴尬又惊恐的样子，笑了："想说什么就说。"

何众扁嘴，回头张望了两眼，确定没人才压着声音问："绪哥……你和错错是不是认识啊……"

后面的话何众没说完。

他挠了挠头："我也不是故意要偷看的。"

"看见就看见了，没事。"唐绪倒是不在意，轻轻松松地笑着，吊着眼梢看向他，"我们是认识，还是亲人。"

何众有点蒙。

说完，唐绪就若无其事地上前拍了两下他的肩膀，说了句好好复习，走了。

何众还没从彻底的蒙圈中回过神来，看着唐绪不紧不慢地上楼梯的背影，倒吸了一口气。

因为寒假本来就比较短，又有着一个阖家欢乐的春节，所以同学们对于回家这件事都比较积极，当所有的考试都结束以后，大家都没有在学校再逗留。

不过唐错没着急回家，他是宿舍里唯一一个本地人，再加上他爸妈要年前才能回来，所以他打算把宿舍的人一个一个送走以后再回。

这天他和何众刚把赵飞飞送到车站，唐绪就打电话找他去吃饭。

他看了一旁的何众一眼，说："我晚上和何众吃吧……"

"你和何众在一起吗？"

"嗯，刚把室友送走，就剩我们俩了，我和他去吃吧。"

没想到唐绪听了却说："行吧，那我去接你们两个，一起吃。你们在哪儿？"

"啊？"唐错没想到他会做出这样的决定，"哦，在西站。"

虽然何众从唐错的电话亮起来开始就一直歪着脑袋偷瞄，但是西站这么乱糟糟的环境，使得他的窃听行动非常失败。等唐错挂了电话告诉他唐绪要接他们去吃饭，他定在原地，别开脑袋，望着高高的天花板，"啪啪"拍了两下大腿。

唐错收起手机，奇怪地看着他："你干吗？"

何众扭回头来看了看他，耷拉着嘴角说："我觉得我刚才应该跟赵飞刀一起走。"

唐错皱起了眉头："说什么呢……"

两人在路边等唐绪的时候，何众一直一边颠着身子一边瞎哼唧，多动症一样。唐错打了他一巴掌："安静点。"

"安静不了，我跟老师吃饭紧张！"

说得好像真的一样。

第七章

麦当劳

唐绪运气倒是好，今天没赶上晚高峰，不一会儿就到了。

上了车，何众恭恭敬敬地打招呼："唐老师好。"

这一声虽说是理所应当，但是搞得唐错有点尴尬。他平时在学校外面基本上不会称呼唐绪，都是直接以"你"代称，可是何众在这里，他还这样的话会不会不太好……

"唐老师好。"

唐绪刚要开车，听见唐错这么叫他立马转过头，一下子笑了出来："你跟着瞎凑什么热闹？"

唐错耸耸鼻子，不解，怎么他尊师重道就是凑热闹了？

"吃什么？"唐绪问他们。

"都可……"话没说完，就被唐绪一个飞来的眼神堵了回去。

唐错伸出手向后一指："……何众说吧。"

何众扒着副驾驶的座位，不服气地道："干吗我说啊？你说你说。"

唐错一脸严肃地转过头，和他面对面："我……天秤座，选择困难。"

开车的唐绪分神听着他俩的对话，听到这句又笑出了声。

"你……你什么天秤座啊，别以为我不知道，你巨蟹的！"

最后到底还是何众选的，唐绪是他的老师，他跟唐绪又没有什么私下的交集，所以他选馆子的时候可以说是煞费苦心——不能选太贵的，应该也不能选太便宜的，还不能选难吃的。他挑来挑去，挑了个挺有名的馆子，在一家商场。

三个人找了位子坐下来，唐绪问唐错："喝奶茶吗？这儿有奶茶店。"

唐错想了想说喝。

"那我去给你买一杯。何众呢，喝不喝？"

"我不喝，我喝奶茶睡不着觉。"

唐绪便要起身，但唐错站起来说："我自己去吧，没想好喝哪样，我自己去挑挑。"

唐错走了以后，何众接过唐绪给他倒的水，张望着四周打算找点什么话题，突然看到了餐馆里的电视机正静音胡乱播放着各种新闻，看见电视里刚出现的画面，他惊奇地说道："哎？错错的女神得奖了？"

唐绪端着水壶的手一顿，抬眼，眉梢上扬："女神？他追星啊？"

说着，唐绪便扭头去看后方的小电视。在看到电视的同时，何众的声音也再度响了起来："追，唐老师不知道吧，错错对时分喜欢得不得了，她的演出几乎是每场必追。最可怕的是有一次，第二天下午就要考微积分，他还坐火车到上海去看了她的演出。"

"上海？"唐绪惊愕。

"对啊，他不只看北京的，只要国内有演出他就会去。很多时候时分的演出都要抢票，他还会发动我们宿舍的人帮他抢，说我们打游戏的手速比较快。"

唐绪完全没想到会是这样。上次唐错说抢票没抢到，他还以为只是一句场面话。可是他放下水壶，才想起来，唐错什么时候跟他说过场面话？

那么为什么要这样呢？

他在这些年里，看过多少场时分的演出？每次去往剧场的路上，观赏演出的时候，还有退场以后的时间，他又会想些什么？

唐错端着一杯奶茶回来了，另一只手里还拎了两杯鲜榨橙汁。

有何众在，这顿饭竟然比平时吃得热闹了一些。何众说说笑笑地逗趣，唐错大部分时间都在认真地听着，在何众问到他或者等待他回应的时候答一句，和平日与唐绪相处的状态没什么两样。他不会抢话，不会挑起话题，在你不需要他的回应时将自己的存在感降到最低。这和以前说起话来没完没了的小孩儿天差地别。

唐绪在心中叹了口气，替他们两个人各舀了一碗汤。

回学校的路上，唐绪问何众："晚上自己睡没事吧？"

何众一时没反应过来，一个疑问词后才说："哦哦，没事没事……"

唐错却不忍心丢何众一个人在宿舍："我回宿舍吧。"

何众挺感动，不过还是客气道："哎不用，我一大老爷们儿又不胆小。"

"不是，"唐错回过头，"我怕晚上没人听你说话把你憋坏了。"

"……我去隔壁宿舍说！"

等何众打完招呼下了车，唐绪问："刚刚吃饱了吗？"

"吃饱了啊！"

唐绪却说："我没吃饱，跟我再去吃点吧。"

唐错疑惑："菜不好吃吗？"

"不是，"唐绪摇了摇头，打着方向盘上了路，"刚才没胃口。"

车辆在北京城的街道上行驶着，唐错看着窗外的夜景，心情很好。他一直很喜欢冬天的北京，朔风凛凛，四处裹着寒意。街上的人们大多穿得有些臃肿，红着鼻尖，吐着白白的哈气，缩头缩脑地穿梭在上空永远盘旋着几只鸟儿的街道上。不像夏天那么无所遮掩，因为寒冷，因为萧瑟，他甚至可以把自己裹得只剩一双眼睛露在外面，以此来获得一些稀薄的自我保护与安全感，还不会因为造型奇怪惹来路人的注目。

街上已经有了红色的灯笼，他又开始盯着一排排的红灯笼看，盯住一个，等那个灯笼过去，他就跟着转脖子，直到那个灯笼完全看不到半点光了，才把头扭回来，盯着下一个开始看。以前他坐在爸爸的车上，就总是这样自娱自乐，既打发了时间，又可以用自己的标准测一测车速。

唐绪看他脑袋转来转去，忍俊不禁："不晕吗？"

唐错回过头："不晕，挺好玩的。"

他数够了灯笼便打开音响开始听歌，一路都没注意唐绪的车在朝着哪儿开，所以一直到了麦当劳门口，他都没看见那个大大的牌子。下了车，关上车门，唐错才恍然发现自己这是在哪里，刹那间，手变得冰凉。

唐绪不知什么时候绕过车来到他身边，问他："怎么了？"

他盯着那个大 M，迟迟缓不过劲儿来，等再看向唐绪的时候，鼻子也红了，眼圈也红了。

"要吃这个吗？"

唐绪瞧见了他脸上这些细微的变化，却故作未察，反问："不想吃吗？你不饿的话可以喝杯饮料。"

唐错张开嘴，白色的哈气冒了半天，才有声音飘出来："不能换个地方吗？"

唐绪偏了偏头。但不待他说话，唐错就率先低下头大步往前走："没事，进去吧。"

匆促仓皇的背影看得唐绪心里一揪一揪的，唐绪快步追上去，摁住他的肩头，迫使他停下来。唐错回过身，紧紧抿着唇，红着眼看着他。

唐绪没说什么。

唐错僵硬着身子进去，到了柜台前点餐，唐错却开始冒汗。

"一小份麦乐鸡块，一杯可乐，你要什么？"

唐绪把他的手攥紧了些，眼中带着笑看他。

"可乐……"

"嗯，再加一杯可乐。"

点完餐，唐绪带着他像巡视一样兜了一圈，之后才在他的催促下找了个角落坐下。那个两人座位是一面沙发一面凳子的那种，唐错被安排到了沙发上，没想到唐绪也坐在了沙发上，挨着他。

"看我干吗？"唐绪问。

唐错往旁边墙那边躲了躲："你干吗也坐这儿？"

对于这个问题，唐绪给了他一个好像无可反驳的理由："沙发比较舒服。"

因为唐绪一系列的动作，唐错从进门开始就光顾着躲他，一时间忘了自己这是在哪儿，到了现在，他才回过神来到底发生了什么。

记忆深处的东西，特别是恐惧，其实是很难被排解的，它扎在你心里很深的地方，盘根错节。若是任它生长，它便会如同一个贪得无厌的怪物，不断抢夺你的养分、水源和空气，最终茂了它，枯了你。可若想要真的连根拔起，就得做好血肉横飞的准备。

唐错只觉得手里的可乐越来越凉，唐绪吃完了那盒麦乐鸡块，用纸巾擦着自己的手指摇头道："真的不怎么好吃，为什么你们都爱吃？"

唐错的脑子很乱，他不想再去想以前的事，可是根本控制不住自己，此刻他的脑袋里既有那一晚的记忆回放，又不住地出现一些新的自言自语，他是不是又要走了？

明明早就可以正常地来这儿吃饭了，可是此刻胃里又开始难受，他偷偷伸下一只手去捂住胃，默读着桌面上的宣传广告，试着让自己放松下来。

额头被触碰，那只手上有薄薄的茧，却并不粗糙。

"不舒服吗？"唐绪问。

听到他的声音，唐错忽然很激动地挣扎着起身，也不管此刻身边坐着唐绪、他根本出不去的情况，抬腿就要往外冲，像一只慌不择路、四处奔逃的小狮子。

忍不住了，他控制不了自己。

唐绪心里一惊，慌忙起身半抱住他："思行，不要乱想，冷静下来看看我。"

唐错却好像根本听不见他在说什么，只是紧紧攥着自己胃部那里的衣服，喃喃地说："我要去厕所……"

"你……"

没等唐绪说出来，唐错已经挣开他冲了出去，他连头都没抬，却准确地朝着厕所的方向跑了过去，大堂里用餐的人听见动静，都转过头奇怪地看向他。

唐绪神色凝重地追着他进了卫生间，眼看着他开始拼命地呕吐，几乎是同时，双眼里就已经飙出了泪水。因着弯腰的姿势，那两行灼热的泪水连脸颊都没有经过，就径直落在了地面上。

唐绪想过唐错到这里来会不舒服，但是他没有想到唐错的反应会这么激烈。唐绪赶紧上前使劲儿搂着他的上身，不让他的身子弯得太低。唐错也不知道是不是明白现在扶着他的人是谁，像抓着救命稻草一般，一只手紧紧地抓着对方的胳膊。

唐错几乎把晚上吃的都吐出来了，连唐绪都判断出他的胃里已经空了，但他还在不停地干呕。

"思行，"唐绪唤了他一声，随后不顾他的挣扎，不顾他停不下来的干呕，强硬地将他的身子正过来，"看着我，思行，我就在这儿，不会走了。"

慢慢地，唐错终于看着他停了下来，但是已经满脸通红，气都喘不匀。

"好些了吗？"

唐错这才好像大梦初醒般，眼底有了些神韵。

"对不起……"唐错低声说，嗓子哑了。

唐绪被这一句话击得溃不成军，如果唐错指责他、质问他，甚至像几年前那样对他大吼大叫，他觉得自己都能应付，但是唐错跟他这样道歉，让他哑口无言。

"我们先出去。"

外面还有几个人在用餐，唐绪半扶半抱着唐错走出来，穿过用餐的大堂，带着他出了门。

地上很凉，唐绪想去车上拿个垫子给唐错，唐错却直接脱了力一般瘫坐在一旁的台阶上，低着头沉默不语。

唐绪蹲下来，摸了摸他的脸："还难受吗？"

唐错还捂着胃，但是摇了摇头。比起身体，他现在更为消沉的是意志。

"我去给你拿杯水，漱漱口，不然不舒服，你在这儿等我行不行？"

唐错的视线好像定在了地面一般，也不理他。唐错把自己的高领毛衣往上拉了拉，将自己的下半张脸都包住，整个人缩成一团。

唐绪又进了麦当劳，在点餐处点了一杯热牛奶，又向那个女孩儿讨了一杯热水。出来的时候，唐错还缩在那儿。

唐绪搀着他到树坑那里漱了嘴，唐错弯着腰站不起来，漱完嘴就又坐了回去。唐绪把牛奶递给他让他暖和着，然后蹲在他面前，沉默了半天。

天气很冷，唐绪后来碰了碰唐错手里的牛奶，都已经凉了。

"对不起，我不知道你反应还会这么激烈。"唐绪叹了口气，"是我的错。"

不知是哪个字或词语触动了唐错的神经，他突然抬起头看向唐绪。

"我不该这样贸然带你来这里，我知道，你对这里有阴影。我只是想，七年前我们是从这里断开的，虽然我知道不太可能，但还是想试一试。"唐绪苦笑着，"我们能不能再从这儿接上？"

唐错听不明白他在说什么，木然地坐着，看着他的嘴一张一合。

唐绪没有在意他的毫无反应，放慢了语速，一字一顿地说："就算断开太久，实在接不上，我也不想再让这个地方成为你的心魔了。思行，听得到我说话吗？"

唐错点点头，眼神迷茫。

"我不会再走了。七年前用了那么激烈的方式送走你，把你带出来却没有对你负起应尽的责任，只是觉得自己教不好你，害怕自己会带坏你，就把你丢给别人，对不起。我大概能猜到你这些年有多么不好过，我很心疼，也很后悔。"唐绪向前俯身，很专注地望进他的眼睛里。可能是麦当劳屋子里灯光的缘故，此刻唐绪微仰着头，眼睛里有了点点暖黄色的光芒，像初升的日头。

无论是从唐错性格的改变、有意无意说出的一些低姿态的话语，还是从文英向他说明的那些情况，又或者是从唐错千里迢迢去看时今演出的表现，他都可以大概猜测出唐错这些年的悔恨、自责，甚至是对他心障一般的情感。他的确是后悔的，后悔他或许不该送唐错离开，就算送他离开，也不该用那样的方式。尽管不是他的本意，他却让唐错再一次体会到了被"放弃"的滋味。他甚至后悔没有看出唐错当初没有安全感，后悔自己轻易地将唐错那时反常的行为判断为"不懂事"。

然而他最后悔的，是他不闻不问，让唐错孤立无援了七年。

但凡他早一些发现唐错的状况，就不会是现在的糟糕情况。

他靠近唐错。

"思行，你可以不原谅我的不负责任，但是我希望你能原谅你自己，好吗？对时今，你道过歉了，她也原谅你了。而对我，你能依赖我，我很开心，真的。"

最后一个字落下，唐错终于眨了眨眼。大冬天的夜里太冷，夜风太蛮，泪水流出来就能皴了脸。

黑夜中，仿佛一直是唐绪在自说自话，唐错听着，却好像又没在听。他不去说自己有没有原谅自己，也不去说自己有多不喜欢这个麦当劳，更没有提及任何与过去有关的只言片语，任凭唐绪苦口婆心地说了一堆，也没有给出任何回应。到了最后，他将脑袋埋在手臂里，说："我想回家。"

再有千言万语，唐绪都觉得麦当劳的门口的确不是个适合长久说话的地方。所以在唐错逃避似的说想回家以后，他摸了摸唐错的头，把人裹了回去。

路上他没再同唐错说什么，换了播放器的歌单，把流行歌曲换成了舒缓的钢琴曲。一个人的心事越多，就越需要自己调节的时间。而歌曲是极具感染力的东西，若是悲伤的曲子，无论是曲调还是歌词，都很容易使人产生代入感。

到家以后，唐错依然绝口不提刚才的事，只是说累了想睡觉。等他洗好澡出来，客厅黑着灯，唐绪的房间却是亮着的。他在原地蹭了半天，才蹭到唐绪的房门口。

"我洗好了。"

唐绪正面对着书柜站着，听见声音，回了头，唐错这才看见他手里还夹着一支烟。但是房间里并没有烟味，再仔细一看，那烟已经没在亮着了，烟头的地方被烧成了一圈黑色，长度似乎完全没有变短，应该是刚点着以后就又被摁灭了。

唐绪站在屋里朝他招手："进来。"

他缓步走进去，因为不想在这样安静的气氛中与唐绪独处，多余地说了一句："你去洗吧。"

"不着急，先过来。"

唐绪的房间里铺着一块地毯，往常地毯上总会散着两三本书，但是今天，地毯上有一个黄色边的透明书包，里面的东西一眼可见，是一套玩具。

唐错在看到这包东西时就停在了那里，唐绪坐到地毯上，又拉着他的手让他坐到自己身边。

"那天晚上走得太急，忘了给你。"

一套塑料的玩具，却被保存得很好，没有褪色，也没有一丝代表了时间的裂纹。唐错手里的毛巾被唐绪抽走。

大概唐绪真的是早有预谋，今晚的一切，都破锋直指那一晚。

人说小孩子的记忆是非常游移的，很多幼时经历的事情会在后来的记忆中被遗忘、错位，又或者他们只会选择性地记住一些零零碎碎的场景。可是唐错将那晚记得很清楚，清楚到记得他们那一路经过了多少个十字路口，每一个经过的路口分别有着怎样的红绿灯顺序。

那天唐绪答应带他吃麦当劳，他高兴得不得了。拉着唐绪的手进去以后，他指着墙上的画报说想要那个，于是唐绪给他点了一份儿童套餐。

旁边有小孩子已经把那套小火车拆开，拼好了轨道，放在桌子上玩。小火车从高处嗖嗖地顺着蜿蜒的轨道滑下来，光是听声音就让唐错兴奋。他拉着唐绪的手问可不可以先玩玩具，唐绪却严肃地冲他摇头，抬手指了指桌上的汉堡、麦乐鸡，说："先吃饭。"

他几乎是狼吞虎咽地扫清了一盘子的东西，最后剩了一块麦乐鸡，他用油乎乎的手指捏起来，递到唐绪的嘴边："你尝尝啊，真的好吃。"

唐绪摇摇头："你吃吧。"

他便噘了噘嘴，将那一块小东西塞到了自己的嘴里，没嚼两下就咽了。

吃完以后他又想玩小火车。他记得当时唐绪看了看腕上的手表，提起那包玩具说："回家再玩。"

他真的想这顿麦当劳想了很久，以至于吃过以后兴奋得不行，在车上一会儿都没消停，叽叽喳喳地同唐绪说这说那，唐绪有时候应两句，有时候又会无奈地说："思行，歇一会儿。"

是什么时候发现不对劲儿的呢？

可能和自小生活在那个小村子里有关，他完全记不住这个大城市里的路，可饶是如此，在经过几个红绿灯以后，他扒着窗户看了半天，还是皱着小脸嘟囔着问："唐绪，我们不是回家吗？"

那时候他对唐绪，都是直呼其名。

唐绪的眼睛依然看着前方，好像很专注地在开车。在一个红灯前停下后，他才转过头，说："先去个别的地方。"

唐错听了来了精神，亮闪着眼睛凑过来，压着声音贼兮兮地问："去玩吗？"

唐绪定定地看着他，末了，伸出手揉了揉他的脑袋，没有说话。

那时候的唐错就是个刚接触正常生活没多久的小孩儿，什么都不懂，更遑论察言观色。他以为唐绪的沉默是默认，为此，还坐在座位上欢呼了两声。傻得透顶，错得离谱。直到后来，他一个人在成长的路上跋涉千里，跌跌撞撞地去寻了很多个答案之后，才知道有个词叫作难言之隐。

因为说不出口，所以沉默以对。

唐绪的车停在了一栋陌生的大楼前，他也没想什么，解开安全带跟着唐绪下了车，下车以后还颠颠地跑过去捉唐绪的手。

一对夫妻早就站在了那里，唐绪牵着他走过去，摆了摆他的手："叫叔叔阿姨。"

他听话地朝他们鞠了个躬："叔叔阿姨好。"

"哎，思行……思行好。"现在回想起来，他当时只觉得那个阿姨看到他以后好像很激动。

打完招呼之后的场景很奇怪，三个大人都没说话，就在那儿比谁能站得更久似的站着。唐错奇怪地仰头看着唐绪，直言不讳："我们就在这里站着吗？"

闻言，唐绪在短暂的迟疑后松开了他的手，弯腰扶着他的双臂。那时候唐绪的眼睛也是亮的，却好像不是因为灯光，而是因为有什么晶莹的液体。唐错看着好看，伸出手想去摸摸。

"思行，这是你以后的爸爸妈妈，他们很喜欢你，会好好地照顾你，所以你以后就跟着他们生活，明白吗？"

唐错一下子睁大了眼睛，手停在距离唐绪的眼睛大概一拳距离的半空，愣住："什……什么意思？"

这样的信息对他来说太难以接受，他忘了放下手，傻了一般站在那里，看着唐绪冲那两个人深深地鞠了一躬："拜托了。"

"你放心，他以后就是我们的孩子，我们当然会尽最大的能力照顾他。"

唐错的脑袋里轰隆隆的，像过火车一样。直到看见唐绪转身要走，他才猛地回过神来，隐隐约约地明白了一件事——唐绪不要他了。

他仓皇无措地追了上去，明明是一片平地，他却在短短的几步路里跟跄得差点摔在地上。

"唐绪……"不打招呼地，泪水开始大片大片地往外涌，他死命地拉住唐绪的胳膊，哭着喊，"我不要爸爸妈妈，我要跟你在一起！"

唐绪停下来，眼眶也是红的。

"思行，听话好不好？你需要一个家。"

"我不要……"仅仅是不到一分钟的时间，唐错就泣不成声。恐惧化成了小时候那冰冷汹涌的江水，倾泻而来，漫过了他的喉咙，仿佛只需一个眨眼的瞬间，就能将他彻底吞没。

"你还在生我的气对不对？我道歉行不行？我知道错了，我知道了，我去道歉行不行……求你了，你别不要我……求你了，求你了……"

任凭他怎么呼喊哀求，唐绪只是一言不发地看着他，脸上有悲伤，有无奈，还有决绝。

再后来的一切太混乱，唐错记不清了。他只记得他一直在新爸妈的怀里挣扎着，死死地拉着唐绪的胳膊求他不要走。

但是唐绪还是走了。唐绪开着车绝尘而去，彻底告别了他接下来的七年人生。

在他走神的工夫，唐绪已经把轨道拼了起来。接着他拉了唐错一把。

"我们现在来玩好不好？"

手里被塞进一个东西，唐错低头一看，是那辆小火车，红色的，虽然只有两节车厢，但做得还算精致，连烟囱都有。唐绪握着他的手将小火车放到轨道的最上端，轻声说："思行，松手。"

条件反射一般，他松了手。

红色的小火车在黄色的轨道上转着弯疾驰而下，如同一个英勇无畏、所向披靡的勇士，叫嚣着冲出了轨道，扎到了唐错的脚边。嗖嗖的声音和他当年在麦当劳里听过的声响完美重合。

它只是在轨道上由上至下地跑了一路，却好像是鸣着笛，哐当哐当地跑过了唐错这么多年的记忆。

因为它，唐错一晚上的情绪忽然就决了堤。

他咬着睡衣的袖子埋下头，不让自己哭出声来。

唐绪说："不要咬袖子，想哭就哭出来好不好？"

唐错不知道在否定什么，一个劲儿地摇着头。唐绪终于连哄带抢地把他的袖子从嘴巴里拉了出来，没了能让自己发狠的东西，唐错便克制不住地哭出了声音。

他在模糊的视野中寻到那辆小火车，如同很多年以前那样，使了全身的气力拉着唐绪揽在他身前的胳膊，终于埋着头，哭着说出了这么久以来藏在心里的话。

"我真的知道错了，我想去跟时兮姐道歉，可是我又不敢去……我打你电话打不通，去你家里等你你也不在……我一直在等你，等你去接我，等你去看我……可是你一直没来……"

唐错越哭越厉害，他抱着唐绪的手，断断续续地说："我真的……很想你，我不知道怎么办……你为什么……为什么都不来看我一次呢？"

唐绪听得喉咙发痛，他无力争辩，只能苍白地道歉："对不起。"

唐错还在一个劲儿地说着，什么都有，没有逻辑，但唐绪都能听得懂。

"后来我就不敢去找你了，我以为你还在生我的气……我得了很多奖，我想给你看……我知道你在理工大，我就也考理工大，其实我不喜欢物理，也不喜欢数学……但是我想再见见你……"

唐绪揽着他，让他靠着自己的肩膀，不住地说："我知道，我知道。"

好像是要把这么多年的无助、委屈都哭出来一样，唐错哭了老半天，直到把浑身的力气都哭完才停下来，肿着眼睛，一抽一抽地平复着自己。唐绪给他擦着泪水："还有要控诉我的吗？尽管说，我听着。"

唐错不点头也不摇头，直起了身子，移开目光不看他，低着头一下一下地揪着地毯的毛毛。

唐绪说："思行，那以后，我不会走了，好不好？"

唐错手上的动作顿住，脖子像个老旧的破转轴，不怎么顺畅地转了过来。

唐绪又往前凑了凑："我说，我不会抛下你了。"

唐错还睁着眼，唐绪好笑地说："这么长时间，还没反应过来吗？"

此时有限的神志已经完全不足以让唐错回答这个问题，他虚空地张了张嘴："为……为什么？"

那一瞬间，唐绪有些怀疑自己的表达能力："不是说了，我们可以和以前一样吗？"

没想到唐错在听完这句话以后，却惊得往后退开了，嘴里也不知道在说什么："不是，不对，不能这样……"

"上哪儿去？"唐绪一把拽住他的脚踝，胳膊带着手腕一使劲儿，地毯都被蹭出了褶儿。

"怎么不对了？"唐绪看着他。

"我……"唐错张口欲说什么，却又忽地停住，紧紧地抿上了嘴。

见他始终支支吾吾地说不出什么，唐绪就又问他。这回唐错是清醒的，开始扭着身子逃避。

唐错又开始低着头不说话，一连串的问题没能炸出半个字，倒是炸出了唐错的鸵鸟毛病。

看着他头顶上的发旋，唐绪略一思考，问道："因为之前那一次，所以不肯相信我了吗？"

唐错这回立马摇了摇头，抬起头急切地争辩："不是！"

"那告诉我为什么，不然我可能猜到明天早上也猜不出。"

唐错答不出个所以然，他不想，也不可能给唐绪分条分项地列出种种心中所想的缘由，只是又摇着头重复，就是不能。

他受不了这样追根溯源的问话，站起来想跑掉，却被唐绪一下子拽下来。

"……我要去睡觉了。"

"不行，先说清楚。"

唐绪打定主意今晚要把能说的话都说开，能解的结都解开，时间不等人，他清楚地知道很多问题存在得越久，造成的后果就越可怕。

跑不了，唐错也不开口，就自暴自弃地待着。唐绪问："打算在这儿跟我耗一晚上？"

唐错摇头。

"那说说，为什么说不行？"

又吐又哭地折腾了一晚上，唐错这会儿实在是累了，精神也很萎靡。他见唐绪要跟他扛到底的样子，只能又把自己缩了缩，仰起头看着他下巴上隐隐的青色胡楂说："我来找你，没想要别的……我只是想待在离你不太远的地方。"

唐绪将这话拆开捏碎地斟酌了一番，心中了然了一些，却还是问："为什么不想呢？"

"害怕，怕我像以前那样。"

这话说得好似没头没尾，不过唐绪明白他是什么意思。

"你会吗？"

唐错摇了摇头："我不知道。"

184

唐绪笑了一声："不管你知不知道，我们都会是永远的家人，你反驳也是无效的。不过我相信你不会的，相处是件美好的东西，以前你是不懂，在你懂了以后，不可能打着它的名义去伤害任何人。"

唐错眯起眼睛："美好的东西？"像是在重复，又像是在发问。

"是。"唐绪的语气很坚定。

唐错在这坚定的语气中品出了名叫信任的东西，这对他来说实在是难能可贵。可他将自己从头到脚、由里至外地评估了一番，却觉得自己实在担不起。他没有跟唐绪说，即使到现在，若是以他最真实的体验来描述，他也想要唐绪只属于他一个人，疯狂而满怀嫉妒。但是他知道这样不对。

唐绪后来没有再逼他，看他眼皮都直往下掉，就拍了拍他让他上床睡觉。唐错起身要往屋外走，唐绪拉住他："干吗去？在这儿睡。"

唐错一个不稳又摔坐在地上，两个人大眼瞪小眼。四目相对间，唐错脑袋里似有一口大钟被重重地撞响，提醒他这样实在不该。

然而唐错所有的坚持在唐绪面前都只有一个下场，兵败如山倒。

他缩在被子里，关了灯，唐绪跟他说晚安，诧异地发现他的脸烫得不行，下意识地就摸上了他的额头："发烧了？"

唐错闷声说没有。

他觉得唐绪在某些方面其实很有暴君的潜质，说一不二。

唐错还想说话，唐绪直接不让他张嘴。

"看看都几点了，快一点了，有什么明天再说。"唐绪说，"行了，睡吧。"

尽管整个人晕头转向的，但这是他在知道自己和唐绪复联以后，第一次享受到的待遇。

唐绪最后轻声说："生活的确是美好的，相信我，以后你会慢慢体会到，不要不安，也不要害怕。"

唐绪的声音一如既往地低沉，像是在转述一段古老的故事。唐错刚刚闭上的眼睛重新睁开，如同亮在黑夜里的两颗星。

距离唐错爸妈回来还有些日子，唐绪在早晨跟他说，不如拿点东西经常来玩，语气平静得像是在说，今天天气很好，我们去公园玩。

唐错一听，赶紧摆手："不用不用。"

唐绪放下手里的筷子，端坐着叉起手来看着他："不来也可以，给我一个或一个以上的理由，唐思行同学请作答。"

说完，他还抬手做出个标准的"请"的姿势。

唐思行同学当然给不出理由。坐在唐绪的车上，他彻底放弃了垂死挣扎，强迫自己接受了这个事实。

已是假期的理工大很萧索，走在路上，不光看不到几个人，就连头顶的树都秃着尖儿，在视野里占不上一点分量。其实细想下来，每一个场所，每一栋建筑都有它自己的日升月落、四季交替，会有人头攒动、热闹非凡的时候，也会有无人问津、门可罗雀的时刻。若再深推，人也是这样的。

"你停这儿，不太好吧？"

唐绪这回直接把车开到了唐错的宿舍楼下，唐错不敢下车，做贼心虚这个词，他体会得很好。

"没关系，"唐绪说，"我的车有登记，也就有校内行驶的资格。"

……有代沟。唐错挫败地下了车。

唐绪靠在车座上，看着外面正刷卡进楼的人，哧哧地笑了出来。这孩子真是好拿捏。

唐错上了楼，才想起屋里还有一个何众。如同在考试完、交了白卷以后才想起答案一般，他站在宿舍门口猛地拍了拍自己的脑袋，他怎么把何众忘了，这不是理由吗？

推开门，何众正在屋里一脸哀怨地看着电脑。唐错凑过去看了看，很神奇地，他竟然在看一部前段时间播出的古装剧。

他不敢相信地眨了眨眼，问："你怎么不玩游戏？"

何众的脸上更哀怨了："赵飞刀那个孙子，走之前拿我的账号下剧，说是火车上看，把老子的流量用完了！"

"……那你可以用我的啊！"唐错转到自己的衣柜前拿包，思考着要怎么跟何众开口。

"你以为我的没流量了你的还会有吗？"说完，何众就又开始吐槽理工大的校园网。

唐错扒拉着衣服看了看，打算把挂着的一件大衣拿下来，摘衣架的时候手一抖，连衣架带衣服齐刷刷地扑到了地上。何众把目光从电脑屏幕上移过来，问他："你干吗拿包？"

唐错干咳了两声，把衣服捡起来："回家……"

"什么？"何众这一声高呼和电脑里传来的一声怒喝呼应得恰到好处。

唐错抱着衣服看着他，摸了摸鼻子："那个……我家里人非让我回去，你是后天走吧？我到时候来送你……"

唐错越说声音越小，最后看着何众越来越灰败的脸，实在是不忍心，把刚装了两件衣服的包又放在了凳子上："唉，算了，我还是后天再走吧。"

唐错一溜小跑着下了楼，见他空着手，唐绪问："怎么？"

把气喘匀了，唐错一鼓作气地说："我后天再走吧，不然就剩何众一个人，还没网，太可怜了。"

唐绪看着他的样子，琢磨了一会儿，歪着脑袋说："我怎么觉得你跟打报告似的？"

虽然唐错现在确实有点严肃，但是他觉得没到这个程度吧……

唐绪笑说："你以后不会经常这么跟我打报告吧？"说完，唐绪自己想想都笑了。

"后天就后天，那你们玩两天吧。"

闻听此言，唐错竟然有种如获大赦的感觉。唐绪把他脸上那显眼的小表情尽数收进眼底，抿着嘴忍住笑。

"那我先走了，你回去开慢点。"

摸上车门的把手，唐错刚要说个"再见"，却听见唐绪说："在你爸妈回来之前，我们出去玩一趟吧，你想去哪儿？正好这两天我计划计划。"

一波刚平一波又起，唐绪像是铁了心要在寒假把他好好看住一样，连这两天都不在思想上给他留半点空隙。

"啊？去玩？"

"嗯，"唐绪点头，"那回在实验室我不是说了吗？期末考那阵那么累，带你去放松放松。"

好像……是有这么一回事。

唐错嘀咕着推诿了几句，无果，出去玩的行程莫名其妙就被敲定下来，只是具体去哪儿还没定。下车的时候唐绪叫住他，让他记得跟他爸妈报备一声。

唐绪的效率一向很高，晚上就在微信里给他发来几张风景图。他打开了看了看，挺漂亮。

"这是哪儿？"

"哈尔滨，去那儿吧，看雪，还有冰雕雪雕。"

唐绪本打算带着唐错去南边，暖和，但是唐错说不喜欢，就喜欢在冰天雪地里待着。于是他就顺着冰天雪地的思路想了想，第一个就想到了那座冰城。

唐错握着手机躺在宿舍的床上，来来回回地翻看着那几张照片。说不心动是假的，他长这么大，除了和现在的父母一起出去玩过几次，就没和别人一起去玩了，更何况是唐绪。可是在他心里，他和唐绪的关系已经不像以前，长久以来，他一直克制着自己心中对于唐绪家人般的感受，现在唐绪却突然恢复到之前对他的样子，他害怕，也觉得无所适从。

似是知道他的犹豫不决，唐绪这回直接丢了一个链接过来。他打开，是一份攻略，将冬天的哈尔滨描绘得有姿有色，还有香有味，明摆了就是诱惑他的，同给一个小孩儿丢个棒棒糖大集锦是一个道理。

几乎是在他刚刚看完最后一行，唐绪的消息就到达了他的手机，掐准了点似的。

"想去吗？"

手机因为长时间使用有些发烫，唐错握在手里，只觉得自己那颗扑通扑通的小心脏都跟着这温度跳动起来。他翻了个身，吐了口滚烫的气。这也是唐错不喜欢暖和、不喜欢热的原因——太容易让人放松警惕，太容易让人一时冲动。

"想。"唐错回答。

唐错在送走何众以后就到了唐绪家，在唐绪的抱臂注视下住进了客房。

"真的要住这儿？"

唐错坐在床边点点头。

因为年前那些天总会有各种事情要忙，所以唐绪把出发时间定得比较早，这样算下来，其实唐错也不会在唐绪家住几天。

出发前两天，唐错搜了搜哈尔滨的天气，看见手机屏幕上显示的数字以后吃了一惊。他咬着个苹果感叹了一声，然后拿给唐绪看："零下二十八摄氏度啊？"

零下二十八摄氏度会对应什么样的体感，他自己甚至没什么概念。

唐绪看了一眼点点头，一只手翻着他拿过来的衣服说："所以你这些衣服不行。"

在穿衣服上，唐错是一个十足的保守派，他对自己的要求就是，不管裹几层都不能冻着，冬天从不会为了帅舍弃暖。尽管这样，他最厚的装备也就是一条双层的保暖秋裤而已。

唐绪合上柜门，转过身来："走，我们出去买点东西。"

"买衣服吗？"

唐绪点了点头："买两件吧，去了穿大衣肯定是不行的，我看你这羽绒服也不抗冻，穿着这身过去得给你冻透了。"

虽说唐绪是想带唐错去买衣服，但是坐上车以后仔细想想，如果是给唐错买的话，和给自己买的目标店铺应该还是不一样的。毕竟年龄差摆在这儿。

他看了一眼唐错这会儿身上穿着的"类童装"短款大衣，浅灰色的底色配了几个羊角扣，左边胸口上还有一只小熊。唐错本来就因为长了一张娃娃脸而显小，再穿上这件衣服……

唐绪看了一眼后视镜里的自己，心里忽然生出那么点奇怪的滋味来。虽说是岁月不可追吧，可看这样子怎么觉得自己确实老了？

他暗笑着轻轻摇了下头，问："你们平时都去哪儿买衣服？我买衣服的地方比较单调，不适合你。"

听他这么说，唐错还没明白过来"不太适合他"是什么意思："嗯……在学校和何众他们的话一般就是去中关村那边，西单还有王府井，跟我爸妈的话就多了。"

"哦，"唐绪听完点了点头，开始发动车子，随口问道，"你这大衣是自己买的吗？"

"啊？不是，我妈妈给我买的。"说完唐错又问，"怎么了？"

唐绪打着方向盘笑说："没事，挺有……童趣。"

都大三的人了，被说有童趣。唐错自作主张地将这句评价等同于幼稚。他低下头扯了扯大衣的下摆，小声说："我妈妈喜欢给我买这类衣服……"

任谁都希望得到别人的肯定，唐错也不例外。更何况，他对能在他和唐绪之间生出距离感的事情是介怀的，虽说不上十分，但八分不止。

唐绪分神瞅了他一眼："但你穿着好看。"

到了商场，唐绪几乎是不挑款，只挑厚度。连着转了好几个店，两个人才在店员的推荐下找到了几款觉得厚度可以的羽绒服。

"先生，如果是您穿的话，建议您试一下这一款，简单大方，很适合您，而且这款是衣长最长的款式，很保暖。"售货员推荐完一款，又指着另一款说，"弟弟的话我比较推荐这款，这款是我们店里卖得最好的，其实我们店的衣服还是偏成熟的，但是这款是一个联名合作款，添加了很多年轻的元素，专门为学生设计的，您可以试一下感觉感觉。"

唐绪看了看那个联名合作款，也觉得不错，便侧头对唐错说："我看着还行，你试试。"

　　唐错嘴唇翕动，但是在又看了那两件衣服一眼以后，还是默默地点了点头，接过了自己那件。

　　唐绪给自己买衣服向来随意得很，左不过就是那么几个颜色，简洁修正点就可以了。说白了，也就是仗着自己是个衣架子，从简穿衣。他套上羽绒服以后，售货员直夸穿着太好看了，自己转着看了一圈，觉得也挺符合他的审美。

　　"怎么样？"唐绪问一旁的唐错。

　　唐错也已经套上了自己那件，和唐绪并肩站在镜子前。他看着镜子里的唐绪，修长的身形，算是让设计师的心意没被辜负。

　　"好看。"

第八章

哈尔滨行

于是唐绪给自己敲了板。敲完又问唐错觉得他那件怎么样。不同于唐绪的随意，唐错踟蹰了很久。最后他揪着衣服转了好几圈，才跟售货员说："我想试试他那款。"

没等唐错答话，售货员就笑着说："那款应该是没有您穿的号，板型原因，那款的号都比较大，不太适合您。"

这话讲得直白些，意思就是，您太矮啦，撑不起来的。

唐错一下子变得有些窘迫，为自己不争气的身高，也为好不容易把希望说出口，却还是落了空。

唐绪却在旁边对他说："那你先把你这个脱了。"

"嗯？"

"不是不太喜欢吗？再试试别的。"

也不是不喜欢，唐错想。

刚欲说些什么，他却看见唐绪正噙着笑望着他。笑容好像另有深意，他挑着眼看过来的样子，让唐错觉得自己被看了个透彻，跟旁边这一尘不染的玻璃橱窗一个模样。

他埋下头，不作声地脱了衣服，听见唐绪跟售货员说："麻烦您再拿那边那件给他试试，口袋上有红色的那件。"

唐错没在意唐绪又给他挑了哪件，他越想刚才越有些恼，心想早知道就不说了。等他红着脸把脱下来的衣服在身体前整理好，身上却忽然被罩上了一件厚重的羽绒服。

他还站在镜子前，所以一抬头，就看到了镜子里被包裹着的他，还有在身后的唐绪。

身上这件羽绒服是唐绪刚试的那件。

"其实你穿你那件，也是可以的。"

唐绪的手始终握着他的肩膀，说这话的时候，眼角眉梢都是笑意。当然不是取笑。

唐错听见售货员唤他："弟弟试一下这一件吧……"

有时候大人太聪明、太细心也不好，什么都瞒不住。唐错被那大衣裹着，说不出别的，岔开话题来了一句："我这不是能穿吗……"

能穿是能穿，唐绪穿上还能露出一截小腿，他穿上就几乎直接到了脚踝。

耳边传来唐绪低低的笑声："能穿啊，还特好看。"

出发前一天，唐错期末考试的最后一门成绩也出来了。他正在往行李箱里装东西，看见手机闪个不停，便拿起来瞧了瞧，结果看见班里不少同学在抱怨老师压分。

"收拾得怎么样了？"

不知道什么时候，唐绪已经到了他的身旁，手上还端着一盘洗好的红提，水淋淋的。他摘了一个，塞到了唐错的嘴里。满口的红提汁清香甘甜，唐错举起手机把班级群的聊天记录亮给唐绪看，嘴里含糊地说："他们在夸你。"

唐绪看了一眼，乐了："有几个答得实在差劲儿，为了给他们提到及格，我都快把他们的卷子翻烂了，就想找找哪儿还能塞给他们两分。"

又被塞了一个，唐错咬着嘴里的提子弯着眼睛笑："他们就喜欢不挂人的老师。"

"试想一下一个学控制的学生挂了自控，刚上路就遇到这么大的灾难，我怕他们以后都没勇气走下去了。"唐绪边说着，边感叹般地摇了摇头，睨着正吃得开心的唐错说，"希望有一天，我的学生都能像你一样。"

毫不掩饰的夸奖。唐错心头一乐，强装镇定地接着收拾。

"用的东西我都带好了，你挑几件想穿的衣服带着就行了。"

唐错点点头，低头挑拣箱子里的衣服。唐绪像是来了兴致，站在一旁拿着唐错的手机窥屏，看自己这群学生是如何花式评价各位老师的，时不时还抽空给唐错塞一个提子。看了一会儿他们热火朝天的讨论，唐绪从这些小抱怨中抓到了一点有用的信息。他拍了拍唐错的脑袋，问："成绩都出来了？"

唐错蹲在地上，仰头看着他，回答："出来了。"

"考得怎么样？"

"还可以，不过最后一科我还没查。"

唐绪知道他这是惯有的谦虚，微微笑着将他拉起来，在他奇怪的目光中递了一颗提子过去："那奖励你。"

唐错手上还攥着一件衣服，虽觉得突然，却还是下意识地咬了咬，没想到这颗竟然格外酸。他草草嚼了两口就吞了下去，脸皱成了一团。

看他这反应，唐绪很是意外："酸？"

唐错咧着嘴点了点头："这个真的好酸啊！"

闻言，唐绪轻轻摆了摆头，做出一副思考的样子说："看来这个奖励不太成功。"

"那换一个吧。"

"那个提子，是很酸。"唐绪说，"明天就出去玩了，开心吗？"

唐错是真的开心，而这种开心，更是在出发的当天成了极度的兴奋。

"我们就穿这么点去没关系吗？"

"嗯，到了那边的机场再换，有更衣室。"

"有更衣室啊，好人性化……"

无数个你问我答间，唐绪好像又看到了以前那个小话痨。

临登机，唐错给他爸妈打了个电话，告诉他们要出发了，那边大约是叮嘱他要注意安全之类的，唐错回答得很乖。

虽然想到了哈尔滨冷，但是从机场出来以后的温度还是让唐错打了个哆嗦，心里万分庆幸自己戴了口罩。当时唐绪给他的时候他还不以为意，结果现在刚出来没两分钟，他就感觉脸上没有遮挡的地方已经开始万里冰封了。

唐绪给他稍稍向上拉了拉口罩："冷吧？"

唐错点头："这跟北京的冷的级别差太多了。"接着他向右侧歪了歪身子，视线越过唐绪看向前方的一片空地，"哇，这雪好厚啊，而且一点都不化啊！"

北京虽然也会下雪，但是根本存不住，有时候当天下的雪，当天中午就开始化了，到那时候，地上就是水混着冰和未化的雪，再和上点脏兮兮的泥土，完全不复唯美的意境。

"温度低，下的雪当然能一直存着。"

等车的时候唐错一直在东张西望，内心愉悦到不自觉地一下一下踮着脚。第一印象，他很喜欢这里，因为很冷，可以穿很厚的衣服，因为有能存好些日子的雪，当然也因为有站在他身旁的唐绪。

从机场到市区大概要四十分钟的车程，他们打了辆车，司机听他们是来旅游的，热情得很，操着一口纯正的东北腔跟他们谈天说地。出租车司机可能是生活知识最为丰富的人了，一路上和他们聊的内容五花八门，丰富极了，大致涵盖了怎么去冰雪大世界、松花江冬天的江面有多坚固、哪里的东北菜好吃、哈尔滨也会堵车但肯定比北京情况好一些等。

在与陌生人交谈方面，唐错并不擅长，所以大部分时间都是唐绪在应着司机，唐错默不作声地听着。大概是见他老不说话，司机开玩笑地说："这小伙子还没发过言呢，来，你简单说两句？"

这个点名突如其来，唐错的反射弧又比较长。他从鼻子里拱出一声疑问，然后茫然地看向唐绪。

司机笑得很大声："你这么……腼腆，还上学呢吧？"

大约是觉得车上这两位都是文化人，司机也特意搜肠刮肚地寻了个文雅词。

"嗯，上学呢。"唐错赶紧答道。

唐绪没说话，有种撒开手、把这场子交给他了的感觉。

"在哪儿上学啊？"

"北京。"说完，他又觉得自己说的这个答案可能在司机心里等同于一句废话，就又补充上了学校的一个简称。

司机听了，立马寻到了下一个话题："哟，这学校好啊，高才生。你这也是工大呗，搁哈尔滨这儿就是哈工大最好。"

哈尔滨人在讲哈工大、哈站的时候，都会将哈字的一声讲成三声。一个变调，就使得这两三个字带上了浓重有趣的东北标记。

唐错回味了一会儿，弯了弯嘴角，冲着唐绪比了个口型："哈工大。"

唐绪显然是明白了他觉得有趣的点，无声地笑了起来，点了他两下，算是答复。

唐绪订的宾馆就在离中央大街不远的地方，到宾馆的时候天快黑了，在大堂办好了入住手续，唐绪边走边跟他说："待会儿去中央大街转转，吃个饭。"

唐错没意见，嗯嗯啊啊地应着。他现在的整体感觉就是，这趟旅行完全不需要他带脑子，唐绪总能把事情安排得妥妥帖帖。

尽管夜晚的哈尔滨很冷，但中央大街的人依然很多，街上熙熙攘攘的。唐绪伸手要叫唐错，却被唐错一个不太明显的闪身躲开了。

由于被口罩遮住了半张脸，唐错只露出一双黑漆漆的眼睛。

唐绪扯着嘴角笑了，随后边慢悠悠地摘掉一只手的手套，边看似漫不经心地说："你知道我为什么喜欢旅行吗？"

唐错摇头，眼睛一眨不眨地望着他。

唐绪与他对视："因为旅行使人到达一个陌生的地方，没有身份，没有姓名。"他眼角带笑，在流离的七彩灯光中告诉唐错，"所以你想干什么就可以干什么。"

唐错被他这样带着往前走，等反应过来，还是不自主地就想要逃离。他谨慎惯了。

唐绪说："放轻松，没关系。"接着他朝前方挑了挑下巴，凑近唐错小声说，"你看前面。"

唐错顺着他的指示看过去，前面走着许许多多、不同形态的人。

身边传来唐绪的温度，在四周彻骨的寒冷中格外惹人分神。因为这份与寒冷格格不入的温度，还有前方与四周的背影，唐错才第一次在川流的人群中，真真切切地体会到了放松的滋味。

当现实过于逼仄时，旅行便成了一种成全——再不济，他们也能找个地方，安心肆意地在街上闲走。

想到这儿，唐错的目光突然松懈下来，他朝唐绪靠了靠，无声地给予他一个回应。

或许是因为唐绪寥寥几语中向他传达的那陌生之地的思想，唐错在这几天真的玩得肆无忌惮。在大冷的天气里说想吃马迭尔冰棍，两个人就戴着手套，扒下口罩，一人举着一根冰棍边走边啃。沿着中央大街走到尽头，经过抗洪纪念碑，到了松花江的边上，唐错惊喜地发现冬天的松花江面已经变成了一个巨大的游乐场。冰滑梯、冰橇、摩托车拉气垫等各式各样的娱乐设施，唐错都体验了一遍。

第三天傍晚，他们才去了冰雪大世界，因为唐错说精彩的要留在后面。冰雪大世界的大门口人很多，唐错伸长了脖子看向前方窗口的购票规则，一条条读完以后从书包里摸出个东西，递给唐绪。

唐绪垂眼一看，表情变得有些难以言说。

"干吗？"

"学生证啊，打折。"

"……"唐绪伸出一只手，给他推了回去，"不用。"

"为什么啊？"唐错不太明白，奇怪地问。他又看着那块牌子确认了一遍："是能打折啊！"

有两个游客要从唐错身后挤过去，唐绪见状用胳膊护住他，免得他被四周的人挤到。唐错还在纠结买票的事情，见他这不死心的样子，唐绪直接把他的学生证拿过来，塞进了他的书包里。

"哎……"

唐绪搭着他的肩膀不让他动，接着放低身子，贴近说："咱俩来玩，你买学生票，我买成人票，不觉得有点奇怪吗？"

唐错皱起眉头思考了片刻，不解地问："有什么奇怪的？"

"你这学生票一买，我感觉我成老头了。"

唐错的眼神滞了两秒，忍不住笑地别过头去，装模作样地去瞧前方排队的人还有多少："那就买成人票吧……"

其实哈尔滨可玩的东西也不多，四天的时间就玩得很全了。站在浴室里，唐错脱了衣服之后才想起来，这是最后一个晚上了，明天，他们就要回北京了。

水龙头的水洒下来，水压不大，淅淅沥沥的水珠串成一串砸在地上，又由一个整体重新碎成无数个个体。唐错看着地上漾开的一圈圈水纹，出神间，才领会了一点离别的意味，与第一次旅行的离别。

任何一个名词前若是加上一个"最后"的点缀，都会倏然生出些失落与伤感，最后一场电影，最后一次见面，最后一顿酒席，最后一个晚上。唐错很舍不得这里。这些天他过得过于舒服闲适，竟使得他冷不防卸下了压在心头的许多包袱。这种轻松的感觉他睽违了太久，所以舍不得松开手任它走掉。

从哈尔滨回来以后没两天，唐错的爸妈就回来了。唐绪将他送到家里，没和他的父母打照面。

"过年的时候我爷爷要去南方见老战友，我们都陪着，就直接到那边去过年了。"唐绪说，"不能陪你过年了。"

两个人静静地坐着，车子里只有暖风轻微的呼呼声。来日方长这个道理唐错是懂的，所以此刻倒是没什么太大的分别的伤感，只是心里头还是紧巴巴的，大概是被那点舍不得揪的。

"那你什么时候回来？"唐错清了清嗓子问。

唐绪侧目："老爷子难得去一趟，怎么也得半个多月，初十以后了。"

"哦，"唐错应了一声，"那我去接你。"

话说出口，他才暗悔自己说话怎么又这么莽撞。唐绪当然是和家里人一起回来，哪里轮得到他去接？

没想到唐绪很快地答应了一句："好，到时候去接我吧。不过你怎么去？"说完，唐绪忽然想到一个问题，"你会开车吗？"

"会。"虽是这么说着，唐错却有些苦恼地努了努嘴，"有驾照，但是我爸妈不让我开，他们……老拿我当小孩子。"

唐绪轻轻地笑了："他们那是爱你，才会不放心你。等我回来陪你练练车。"

唐绪下车，从后面将他的行李拿下来，唐错也跟着下来。将行李箱递给他以后，唐绪又从后座拿了一个袋子。

"新年礼物。"

唐错错愕了片刻，在唐绪又说了句"新年快乐"之后，他才伸出两只手接过袋子："谢谢，我也准备了礼物。"

唐错右腿弯曲着撑在地上，卸下书包搁在大腿上，拉开拉链，掏出了一个不大的盒子。

"我不知道你需要什么，就准备了这个。"

包装盒是黑色的，斜对着的两个边角有烫金的花纹，不繁复，配上一个金色的丝绒蝴蝶结，十分雅致。而最让唐绪眼前一亮的，是盒子上那四个金色的字，笔势虚和，意态清峻。

"这是你写的字？"唐绪将盒子拿在手里，端详着说道。

唐错点了点头。

"虽然你平时作业本上的字也很好看，但这四个字更好看。"唐绪摩挲着那四个金色的字迹笑了笑，毫不吝啬地夸奖，"我发现你总能给我惊喜，多才多艺啊！"

"哪有，都是平时没事的时候随便练练。"唐错移开了视线，一只手拉起箱子，"那我……先走了。"

唐绪没答话，歪了歪头，眼中含笑地望着他。唐错一时间也站在那里。远处传来小孩子的笑闹声。

"重新见面的第一个新年不能见面，实在可惜。"

唐错的爸妈都是工程师，工作很忙，经常出差。到了过年的时候虽说是不工作了，却也同样闲不下来，平日里没时间见的老友、亲戚，到了过年都得转着场子见过一圈。

"你看看，我就说应该买那件卡其色的吧，我们错错这么白，适合穿浅色。"向婉一面给唐错抻平衣服的下摆，一面数落着坐在沙发上的唐毅山，"就是你，非说深蓝的好看。"

唐毅山把电视换到新闻台，咂了下嘴说："哎，儿子穿什么颜色不好看啊？真是的，深蓝的怎么了？我看就挺好，显成熟。"

"干吗要显成熟，错错还小，不需要那些。"

"你说你，今天不是……"唐毅山刚要说什么，又堪堪收住了。

唐错看得奇怪，问："爸爸，今天怎么了？"

向婉背对着唐错瞪了唐毅山一眼，转过身来以后又恢复了笑眯眯的模样，拍着唐错的肩膀说："没事，没事。"

唐错对于父母的这些朋友都还是比较熟悉的了，交好的就是那么几家，今天进了饭店的包间，唐错却看见了几张陌生的面孔，其中还有个笑盈盈的小姑娘。等到坐下来，说了几句，唐错才摸清楚这饭局的主旨。他感到有些荒谬，又有点好笑，他爸妈可是实打实的高级知识分子，有必要在他还没大学毕业的时候拉他来相亲吗？

唐错偷偷摸出手机，给唐绪发了一个哭脸的表情，后追了一句话，好像被拖来相亲了。

"工科的课程是不是很难？"

小姑娘和他一届，学法律的，按照唐错的审美来说，长得很好看，小巧标致，似是透着一颗玲珑心，名字也称人，肖以盈。

"还好，也不是很难。"

唐错的回答规规矩矩。按理说，这时候应该回抛一个话头，让对方有话可接，但唐错从来都不擅长于此。

肖以盈微微一笑，脸上带着点俏皮："我觉得学工科啊、理科啊都很厉害，我数学很差，所以当初就根本学不了理科。"

"术业有专攻，让我去看你们的书，也会觉得很难。"

肖以盈听了这话，亮着眸子打量了唐错一会儿。

饭桌上你来我往，几个大人除了唠唠闲嗑，就是互相捧着两个孩子，场面倒是其乐融融，只是不知道这些夸赞中到底有几句真几句假。唐错偶尔会起身敬个酒，在服务员顾不过来的时候也会去给对方的长辈添个酒，但是在饭过半程时，向婉去了个洗手间回来以后却暗暗按住了要起身的他。

唐错不解地看过去，向婉给他夹了一筷子菜，说道："看你还没吃什么东西，多吃点。"

到这儿，虽然不知为何，但唐错已经很敏感地觉出不对劲儿了，也领会了向婉不让他再去顾这个场面的意思。

临散场的时候，肖以盈说互相加个微信，唐错掏出手机，看见唐绪刚刚发来了消息。

——好巧，我好像也是。

这几个字使得唐错接下来的送别都叫错了一个称呼，引得众人一阵笑。

回去的路上，唐错向前凑了凑，歪着脑袋抚上向婉的胳膊问："妈妈，你是不是不高兴了？"

正在开车的唐毅山闻声看了眼旁边的人："怎么了？"

向婉哼了一声，没说话。

唐毅山又问："你哼什么啊，谁惹你不高兴了？我看今天那姑娘挺好的啊！"

谁知向婉听见这话立马扭头道："不行，这个姑娘绝对不行。小姑娘倒是没什么问题，她那个妈不行。"

"她妈怎么了？你都不认识人家怎么知道不行？"

"我不用认识她，中间她们出去上厕所，我也去了，结果你猜我听见什么？"说到这儿，向婉咬了咬牙，努力憋下心里的火，"她妈跟那姑娘说，咱们错错是领养的，什么来路不明，以后不知道会不会有什么麻烦。"

向婉重重地呼了一口气："哈，我真的是……要不是我教养好，我当时出去就跟她们翻脸了你知不知道？"

唐错听着，心里倒没有什么感觉。他的爸妈在他那么大的时候领养他，突然冒出一个孩子，免不了被人议论。

向婉还在愤愤不平："我看老于家你以后也少来往吧，嘴上没个把门的，什么都往外说，是他们上赶着说要给错错介绍个朋友，我看他们太热情，才答应带错错来认识一下。啊，现在背地里给我议论这个，你说说这像话吗？我也不是藏着掖着不想让人知道，在我心里错错就是我亲生的，别人这么议论我儿子，我不乐意！"

每一句话里的维护都让唐错心里头一颤一颤的，唐错呆了两秒，又揉了揉向婉的胳膊，说："算了妈妈，不要生气了，以后我们不跟他们吃饭了。"

对于唐毅山和向婉，唐错是感激的，也是愧疚的。这么多年来，他能感受到他们作为父母的那份毫无保留的爱，物质上也好，情感上也好，他们对他都不曾有过半分吝啬。而正是因为他们的慷慨，才让他愧疚。他始终觉得自己从没真正成为一个好儿子，他自知在这个家里他得到的远比付出的多很多，他接受着他们的爱，却更偏向的是带他走出村子的唐绪。他愧疚万分，却找不到改变自己的途径。

向婉也不是个小心眼、想不开的人，到了家，向婉已经把晚上的事翻了篇。唐错又宽慰了几句，才跑回自己的屋子，关上房门的动作已经有些急不可耐，他后背抵着门板，嗒嗒嗒地给唐绪发过去消息。

——我回家了。

约莫过了一刻钟，手机才响了起来，不过不是短信，而是一通电话。

"刚刚在开车，我也刚回来。"不同于他这边，唐绪那头并不安静，隔着听筒都能听到吵吵闹闹的声音。

"这几个小孩儿可能正打算掀翻房顶。"

唐绪的声音听起来似是已经忍耐到了极致，唐错不自觉地弯了嘴角，走了两步趴到床上："你不喜欢小孩子吵吵闹闹？"

"当然不喜欢，我对小孩子很没耐心。"唐绪也轻笑着，"以前我外甥调皮，我姐和姐夫舍不得打，有一次他把我闹烦了，我直接把他拎到没人的地方给了他屁股两巴掌，从那以后在我说让他停的时候，他就没敢不停过。"

唐错在脑海里同步勾勒出了当时的场景，咬着被子味味地笑："那你姐姐他们不会找你吗？"

"那小子都没敢让我姐知道。"唐绪又笑了一声，"现在他仗着人多，又玩疯了，我可能得找个机会再让他长长记性。"

"过年开心啊，你就让他玩一玩好了……"

唐绪的手劲儿，唐错是知道的，他想想都疼，于是忍不住替那个未曾谋面的小孩子求起了情。

但话没说完，就被一声高亢的童声打断，唐错听见唐绪呵斥了一句："一边玩去，别找我揍你。"

他忍不住笑，等电话里不那么乱了，翻了个身躺在床上问："可是我觉得你挺有耐心的啊！"

他回忆了一下自己小时候，怎么都觉得那个唐绪和现在电话那头的这个合不到一起去。

"你是说那会儿去支教？那会儿已经恼不起来了，而且那会儿的那帮孩子哪有这么皮？"唐绪的语速放缓了些，大概是在回忆着什么，"至于后来养着你的时候……我发誓，我从没对任何一个小孩儿，有过对你十分之一的耐心。"

白花花的天花板上好像突然浮现出很多记忆中的场景，唐错握着手机，将被子搂紧了些。

"是吗？"

"千真万确。"

人就是这样，可以因为只言片语，因为证实了自己在他心里的那么一点点与众不同，就高兴得如同喝了两大瓶上头的烈酒，晕头转向在自己大包大揽过来的幸福里。

而唐绪此刻也觉得，大概从一开始，唐错于他而言就注定是个独一无二的存在。

两个人隔着电话沉默了一会儿，唐绪才又问："怎么样，相亲结果如何？"

"当然是没有结果了。"唐错翻了个身，抬手摸了摸自己有些热的脸。

唐错在唐绪的笑声结束以后追问："你呢？"

唐绪轻咳了两声，止住笑说："相亲对象问我不抽烟吗，我说，抽得挺多。"

"……"

哐啷一声，那边不知道又出了什么事故，唐绪无奈地叹了口气："他们把花盆砸了，我得去收拾收拾，免得扎着他们。"

"哦，那你快去吧。"唐错催促。

"嗯，待会儿跟你联系。"听筒里的吵闹声越来越大，而在一片嘈杂的声音中，唐绪最后说，"拜拜。"

"拜拜……"

新年这个东西，年年岁岁花相似。至于岁岁年年的人，于唐错而言，今年才算是有些不同。

站在商场的童装区，唐错对着一身衣服犹豫不决，他上一次见文英家的小姑娘还是半年多以前。他将手放在自己的身侧比画了一下，不确定地对售货员说："大概……这么高？"

售货员微微一笑："那这个码就可以啊，实在不行，您可以拿回来换。"

唐错和文英认识的这许多年，其实并没有到她家中拜访过，但是前两天在和唐绪打电话时，唐绪说第二天要到江阴去看望自己的一位恩师。

唐错躺在床上，闷了一会儿问："过年，一定要去看一看对自己好的人吗？"

这个问题很幼稚，不像是一个大学生的问话。

"有恩于自己的人，应该常去看望，不是非要等逢年过节。但是过年的时候，团圆的气氛要更热烈一些，情意也会被衬得更热闹些。而且，现在的人们都很忙，平时几乎没有太多的时间坐下来聊聊天。"

或许和唐错十三岁才来到这个家有关系，唐错的父母总是将他当个小孩子养，从没有要求他以他个人的名义去向什么人表示感谢。

"有什么想去看看的人吗？不会选礼物的话我可以帮忙。"

唐错屈起手指，抠了抠手机的背面："那我想去看看你。"

只是一句透着真心的玩笑话。

回应他的是唐绪温和低沉的笑声："我也很想去看。28 号我回去，来接我？"

因为是问句，所以尾音上扬。唐错抿了抿唇，说："好。"

那天晚上挂了电话，唐错才想到自己应该去看一看文英。

文英对于唐错的到来也是有些意外的，她弯着唇看着坐在沙发上的人，随后起身，递给他一杯搅好的蜂蜜水。

唐错喝了一口水，没有立刻咽下去，而是含在嘴里两秒先润了润嗓子。

"最近你心情好像很好，过得开心吗？"

每个人都会偶尔问一些显而易见的问题，有时是为了挑起一个话题，有时只是为了听对方亲口说一说这问题的答案。

还没等唐错回答，文英就在他的眼睛里看到了光。这是她从没见过的。

"开心。"唐错将杯子轻轻地放在桌子上，手里没了东西，肢体上一时有些尴尬，两只手都不知道往哪里摆。

文英叫一旁的女儿："生生，把你新买的抱枕给哥哥看看。"

一旁被唤作生生的小女孩儿从沙发上跳下来，甩着小裙子一溜烟地跑进屋子里拿了个小黄人的抱枕出来，塞到了唐错的怀里。

"哥哥，可爱不？"

唐错抱着那个小黄人抱枕，跟上面的两只大眼睛对视。

"可爱，可爱，谢谢生生。"

也许是因为怀里有了柔软的东西，心有所托，唐错在说起自己最近的心境时，竟然轻松了许多。最后，他问文英："我是在好转吗？"

文英点了点头："当然是，为什么要问这样的问题？"

唐错偏着头，看着正在沙发上玩着拼图的生生。那不是什么复杂的拼图，只有十六开大小，图案是哆啦Ａ梦和大雄。

"觉得不太真实，也害怕。"

文英始终注意着他的神情，轻声问道："怕什么？"

唐错半天都没出声，直到看着生生将最后一块拼图按了进去，才摇了摇头："不知道，可能是……怕有一天，我的哆啦Ａ梦忽然要离开了。"

生生听到这句话，突然抬起头看他，然后冲他露出一个大笑脸，骄傲地扬着小鼻子说："哥哥，没有哆啦Ａ梦啊，那是动画里的，不是真的。"

文英笑了："看吧，小孩子都知道的。思行，现在的一切都不是梦。"

唐绪回来的前一天，北京下起了大雪。

从没有一场雪让唐错这么焦急，他一整天都神经质地往外望着，祈祷着雪赶紧停，明天的天气好一些。到了傍晚，他的祈祷好像终于生了效，他这才稍稍安下心来。

机场的人依旧很多，有出去玩刚回来的，有刚回归工作不久就要出差的，还有就是像唐错一样，等人的。

尽管知道飞机是事故概率最低的交通工具，但站在出口处的唐错还是揪着心。虽然飞机的事故率最低，但事故率基本就等同于死亡率。他一直盯着那个显示航班状态的大屏幕，直到唐绪乘坐的航班变成了"已到达"，他那颗悬了半天的心才落了地。

唐错呼了一口气，踮起脚伸着脖子往里张望。

其实他已经站在了最前面，身前并没有什么人遮挡。但大概所有人都会这样，在迫切地想要见一个人的时候，都会摆出最急不可耐的姿态，且毫无察觉。哪怕是能将目光稍微调高一寸，那也是多了一分越过其他来人、一眼看到等待的人的可能。

唐绪今天穿了那件羽绒服。这是在唐错看到唐绪的几十秒以后才意识到的事情。

"新年快乐！小朋友。"

在人这么多的地方，唐绪却坦坦荡荡。紧接着，唐错的兜里被塞进了一个东西，他低头，看见一角红艳艳。

唐绪说："我们家的规矩，新年第一面，要给小朋友红包。"

被思念了很久的气味灌了满怀，唐错说的第一句话却是："我不是小朋友。"

唐绪看着身边的人低着头笑，嘴角也有了弧度。他们的分别虽不到一个月，却算是跨越了一个年头。唐绪从没试过在大年夜如此挂念一个人，想放下筷子回到他的身边，想和他一起吃年夜饭，想陪他守岁，想和他一起看北京城的灯景。

步入机场大厅的一刹那，唐绪又何尝不是第一眼就看到了他？这个小朋友穿着羽绒服，伸长了脖子张望着。

迈着匆匆的步子，终于在人来人往的地方看到他以后，唐绪的心里满足、安定。

唐错是坐地铁来的，两个人回去时选择了出租车，上车后，唐绪报了自己家里的地址。

两个人都坐在后座，像在哈尔滨一样，唐绪和唐错你一言我一语地闲聊。从机场到唐绪的住处，要经过西直门立交桥，这个被戏称为"世界第九大奇迹"的地方。

唐绪看到路标，忽然说："第一次带你走这个桥的时候，你问我为什么要一直转圈。"

唐绪的话轻而易举地就唤起了他的记忆，唐错望向窗外，想着那时的情景。

"你那时候简直就是十万个为什么，什么都要问，我记得我当时实在懒得解释'设计'和'交通规则'这种东西，就随口说，因为想让你多欣赏欣赏风景。"说到这儿，唐绪停顿了一下，转过头来看着他，问，"记得你当时说了什么吗？"

唐错没说话，只是冲他点了点头，眼神还躲躲闪闪的。

唐绪懒洋洋地笑着，将手摁在他的脑袋上："那会儿骗你了，现在我决定好好给你解释解释。"

脑袋上承受着唐绪的一点重量，将他想要脱口而出的那句话压了下去。

唐绪开始缓缓地向他解释西直门立交桥的路线，不疾不徐，跟平时上课没什么两样。唐错认真地听着，时不时搭个话，笑一笑。尽管他现在早就可以在这个立交桥上给不熟悉的司机指示路线，但在唐绪面前，他依然还想什么都不懂。

等到唐绪讲完，他咬了咬牙说道："你虽然骗了我，但我没骗你。"

唐绪一愣，旋而笑得开怀，在他头上揉了一把："谢谢。"

看着他爽朗地笑，唐错也跟着心情很好。司机已经将那桥抛在了后面，回头看了看，透过不算干净的后玻璃，仿佛看到了当时坐在车里的两个人。

他那时候说："真的吗？唐绪，你是天下最好的人了。"

那时的他还没开始肆无忌惮，他和唐绪也还是非正式领养关系。到现在他才真的体悟到，时间是真的过去了很久，而时间留下的痕迹也是如此清晰明了，他变成了一个会随时考虑事情后果的人，他和唐绪之间的关系也早已经变了许多次。可无论时间再怎么狂奔向前，他再怎么跋涉荒野，当初说的那句话在他心里永远都可称为事实。

不光这句话可以，还有一句未说出口的谢谢你，也是永恒的事实。

一切与永恒相关的东西，势必都会成为老生常谈。唐错对这种老生常谈求之不得，恨不得等到自己老了，还可以一句一条地自说自话。

大三下半学期，唐绪不再是唐错的任课老师。没了那个课代表的职务，唐错是失落的。再加上到了5月的时候，唐错的父母结束了外面的项目，他将度过周末的地点由唐绪家改成了自己家。

"错错啊，真的不要出国吗？你成绩这么好，虽然在国内读研也不错，但说实话，我和你妈妈都是做技术方面的，就目前的情况而言，爸爸还是建议你出去学习学习。"

向婉打了一下唐毅山的胳膊："错错都说了不愿意出去，你还老瞎掺和什么啊？"

唐毅山哎了一声："他还小嘛，我怕他选择不好，他有能力、有机会，我就给他多摆出来一些选择啊！"

"我看在国内读研也挺好，就去清华啊，去了国外还要受苦……"

大三快要结束，在这个节骨眼儿，几乎每个人都在为未来打算，普遍的，无非就是三条路：出国，国内读研，工作。

可对唐错来说，从来都没有第二条路。

唐错拿出两个杯子，接满了两杯水，从茶几的抽屉里拿出维 C 泡腾片，往其中一个杯子里扔了一片。有机酸和碳酸盐反应，大量的二氧化碳气体将水涌成沸腾的样子，很过瘾。

"爸妈，喝水吧。"他将加了泡腾片的那杯递给向婉，"我买了新口味的泡腾片，妈妈你尝尝喜不喜欢。"

向婉闻言，立马缓了脸色，从他的手里接过水杯。在她稍稍低头喝水的时候，唐错才注意到向婉鬓角处露出的几根银丝。这几根银丝与他记忆中那个永远淡定而笑的向婉叠在一起，实在是过于突兀和不搭，他不由自主地抬起手，摸向了那岁月的痕迹。

向婉刚喝完一口水，唐错的动作使得她有了片刻的愣怔，继而才开玩笑般说道："才四十多岁，就这样了。"

唐错回过神，搂着向婉笑了笑："那也好看。"

向婉被他逗得开心得很，抬手摸着他的后背说："还是我儿子会说话。哦还有，这个味道的泡腾片很好喝。"

等唐错过完这个周末回到学校，才知道原来刚过去的周日是 5 月最后一次 GRE 考试的时间，学校里打算出国的人并不少，有好几个同学都参加了这场考试，包括何众。

"唉，我这回成绩可一定要达标啊……"

何众大学成绩其实不错，但英语一直是弱项。食堂里的电视正在直播德国杯决赛，有一群群热血青年在摇着手臂叫好，好几个男生的旁边还坐着女朋友，言笑晏晏。这是大学食堂里独有的风景。

唐错从电视上收回目光，看了何众一会儿才问："你要去美国吗？"

"对啊，这不一直在准备吗？"何众把一杯可乐吸得底朝天，"你呢？还是在国内吗？"

唐错点了点头。

"去清华吗？"

没想到这回唐错却在短暂的迟疑后，轻轻摇了摇头。

一瞬间，何众的脑袋里又浮现了几所专业排名靠前的学校，然而没等他问出口，就听见唐错说："我想在本校。"

一个进球，引来一阵挡不住的欢呼声，何众险些以为自己是被食堂这些人喊坏了耳朵。

"不是……你说什么？"

唐错将目光从餐盘上移到何众的脸上，冲他勾了勾嘴角："我觉得咱们学校就挺好的。"

"我没说咱们学校不好，但是错错，"何众有些激动，"虽然这学期还没考完，但是你知道你的三年绩点算下来能高第二名多少吗？现在谁不是能爬多高就爬多高啊，你看我英语这么垃圾，我不还挣扎着考英语吗？你怎么就这么没有……没有鸿鹄之志呢？！"

没有鸿鹄之志？其实唐错知道，何众这话已经是一种最委婉的说法。

唐错低头，一点都不着急地把盘子里最后一口米饭吃完，之后才叫了何众一声，轻飘飘地扔下一句："人各有志嘛！"

一句话，就堵死了何众所有的劝说。

第九章

燕雀之心

明明才是大三期末，前程的筹谋却使得离别的气息过早地飘进了校园。这段时间唐错被问到最多的问题就是，要去哪儿读研啊？他不想让自己的回答引来太多的诧异与惊奇，便只说，还没决定。

对于这些事情，唐绪倒是没有问过什么，依旧像平时一样，偶尔带他去吃个饭。

"这周末有个科技展，要不要去看？"

几乎是想都没想，唐错就一边刷牙一边对着镜子点头，含混不清地说："要去。"

唐绪倚在门边看着他说："那这周末不要回家了。"

周六一早，唐绪就开车载着唐错到了科技会展中心，两个人并肩步入展厅，里面的人比唐绪想的要多一些。

唐错惊叹了一声，转过头来看着唐绪："人好多啊，好像下午人会比较少。"

一般来说，这种科技展览上午的人反而会多一些，但再多，也不至于像车展那般人头攒动。

"有几个朋友刚好上午会在这边，所以就趁着上午带你来了。"唐绪一边说着一边避开旁人，带着他往里走。大厅里不算吵，所以唐错很轻易地捕捉到了一声呼唤唐绪的声音。他循着声音望过去，看到发声的是一个金发碧眼的男人，胸前挂着官方的工作牌。

唐绪朝他扬了扬手，露出一个爽朗的笑容。

走到那个展台前，几个人都走过来和唐绪熟络地聊了起来，那个金发碧眼的男人显然最为外向，扒着唐绪还固执地不说英文，用蹩脚的中文进行长篇大论。唐错应对这种场合心里不太舒服，他暗暗朝着唐绪靠了靠，却正好和对面一个戴着金丝框眼镜的男人对上目光。

那个男人看上去文质彬彬，穿着白衬衫，没有打领带，领口的扣子敞开两颗，随意但不轻浮，整个人和眼镜框闪的金光一样吸引人。一眼看过去，唐错就觉得他整个人的气质简直就是青年才俊的代名词。

"唐绪，这位是……？"他带着不明显的笑容问道。

唐绪将大金毛从自己的身上扒下去，轻轻侧身，伸出一只胳膊介绍道："我家小朋友。"

甫一话落，除了大金毛和金丝镜框的男人，别人都是一副受了惊吓的样子。

大金毛是因为不敢确定自己听到的和理解的是否正确，戴金丝框眼镜的男人则是一直保持一副波澜不惊、宠辱偕忘的样子。

一位友人似要张口问什么，唐绪没给他机会，开始逐一给唐错介绍。

"这是沈习徽，MIT博士，人工智能方面的专家。"

不知为何，沈习徽因为这句话微挑了眉梢。

他朝唐错伸出一只手："你好。"

跟每个人都打过招呼，唐绪搭着沈习徽的肩膀对他说："你给他讲讲你们的产品？"

接着又转向唐错，"说起人工智能，他比我懂得多太多，这方面很有前景，也很有意思，你听听？"

唐错点头，又对沈习徽鞠了个躬："麻烦了。"

旁边的人一阵笑，一个男人摇着头说："小朋友真懂礼貌。"

他们这个展台属于中等大小，产品不多，但个个顶级。沈习徽的确配得上青年才俊四个字，明明都是很先进的技术，他却能摘出要点，进行精准的关键技术解释，一通讲解下来，唐错竟然听懂了大半。不仅如此，沈习徽还向他介绍了很多国内外技术水平的情况，明明他始终保持着平平淡淡的语调，但听完讲解，唐错觉得热血沸腾。

临走，趁着唐错去上厕所的时候，沈习徽抿着笑问唐绪："我没会错意吧，你这是让我给小朋友上课来了？"

唐绪看着走向洗手间的背影，笑了一声："明明是只小鹰，却不敢展翅往外飞。让他见见你，也就相当于看看山外的山有多高。"

沈习徽笑着靠在柜子上，没说话。

唐错回来的时候，唐绪和沈习徽还在聊。唐绪递给唐错一杯刚接好的水，随口问沈习徽："对了，听说你打算换工作了？"

沈习徽一只手轻抬食指，有节奏地敲击着玻璃橱窗。

"不算换工作，换个地方研究而已。"

"终于要开始做国家工作了？"

沈习徽一抬头，虽扬着下巴，但没有一丝傲慢，溢出的尽是懒洋洋的气质。

"国内这一块欠缺太多，既然是我力所能及，当然要做些事情。"

唐绪与他静静地对视了片刻，才站直身子，抬起手臂拍了拍他的肩膀，什么都没说。

尽管唐绪未发一言，唐错却在他的眼中读出了无尽的赞赏。

沈习徽笑着偏了偏头："行了，你这样搞得我觉得自己有多高尚一样。"

唐绪也笑了出来。

"以后不会见不到你了吧？"

沈习徽点了点头："涉密是肯定的，期限长短，级别高低而已。"

"那完了，你一定是最高级别。"

唐绪又同他你来我往地打趣了几句，才带着唐错离开，去别的展台参观。

"听了他讲的，觉得怎么样？"走出几步以后，唐绪问道。

"虽然不太懂，但是很有意思，而且感觉他真的很厉害。"

唐绪笑着偏头看了他一眼："他当然厉害，以他现在的水平，完全可以创造一个能够成为里程碑的公司。"

相处了这么长时间，这是唐错第一次听到唐绪如此直白强烈地夸赞一个人。他本就对沈习徽有着很好的印象，这会儿因为唐绪的赞赏，沈习徽在他的心里一下子就到了一个不可企及的高度。

"其实他之前的研究方向与内容，更适合于民用，最让我敬佩他的，是他明明有更利于自己的选择，却可以因为自己祖国的需要，而选择另一条或许会隐姓埋名的道路。无论是专业水平还是人格，他都担得起'出类拔萃'这四个字。"

说这话的时候，唐绪一直看着他。不知怎么的，他就又想起了沈习徽刚才的话——既然是我力所能及，当然要做些事情。

当你面对一个优秀的人，很容易自惭形秽。唐错突然被惭愧的感情湮灭，为自己的胸无大志，为自己的燕雀之心。

回去的路上，唐绪把车停在一家超市门口，将车熄了火，解释道："今天不去外面吃了，在家里吃。"

盛夏将至，超市里的冷气给得很足，唐错进去的时候都打了个寒战。唐绪瞅见他这个样子，啧了一声："明天开始晨跑吧你，我监督。"

唐错抬起手揉了揉鼻子，抬着眼皮争辩："我身体挺好的，就是突然这么冷，需要一个适应的过程。"

唐绪笑了一声，撸了一下他的脑袋。

"想吃什么？"他环视一圈，问，"吃不吃鱼？"

唐错想了想，点了点头，等走到卖鱼的地方以后又说："我们买刺少的吧。"

唐绪没往活鱼的地方挑，而是走到冰柜前，挑了一盒白花花的海鱼。

　　"给你做个特别的，把这种海鱼切成块和黄瓜一起炒，放点醋、料酒什么的，我觉得特别好吃。"

　　身在内陆，他们常吃淡水鱼，唐错记得有一年别人给了两条海鱼，向婉还因为不知道怎样烹而犯了好大一会儿愁。最后他记得向婉是从网上搜了做法，将那鱼蒸了蒸。很咸，不好吃。

　　听了唐绪说的炒鱼的做法，他觉得很新奇："你怎么会这种做法？"

　　"以前在国外，吃腻了那些西式的东西，就自己炒菜。刚开始什么都不懂，随便买了一块鱼，回宿舍室友说是海鱼，咸的。我当然不知道怎么做，干脆就像炒菜一样炒了炒，想着既然是咸的，那连盐都不用放了，没想到做出来还挺好吃。"

　　"那是你天赋异禀。"唐错听完顺口接道。

　　如果要论盲目个人崇拜，唐错当仁不让地能排第一。他也是在接完话才意识到自己有多夸张，暗暗吐了下舌头，朝前走去。

　　冰柜的冷气还在不住地袭来，唐绪扶着推车停下来，唐错没留意，还一个劲儿地懊恼地往前走。唐绪笑着端详了两秒他的背影，之后低头一扫，看见身侧的冰柜里刚好是一堆花花绿绿的东西。唐绪挑了下眉，伸手拿了一个出来。

　　唐错走着走着才忽然发现旁边好像没人，蒙在原地回头寻找，正看见唐绪一只手推着购物车朝自己走来，笑盈盈的。

等走到他面前，唐绪掏出了原本背在身后的那只手，紧接着，鼻尖被一个凉凉的东西碰触，令唐错本能地快速抬了下头，躲开那凉意。

他缩着脖子垂眼看去，是一支可爱多，香草口味的。

唐绪用三根手指捏着甜筒的尖，揉搓着左右转了两圈。

"今天表现挺好，奖励你的。"

回去的路上，唐绪跟他说着今天计划炒什么菜，车内的广播播报着实时路况，车外骄阳正好，一切都是生活的样子。唐错在被阳光照得通透的玻璃窗上寻找唐绪的影子，看着他的嘴一张一合。这只是个很寻常的场景，对唐错来说，却超越了岁月静好的幸福。

手机铃声不合时宜地响起来，唐错摸出来看了看，是何众打来的。唐错只来得及喂了一声，这通电话就变成了何众的个人秀。

等他挂了电话，唐绪问："英语成绩合格了？"

"你听见啦？"唐错揉了揉耳朵，说完又点着头补充，"他都考了三次了，可算是合格了。"

唐绪笑了一声，忽然问："你呢？如果是你要考几次？"

这个问题使得唐错静默了一小会儿，不是在思考答案，而是在思考说出答案的方式。最后，他伸出一根手指朝唐绪晃了晃："一次。"

唐绪转头看了他一眼，发现他是真的不懂得骄傲是什么，即使说这样的话，也仅仅是一副陈述客观事实的样子，眼睛里没有得意，也没有半分狡黠。

不以自己的优秀自得，这是一种再好不过的品质。但是安在唐错身上，使得他特别心疼。他希望唐错起码在面对他的时候，是得意的，骄傲的。

"你真厉害。"唐绪笑说，还摸了一把他毛茸茸的脑袋，"没听你说过要考英语的事情，怎么，不打算出国吗？"

唐错还没来得及收回目光，唐绪这会儿看过来的一眼，将他的茫然无措逮了个正着。一时间没能组织好语言，他有些尴尬又着急地攥皱了自己的衣角。

唐绪也不催，也没有再转过头来看他，而是继续平稳地向前开着车。

"我不想出去……觉得在国内也挺好的。"唐错过了一会儿才说。

或许是因为刚才的科技展之行，或许是因为这次面对的提问者是唐绪，唐错此时非常没有底气。说完以后他就不错眼地盯着唐绪，生怕遗漏了他脸上出现的任何表情。

唐绪倒是很平静，没有惊奇，也没有反对，只是说了一句："哦，这样啊！"

落差，只有在有了对比时才会生成。唐错又想到了沈习徽波澜不惊地站在那里的样子，又想到了唐绪在夸奖沈习徽时的神情。

"也可以，不过说实话，我是有些意外的。"唐绪说，"在国内虽然也很好，但是在专业水平上，尽管我们这么多年确实有了很了不起的进步，但是我们依然不得不承认与国外的差距。另外还有教学方式上，国外和国内很不同，各有利弊，你对于国内的教育方式已经很适应了，我在想，如果你去国外接受一些新的东西，或许对你的帮助会更大。当然，我只是为你提供建议，不是在逼你改变决定，我尊重你的一切决定，因为我相信你做的决定是正确的，无条件相信。"

唐错被这一席话震撼得无言，咬了下嘴唇，将头转向了前方。

"嗯，我知道了。"

在这个问题上他能够为自己辩解的理由并不充分，所以他第一个反应就是逃避问题，他害怕去和唐绪讨论这件事情，或者说他害怕唐绪会发现他的狭隘，识破他竟然是个将安稳当饭吃的保守万岁者。

可是逃避不代表不会去偷偷思考。

这一趟的车程并不长，在他还没有理清自己的思绪时，唐绪就将车停在了停车位上。唐错还没把事情想明白，脑袋里乱，带得身子也跟着又乱又慢。唐绪一把拽住朝着旁边的单元门走的他，忍着笑看着一脸愁容的人，问："怎么，我家都不认识了？"

到了家，唐绪把袋子里的菜拿出来，简单分了分堆，把两兜菜递给唐错："去把菜择择，洗了。"

"哦。"唐错应了一声，把菜拎到了垃圾桶旁，自己又去搬了个小板凳坐下来，埋头开始择菜。

揪着菜叶的时候，唐错不由自主地开始进行那个很少奏效，却依旧流传了许多年的游戏。揪掉第一根，出国；揪掉第二根，不出国……

等到把一把菜都择完，唐错瞪了那堆菜叶一会儿，一把甩掉了手上那根代表"出国"的菜叶。

而旁边的唐绪在将冻着的鱼化开的同时，一直看着正跟自己斗气的唐错。开始是偷偷摸摸的，后来他发现唐错根本没精力注意自己，索性就明目张胆地站在那儿看，还掏出手机偷拍了几张他的背影。

　　之后的很长一段时间，唐错都对那一张又颓废又丧气的照片很是不满，偏偏唐绪还坚持将它用作桌面照片，并且唐错多次反抗均无效。

　　唐错闷着头把洗好的一盆菜放到案板上，唐绪故作看不见他的烦恼，说："行了，没你事了，出去看电视吧。"

　　唐错却不走，一言不发地站在唐绪的旁边看着。

　　唐绪捋出一把菜放下，手上开始动作，问他："干吗？要学做菜？"

　　也不知是真是假，唐错"嗯"了一声。唐绪刚笑出来要赶他出去，他忽然问："你是不是觉得我很没志气……"

　　流畅的切菜声戛然而止，唐绪瞥了他一眼，接着低头切菜，只是这回不再那样急促。

　　"为什么这么说？"

　　唐错沉默了两秒，不答反问："你希望我出国还是在国内？"

　　两个人像是在进行一场提问游戏，所有的回答都成了问题。

　　"如果是在国内，你想在哪个学校？"

　　虽这样问，但唐绪并没有等唐错回答这个问题。眼前的人欲言又止的样子就说明了一切，更何况早就猜到的东西，唐绪觉得没有必要再逼他一次。唐绪叹了口气，放下了手中的刀，侧身面对着唐错。

　　"我想问你一个问题，你只需要点头或者摇头就可以。"唐绪将两只胳膊搭在唐错的肩膀上，微弯腰，与他视线相对，"你想继续留在理工大，是因为我吗？"

这个问题很明确，很直白。

然而出乎意料地，在自己想藏起来的想法被唐绪这样明明白白地剥开以后，唐错并没有想象中的难堪，也没有惊慌。唐绪的眼神太温柔，使得他竟然都没想去回避他的目光。

点下头的时候，他好像轻松了许多。

唐绪又看了他一会儿，笑了，歪着头问他："我那么重要？"

这一次，唐错没有迟疑或者不好意思，立马很坚定地点了点头。

唐绪吁了一口气，离开唐错，转身靠在橱柜上。

"思行，如果今天的你不是二十岁，是三十岁，我不会想着鼓励你出去。"他继续道，"可是你才二十岁，你即将拥有人的一生中最美好的十年，这十年对你而言，有着无限的可能，至于这些可能是什么，我想你以后会知道。理工大是一个温暖的窝，你当然也可以在这个窝里待一辈子，但是我不希望你连看看别的风景的机会都没有。"

唐错眨着眼睛看着他，独自消化着这话里的内容。

"在刚才你点头的时候，我甚至有接下来什么都不说了的冲动。但是我不能这样。你还有一年本科毕业，其实到本科为止，你之前所学的、所积累的都只是一个铺垫。"唐绪抬起手，揉了揉唐错的后背，肩胛骨的位置，"这里的翅膀才刚刚长出来，很不容易，你应该展开翅膀去飞，而不是现在就草草地收起它。我选择在理工大当老师，这是我在有了一些经历之后，自己独立做出的选择，我希望你也可以这样，到时候无论你最后的选择是什么，我都会支持你，帮助你，明白吗？"

唐错哪会不明白这些，可他就是忍受不了，他连去别的学校都忍受不了，更何况是相隔一个大洋，相隔一个白昼或长夜。

见他沉默不语，唐绪说："我没有一定想让你出国的意思。你的未来，选择权在你。我这么说，你能明白我的意思吗？"

在他愣神的时候，唐绪已经拾起了刀，一边收拾案板上的东西，一边拉家常般说："其实当初刚带你出来以后，我心里是憋着一口气的，那会儿我想，我一定要让你以后很有出息，有大出息。后来，和你生活了一阵子，我的想法就变了，我那时候想，只要你能平安健康地长大就行了，不求你真的成为什么栋梁之材。"

唐错虽还绕在前句话中，但听到这儿还是吸了吸鼻子，小声问："因为那时候我太笨吗？"

唐绪发出一阵笑声："当然不是，那时候的心境，类似于天下父母的心吧，觉得你健健康康地长大就很好了。"

唐绪将菜切好，又把一根黄瓜切成片，最后才开始收拾那块鱼。同样是切成片，但是他下刀的时候轻柔了许多，也没有很大的声响。

"到了现在，我依然希望你能健健康康地长大，不光是身体上，还有心理、情绪上。我知道，以前的很多事情让你并不轻松，我希望尽我所能，让你拥有彻底的轻松，并且开始真正地享受人生。"

唐错对于这番话似懂非懂，看向唐绪的目光里也含了不少疑惑。

唐绪依旧是那副笑模样。

"不懂不要紧，我慢慢教你。现在你只需要知道，无论你以后走多远，飞多高，我都会看着你，帮助你。我会是你的助力，而不是你的束缚。"

晚上，唐绪洗完澡走到房间，刚刚用手机回复两条来自同事的消息，就听见了门口的脚步声。一回头，看见唐错正站在那里，头发半干，肩膀处的衣料还有被水珠打湿的痕迹。

"我今天想和你说说话。"唐错说。

唐绪看了一眼还站在门口的人："进来啊！"

目光追随着拿着吹风机过来的唐绪，唐错又说："今天不想吹头发了。"

"不吹了吗？"唐绪在床边站定，"这么睡觉可能会头疼。"

唐错摇头："不会，我妈妈说发根干了就行了。"

唐绪笑了笑，说好，那就不吹了。

越是相处，唐错就越能体会到唐绪对他的包容，很多时候他觉得唐绪还是将他当成小孩子一般惯着，而且几乎是溺爱的那种。

唐绪问道："今天怎么了？"

唐错一反往常的拘谨本分，主动过来。唐绪一时哑然，明白过来这小孩儿现在是在撒娇。

他勾了勾唇角："我发现，你偶尔撒个娇，也很不错。"

唐错埋着头，脸红了。

一直到唐错觉得自己的脖子都酸了，才小声说："我跟何众说，让他别扔英语资料……"

　　话开了个头，唐绪就明白了他的决定。唐绪"嗯"了一声，鼓励他继续说下去。

　　"我先准备着英语吧。"

　　"好，我会帮你留意学校，你有中意的学校的话，也可以跟我说，我帮你联系。"

　　唐错点了点头。

　　两个人沉默了一会儿，唐错抬起头，微仰着看着唐绪。

　　"其实我很没有志气，也没有什么高远的志向。"如同终于在对方的目光中汲取了足够的勇气，唐错一字一顿地说，"但是我怕以后你站得越来越高，我跟不上你。我怕如果以后我一直像个小孩子一样，你会累，会烦。我不想这样，我也想当一个让你欣赏的人，像沈习徽那样。"

　　他说得并不慷慨激昂，但字字坚定。

　　唐绪见过很多人描述理想的样子，他的学生，他的同学、老师。但那么多人中，从没有一个人的目光如同唐错一般，即使在黑夜中也亮得让他震撼，让他想要为他铺路，帮助他到达他想去的地方。

　　从严格意义上来说，这是唐错第一次主动向唐绪敞开心扉。唐绪仿佛看到这个一直以来印象中的小朋友，正在他的注视下小心翼翼地亲自扒掉缠缚身体的丝线蚕茧，一点一点，露出柔软又坚定的目光。

　　对他来说，没有比这更舒畅的场景了。

这就是他引以为傲的小朋友。

"首先，我要纠正你这段话里的两个错误。"唐绪的声音透着愉悦，"第一，我不觉得你黏着我会让我烦；第二，我现在就很欣赏你，你没有必要和沈习徽比，但是我期待着你让我更加欣赏。"

唐错看着他的眼睛，唐绪继续说。

"我很开心你能主动跟我说你的想法，既然决定了就好好努力，不过不要有压力。"

唐错点了点头，终于错开了视线。

"睡觉吗？"唐绪问。

唐错没有回答，似是犹豫了一会儿才问："如果我出去了，你不会再次抛弃我对吗？"

做了决定是一回事，无法排解的不安是另一回事。

唐绪听闻这话，直接说：

"我说过，该担心的人是我。"

这话他是认真的，也是在正式考虑送唐错去留学的时候，他才第一次体会到这种理智上明白该放手，但情感上无法放手的感觉。

唐错会去到一个很棒的学校，他会接触到许许多多优秀的人，且是同龄人。他们有他没有的活力、青春，或许还会有一个叫作共同语言的东西。如果说唐错在之前的那些年中，是将自己困在了令人无法呼吸的过去中，那么现在，在他已经开始从过去中走出来、准备迎接新的生活的时候，会不会也有可能喜欢上新的人生？

并非他不自信，他是害怕唐错在对他这么多年的寻找中，多少带上了一些求而不得的执念。尽管他自觉不该这样去揣测唐错，但他不可免俗地生出了一点无法掌控的危机感。

唐错好像不明白他的话，疑惑地问："你为什么要担心？"

这简单的疑问句击醒了唐绪。他自嘲地笑了。他说："我怕你见到新奇的东西以后，喜新厌旧。"

"怎么可能？"唐错一下子就恼了，想大声辩驳，却又立马反应过来质疑他的是唐绪，只得瞪着眼睛。

明明是个害羞的人，在表达上却从不含蓄半分。

唐绪自愧弗如，安抚着他说："嗯，我知道。"

对于唐错开始准备出国这件事情，最开心的莫过于何众了，他很早就做了出国深造的决定，学校也早就选好了，在唐错还没考 GRE 的时候就疯狂地向他推荐，非要和他再续同窗情谊。其他人知道了这件事，基本也都是说句：加油，相信你没问题。唯独唐错的父母，在听唐错讲完决定以后，沉默了很久。

"错错啊，你不是一直不想出国吗？"向婉皱着眉头问，"虽然出国也很好，但是怎么忽然就又想出去了？"

唐错说："我就是觉得如果能申请上一个好大学的话，还是很值得去的，爸爸不也说去国外学习学习的话会很有帮助吗？"

"是啊是啊，出去挺好，多学点知识，回来做贡献，挺好挺好。"比起向婉，唐毅山显然心大得很。

向婉瞪了他一眼，看着唐错不太自然的样子，眉头没有舒展半分。

等唐错离开家去了学校，唐毅山看向婉还在闷闷不乐，便问她到底怎么了。

"你倒是心宽，你怎么不想想，之前就这事讨论过好几次，错错的态度多坚决啊，怎么就忽然改主意了？"

听向婉这么一说，唐毅山才觉得确实有些不对劲儿。

思来想去，向婉还是觉得这里边有问题。她忽然想到一个可能，激动地拍了唐毅山一巴掌问："他会不会是搞对象了？你记不记得老严家那个孩子，就是他女朋友要去日本念书，他就非要也去日本念……不行，我得去学校看看他。"

向婉觉得自己简直太英明了，拎起小手包就要出门。

唐毅山赶紧拉住她："哎哟，你别闹了，明天不还得去广州出差吗？"

向婉不耐烦地一把挥开他，麻利地开始换鞋："出差出差，我看你就是工作干傻了，儿子重要还是工作重要？你自己去吧，我不去了，我要去看儿媳妇。"

"你这怎么说风就是雨啊？"唐毅山哭笑不得，"什么儿媳妇啊，这都没边的事呢。"

本来向婉已经半个身子闪出了门，听见这话又立马抽回了身子，抬起一只手指着唐毅山，一脸江山在握的表情："打不打赌，论看文献我不如你，论了解儿子，你觉得你能跟我比？"

唐毅山当然不能跟向婉比，也不敢。于是两个人开着车到了理工大，进大门的时候，唐毅山让向婉给唐错打个电话。

"你还真打算搞突袭啊？你快点打个电话知会他一声，没准人家这会儿正忙着呢。"

向婉拨了电话，结果没人接。她纳闷地再拨，还是没接。到了唐错的宿舍楼下，向婉嘀咕着下了车，接着打电话，没想到正好碰上刚吃完饭回来的何众他们。

唐错刚上大学的时候，向婉他们夫妻俩三天两头跑过来请全宿舍的小伙子吃饭，所以几个人都认识他们。

"阿姨！"远远地，何众率先叫了一声，赵飞飞他们也跟着叫，叫得还特别亲。

向婉看见他们，乐了，从车后座拎出两大袋子吃的，递给他们："来，给你们拿上去，哎对了，错错没跟你们一起吃吗？"

"不是，阿姨，唐错最近不是周末老回家住吗？最近学生会文艺部办活动，他被拉去伴奏了。"

向婉笑得非常慈爱："哦，这样啊，他下午就回来了，那可能又去忙别的事了，那没事了，你们回去吧，我们就是明天出差，来给你们送点吃的。"

何众说："谢谢叔叔阿姨，那你们出差注意安全啊，我们会照顾好错错的，放心吧。"

"这是怎么回事？"等何众他们上了楼，唐毅山问向婉。

向婉没好气地看了他一眼："怎么回事，人家孩子让你出差注意安全啊！"

　　家里的醋正好用完了，唐错拿着零钱到超市去买，就在楼下没几步的地方，出门便没带手机。被他落在沙发上的手机一直响着，电话一个接一个。唐绪开始没理，后来看这誓不罢休的劲头，怕是有什么紧急的事情，就从厨房走了出来。

　　他拿起手机一看，是一个没有显示姓名的号码。他略微想了想，便接了起来。

　　"您好。"

　　唐绪问候了一声，那边却迟迟没有声音，唐绪奇怪，就又问了一句。

　　"您好，手机现在不在唐错身边，您有什么要紧的事情吗？"

　　车内，唐毅山看向婉瞪着眼睛不说话，用眼神询问她怎么了。向婉眨眨眼，垂眸，启口道："您好，我是唐错的妈妈，来学校找他他不在，能问一下他现在在哪儿吗？"

　　饶是唐绪，也被这突如其来的状况弄得有一瞬的措手不及。

　　唐绪思忖了片刻，开口："向女士，我是唐绪，不知您是否还记得。唐错在我这里，但是他这会儿出去了，您要见他吗？"

　　向婉愣在那里。她当然记得这个名字。

　　挂断电话，唐毅山拽了拽正发呆的向婉："怎么了？"

　　向婉咬了咬嘴唇，深吸了一口气。

　　"错错，和……"

"他现在和唐绪在一起，没错，就是你想的那个唐绪。"

唐毅山听完也傻了。

唐毅山干瞪着眼，末了重重地呼了一口气："地址告诉我。"

另一边，唐错刚拎着一瓶醋回来，嘴里还哼着首曲子，结果进门却看见唐绪没在做饭，而是抱着双臂坐在沙发上。

"你在干吗？"唐绪换上鞋，奇怪地问。

唐绪看着他。

唐错不明所以地走过去。

"刚才你的电话一直响，我怕是有什么急事，就帮你接了。"唐绪抿了抿唇，"没有显示姓名，接起来才知道是你妈妈在找你。"

唐错一下子睁大了眼睛，话都说不利索了："我……我妈妈？"

他咽了口唾沫，用轻微的声音问："然后呢？"

"他们在学校，说要见你。我觉得我家不是个好的去处，你又还没吃饭，就约在了学校旁的餐馆。我们现在需要准备准备过去了。"

"这样也好。"唐绪率先站起来，"我也正琢磨着找个时机向你父母说明情况，走吧。"

唐错却不动，仰着头看着他，可怜巴巴的。

"没事，交给我，我来说。"唐绪安慰了一声，"走，不要让他们等太久。"

没办法，唐错这才支吾着说："我腿软了……"

两个人对视了两秒，唐绪忽地笑了出来："出息。"

搀着唐错起来，出门前唐绪想起来刚才的电话，问道："你怎么不存你妈妈的手机号？"

"要是存了'妈妈'，万一手机丢了，小偷利用我的手机诈骗我妈怎么办？"唐错一边哭丧着脸换鞋一边解释。

唐绪从小天不怕地不怕，自然没想过这一层。

"……你防范意识还挺强。"

"何众告诉我的……"唐错有点委屈。

不大一会儿，两人就到了约定的馆子。下车前，唐错拽住唐绪："待会儿我们一起说。"

"好。"唐绪说，"那是你的父母，所以不要紧张。"

他们走进一个小包厢，唐错的父母已经坐在里面了，两个人的面前各放了一杯茶，都空了底。

说起来，唐绪刚才对于如何称呼向婉和唐毅山斟酌了很久，最终，他还是沿用了之前的称呼，唐先生，向女士。

四个人刚落座，服务员就开始上菜。向婉同唐错说："听说你们还没吃饭，我怕你饿着，就先点了菜，都是你爱吃的。"

不痛不痒的话语，唐绪却听出了这话中的态度。

这个包厢内是一个小圆桌，唐错坐在向婉的身边，另一边是唐绪。他伸手握住向婉的手，摩挲两下，眼睛里满是歉疚。

向婉拍拍他的手："先吃饭吧。"

与唐错预想的不同，这顿饭竟然吃得和平常没什么两样，除了他，

240

其他三个人交流的内容无非就是互相问候各自的工作。唐毅山和向婉也是搞工程的，和唐绪算是同行，聊起天来，能说的话竟然不少。

最后还是唐毅山先挑了个头，他在大家都吃饱了的时候，夹了一口已经凉掉的菜，问："我们都不知道，你们又联系上了。"

其实唐错是一个心很软的人，唐毅山的话使得他一阵愧疚，好似觉得自己成了一个欺骗者。

"我不是真的想瞒着你们。"他赶紧解释，"只是还没想好怎么和你们说。"

向婉拍了拍他，没有言语。而唐毅山则是端坐在那里，带着礼貌的微笑看着唐绪。

唐绪放下筷子，开了口。

"我在理工大任教，在唐错上大三以后再次见到了他。我们恢复了联系。"

聪明人与聪明人的对话一般有两种方式，含蓄地迂回，和痛快地单刀直入。面对关心着自己孩子的父母，并且是这样一对具备良好的逻辑思维能力的父母，显然必须采取单刀直入的方式才能增加好感度——简明扼要地说明情况，坚定不移地表明态度。

"我知道，因为我的身份，您二位很难接受。我无权去描述唐错的选择，但我希望能先申明我的。我很在意他。唐先生，向女士，我们很久之前就认识，那时我对你们进行过评估，现在我希望你们也可以对我有一个评估。我希望能得到你们的认可和允许，因为我想在以后的日子里和他还能恢复联系，适时地照顾他。"

向婉自始至终都不发一言，听唐绪这样说，缓缓抬起了一直微微低着的头。她以一种近乎审视的目光看着唐绪，半晌，启口道："我确实难以接受。唐先生，对于您当初决定将错错交给我们，我万分感谢，感谢您让我们有了这么好的一个孩子。我不知道这么多年我作为一个母亲是否还算称职，但今天，我恐怕不得不进行适当地阻拦。"

她也将手中的筷子放下，轻快的一声碰撞，却让唐错想到了古时公堂的惊堂木。

"我想问您几个问题。"向婉接着说。

唐错刚欲开口，就被唐绪截断。

"您尽管问。"

"你把错错交到我们手里时，他还是个孩子，如你所说，你们刚刚重逢一年的时间。那么你是从什么时候开始决定再次认他，或者说不怕再次伤害他吗？"

不知是有意还是无意，接下来的问话中，向婉撤掉了敬语的称呼。这一点唐错没注意到，唐绪却留意到了。

向婉问出口的这个问题，其实他自己也思考过很多遍。他相信在以后，他将他与唐错的过往告知任何一个朋友的时候，这都会是他们的关注点之一。而唯独唐错，当事人之一，最有资格关心这个问题的人，却从没问过他这个问题。

顺着思想，他不自觉地看向唐错，而刚好，唐错也在看他。

"我明白你们在担心什么，我能说的就是我现在对他的关心是真实的，不带什么旁的目的。"

唐错的确从没思考过这个问题，他愣愣地听着唐绪郑重其事的话语，浑身血液沸腾。

"妈妈……"

他也想要说明自己的想法，却被向婉叫停。

"好了，你的话我们回去再说，好不好？"

"可是我……"他看了一眼唐绪，再转回向婉那里，"我只是想说我也关心他。"

唐毅山在这时候叹了口气，他看着向婉并不好的神色，抬起一只手，示意唐错不要再说了。

一直到几个人收拾东西离开，向婉都没再说话。走出餐馆，唐毅山问唐错去哪儿。

这个时候，唐错乖乖地答道："回学校。"

向婉点头，这才重新开口："那就回去吧，上车，我们把你捎过去。"

唐错越过向婉的肩头去寻找唐绪，唐绪朝他点了点头，做了一个口型。

车上的气氛依旧过分安静，向婉和唐错都坐在后座，唐错挂着胳膊挪到向婉身边，低声说："妈妈，对不起。"

向婉将目光从窗外移到唐错的脸上，稍稍露出一个笑容，笑得有些勉强。

"错错，你应该早一点告诉我们的。"

唐错自知没有任何立场辩驳，所以只在短暂的静默后，继续喃喃地说："对不起。"

临下车，向婉叫住了他。

"我说你应该早点告诉我，不是想着应该早点阻断你们。我只是觉得，在这段复杂的经历里，你大概是处在弱势的那一方。为人父母，总希望孩子能得到最好的。你早点告诉我们，我们才能帮助你，保护你。"

唐错没想到向婉会这样说，他一时没找出合适的话语回应，像傻了一样看着向婉似是含着泪的眼睛。

他一直觉得向婉很温柔，倒不是那种江南女子的温柔，而是一种能让她感受到胸怀的温柔。或许，妈妈的眼睛本就是一个特别的词，它所描绘的感情独属于每一个孩子，各不相同，却有着相似的力量。

"如果你能勇敢地面对过去，那我和你爸爸一定是开心的。但是妈妈会害怕，因为这个人对你来说太特别，我怕万一他不是好人，万一你找到他反而错了呢？"

说到这儿，向婉没再继续。她揉了揉唐错的手心："所以，我们才想好好帮你把把关，不要嫌我们啰唆。"

"我没有。"唐错急忙说，"对不起，是我不好，我早该告诉你们的，但我怕你们接受不了，我怕你们生气，就一直拖着……"

每逢面对向婉，唐错都感性得不行。

"好了，"向婉摸了摸他的脸颊，"大小伙子怎么为这点事还要哭了？赶紧回去休息吧。"

唐错使劲儿揉了揉眼，然后倾身过来，伸出手紧紧抱住了向婉。

"走吧，"等唐错下了车，向婉抬手擦了擦眼角，平静地跟唐毅山说，"回去找唐绪。"

唐毅山打着方向盘，感叹："你们一个个的都是老狐狸，就儿子是只小白兔，你还说那些招他哭。"

唐绪还在那个包厢里，只是残羹冷炙已经收拾掉，换上了新的茶盏。

对于向婉和唐毅山的去而复返，唐绪并未表现出任何不寻常的惊异，只是起身微微欠了欠身子，礼貌地让座。

"时间不早了，我也不兜圈子了。"向婉说，"有些话我不方便当着错错说，但又觉得非说不可。"

唐绪点点头，语气恭恭敬敬："您说，我听着。"

"说老实话，如果今天和错错站在一起的不是你，是其他的领养人，我一定会反对你们再见面。"

唐绪笑了笑，表示理解。

"但是因为是你，我觉得我不能反对。"向婉深深地望着唐绪，面上严肃，并无笑意，"我一直觉得他对你很不同。他刚到我们身边的时候，执意要将自己的名字改回唐错，那会儿我只觉得他是在跟你赌气。但是到后来，在他已经上高中的时候，有一天晚上我回去得很晚，到他房间的时候看到他抱着个电脑睡着了。我去帮他把电脑挪开，结果不小心看见了他正在编辑的邮件，是给你的。"

说到这儿，向婉停下来，目光冷了几分。

"我很抱歉当时侵犯了他的个人隐私，那晚我查阅了他的发件箱，以及收件箱。发件箱里全是发给你的邮件，很多页……收件箱里，却只有你几年前的回信。也是在那天晚上，我意识到他对你倾注了太多的期待……但有一件事，我一直不能理解，错错发给你的那些邮件，唐先生是没有收到，还是不想回呢？"

唐绪彻底怔住。

"邮件？"

他的确有两个工作邮箱，这些年也一直在使用，但是并未收到任何唐错发来的邮件。

"我没有收到啊……"

在说完"没有"的时候，有什么被遗落的东西猛地蹦进了他的脑海。

第十章

好不好

七八年前，还没有如今这些花样迭出的社交软件，那时候邮箱的作用还更为明显，他有一个常用邮箱。唐错第一次看见他在邮箱中阅读别人的来信时，便缠着他说要学。

他记得在他刚刚教会唐错使用家里那台老旧的台式电脑发邮件以后，他的邮箱每天都要被几十封邮件狂轰滥炸。内容毫无营养，纯属小孩儿的碎碎念，却霸道地侵占那时称得上可怜的邮箱容量。

他无奈，在一周之后申请了一个新的邮箱，还告诉唐错这是专门给他申请的邮箱，像是哄小孩子玩。但他记得，当时唐错笑弯了眼睛，欢呼了好一阵。

那个邮箱，他……多少年没登录过了？

唐错在将近一点的时候给唐绪发了一条短信，彼时，唐绪正坐在车里，刚刚要读完那个邮箱中的邮件——七百多封。

时间从八年前开始，断在三年前。

他从没想过会以这种方式去了解唐错的那几年。

邮件的内容最开始都是道歉、祈求。到了后来，慢慢地就变成了日常生活的描述，考试考了第一名，学习了长笛，参加征文比赛得了全国三等奖，进入了市重点高中……这些汇报似的内容，有时候是絮絮叨叨的一大篇，有时候又只是寥寥几句，而共同的，每一封邮件的末尾都跟上了相同的一句话：

"如果你不是很忙了，希望能回复我一次。唐思行。"

唐绪喉咙疼得发紧。他将手覆到脸上，狠狠搓了一把。

唐错发来的短信很简单，只有五个字——"你睡了没有？"

不大的手机屏幕在寂静的夜里格外明亮，同样明亮的，还有那台嗡嗡地散了好一会儿热的笔记本电脑。

唐绪拿起手机看了一眼又放下，微动手指，点开了最后三封邮件。

2012 年 6 月 5 日来邮两封，第一封如常。

　　　　我后天高考。如果你不是很忙了，希望能回复我一次。唐思行。

第二封，没了往日那句话，变得更为单薄，安静。

　　　　你不会再回来了，对吗？

2012 年 6 月 6 日来邮一封。

　　　　那我……可以去找你吗？

这是唐错的最后一封邮件。

何众不知道从哪儿搞来一部号称史上最惊悚的恐怖片，晚上非要看，他又不敢自己一个人看，就死皮赖脸地拉着唐错他们一起看。赵飞飞蒙着一头夏凉被，瑟瑟发抖地看了一会儿就拽着钟鸣逃去网吧"刷夜"，只剩何众和唐错相依为命。

片子正演到让人手脚蜷缩的地方，唐错的电话忽然响起来，吓得何众一下子从椅子上弹了起来，哇哇狂吼，胳膊和腿一起缠在唐错的身上。唐错被他吓得也开始叫，两个人嗷嗷一通，叫作一团。

等看清来电，唐错赶紧把何众扯掉，自己到楼道去接电话。

"喂？"

"嗓子怎么哑了？"唐绪问。

唐错扒拉了一把被汗浸湿了一薄层的头发，轻轻咳了一声："没有，反正也睡不着，跟何众他们看恐怖片来着。"

唐绪在那端笑了两声，略一停顿后说："既然睡不着，不如跟我聊聊吧，我就在你们楼下。"

唐错是飞奔着下的楼，差点把脚上的拖鞋跑掉了。

冲出楼道看见不远处的唐绪时，他的胸口还在剧烈地起伏着，与晚风碰撞。他在台阶上停住，望着前方掩在黑暗中的人，试图稍微平复一下自己的呼吸。

唐错没回宿舍，身上就还穿着肥大的黑色短裤，还有一件已经洗没了型的棉质白色 T 恤。今天风不小，T 恤被风吹得朝向了一侧，另一侧紧紧贴在他的身上，勾勒出少年美好的腰线。

"跑这么急干什么？"说着，唐绪将指尖夹着的烟在一旁的垃圾桶上摁灭。

他看到唐错的肩膀随着呼吸的频率有节奏地耸动，脸颊潮红，借着楼门口的灯光，甚至还能看到闪着光芒的细细的汗珠。

他慢慢地，笑着朝向唐错。

唐错愣了两秒，在下一刻，就大步跨下台阶，奔跑而来。

夜色温柔，而你更甚。

来人跑到唐绪身边。刚才唐错朝他奔来的画面不停地在他的脑海中闪现，这让他不可抑制地想，在七百多封邮件石沉大海后，当初的唐错是怀着怎样的心情来到他身边，而在那之前，唐错又是怀着怎样的心情在一条孤独的道路上努力的？

这种念头只要一冒出来，他的心就立即变得千疮百孔。

"你怎么这么晚过来了啊？"唐错问。

深夜一点的理工大已经看不到任何其他人了，两个人静默了一会儿，唐绪忽然带唐错到了宿舍楼的背面。宿舍楼与学校的围墙圈出了一个隐蔽的角落，除了流浪猫，平日并不会有人光顾。

因为刚看了恐怖电影，唐错看着前面黑漆漆的地方，心里竟然有些发怵。

唐绪走得很快，唐错被他拉着，走得不稳。脚下被石子绊了一下，唐错便失去重心，朝着唐绪跌了过去。

唐绪一把将他扶住。

"你怎么了？"

唐错就是再迟钝，也能觉出唐绪今晚的情绪不对。他今晚本就胡思乱想了很多，此时唐绪的反常让他不安，他直觉发生了什么他不知道的事情。想到这儿，他急切地问："是不是我爸妈……"

唐绪抬起一只手，动作轻柔地将那一缕头发拨开，低声说："只是觉得自己很失败。"

失败？

在唐错的心里，这是一个永远和唐绪沾不上边的词。可唐绪的面容确实有些沮丧，不像空穴来风。他眨了下眼睛，小心翼翼地看着他问："为什么？"

唐绪忍着酸楚笑了笑。

在以前，唐绪并不会想到自己会有这样的时候。

等到车终于停在楼前，唐绪说着"下车"时的声音低沉沙哑。

开门的时候，唐绪难得地手抖了，钥匙在锁口划拉了半天，就是进不到孔里去，最后它像是终于不耐烦一般，啪嗒掉到了地上，震亮了楼道的声控灯。

唐错一愣，下意识地要弯腰去帮他捡钥匙。门开的一刹那，唐错就被唐绪推了进去。

"我太后悔，缺席了你的七年。本来我想着，缺席的这七年，我用之后的日子来补可不可以。"唐绪仿佛憋了很久，"可是到今天我才知道，那七年，就算是用我的一辈子都补不回来了。"

明明刚才忍得那么辛苦都没哭，这会儿唐错又开始哭。

唐绪手拍到他还在微微颤抖的后背上，一下一下，像在给一只惊慌的小猫顺毛："2007年，我陪时夕去治疗，除了刚开始时夕的情绪不太稳定以外，后来一年多的治疗一直还算顺利，那年春节我是在美国过的。我们在医院里吃的年夜饭，时夕说想看烟花，我给她买了那种拿在手里的，就是你很喜欢的那种。不过感觉当时买的那个，不如曾经给你买的好看。点着烟花的时候我想，今年有没有人给那个小孩儿买烟花，刚到新家，他会不会不敢跟爸爸妈妈要烟花。"

"2008年，我还是在国外陪时夕，不过当时我国内研究生的导师推荐我参加了美国一个实验室的项目，项目做得很成功，我得到一个在那边攻读博士学位的机会。那阵子很忙，很累，但是我每天都会坚持看新闻。2008年国内发生了很多事，汶川地震、奥运会……汶川地震的时候我想回国，但是实在抽不开身，所以只捐了款，现在想想还是很遗憾，我的哥哥就去了四川，参与了救援。奥运会，我爷爷他们都去看了开幕式，我依然没能回国。那时候我想起来当初给你讲过奥运会的事情，我还说会带你去看开幕式，去现场看比赛。那是第一次，我察觉到我或许对你食言了很多话。2009年……"

唐绪的手还在拍着，抚平了唐错的情绪。而唐绪所叙述的故事，也缓缓地走过了七年。

"2014 年夏，交流结束，回国后的第一堂课，遇上你。"

"再后来，我们重新联系。"

唐错不知道有没有别的人像唐绪一样，会说这么多话，不过他只知道，他说的每一句话自己都愿意听。

唐错带着哭腔说："唐绪，你叫我一声，你叫叫我名字……"

唐绪便说："思行。"

唐错却摇着头，小声说："不是这个，不是这个……"

唐绪想起了他肩头的小红花。

"唐思。"

他真的很后知后觉，到这个时候，唐错才终于明白让他挣扎抑郁了七年的是什么。那是等待的滋味。好似看不到尽头，也没有任何寓意着希望的时间界限。

可就算这样他也愿意等。

但是后来有一天，他曾以为无望的等待忽然生出了果实，汁液甘甜，香气四溢。这让他觉得再难捱的七年都值得，再看不到边际的绝望都不值一提。

果实不特别，再卑微普通的人都能拥有；果实的名字亦不特别，那两个字不知道被多少人写进歌里、诗里。但它又是特别的，因为对大部分人来说，一生一遇。

起码在唐错和唐绪这里是这样的。

第二天，唐绪十点半有个研讨会，不得不爬起来，唐错上午没课，倒是可以休息半天。

唐绪先走进了卫生间，唐错跟在后面，在门口停住，歪着头倚在门框上，看着唐绪接好了两杯水，在两支牙刷上挤好牙膏。

他眨了眨眼，拿过那只绿色的牙刷说道："我还想要小青蛙的。"

唐绪嘴里还都是泡沫，闻言一愣，含混不清地问："什么小青蛙？"

"你都不记得了。"唐错看着镜子中的唐绪，一声不吭地开始刷牙，刷完牙又打开水龙头要洗脸，一点要解释小青蛙是什么的意思都没有。

唐绪摁上水龙头，然后问："小青蛙是什么？"

面对这样的逼问，唐错才说："以前你给我买的牙刷啊，你都不记得了。"

唐绪愣怔了片刻，接着抖着身子笑了起来。

唐错不知道他在笑什么，想了想接着说："我都记得，你却什么都不记得，你不记得给我发过小红花，还不记得给我买过小青蛙牙刷。"

其实这话一说出来，不论是唐错还是唐绪，都有几分诧异。要换作之前，不管唐绪忘了什么，唐错都不会说出任何带有指责意味的话，哪怕是玩笑话。

唐绪抬起头，盯着他的眼睛笑。

"你这么说我，我竟然有点高兴。"

他高兴唐错终于开始将两人放在一个平等的位置，高兴他终于不再始终低着头沉默。

他从旁边的架子上拎起一条毛巾，在水龙头下搓了两下，随后一边在手上叠着毛巾一边说："等我今天去趟超市，给你买小青蛙牙刷回来。"

说着，他给唐错擦了两把脸。

唐错脸上温温热热的。

"你记不记得你第一次给我洗脸？"在唐绪重新去涮毛巾的时候，他扭着头跟唐绪说，"就在你们宿舍，你说我脸脏得跟个泥猴一样。不过那会儿没有热水，你让我凑合凑合，用凉水洗的。"

这件事唐绪是记得的，他第一次给小孩儿洗脸，没经验，洗得唐错衣服湿了大半截，水直往下滴答。小孩儿自己拧着衣服跟他说，就湿了一点，没关系。

"那是第一次有人给我洗脸，我那时候心里想，这个人可真好。"

唐错明亮的眼睛一直看着他，很难得地，在已经二十一岁的少年的眼里，他竟然还能轻而易举地捕捉到那叫作纯真的光芒。

重逢后相处了这么久，唐绪这会儿总算知道了为什么唐错说出的话总能让他无法抗拒。别人说好话，无论这话到底重几分，起码都知道自己说的是好话，对方爱听。而唐错不是，他并不当自己的话是好话，而只是"知是好而话"，所以他除了最开始不敢说出口的那些，之后的一切话语都坦荡直白，不加修饰，却使得他心头发软。

在大三所有的成绩出来以后，大家基本就能估计好自己能不能保研了。有些成绩好的，保研铁定是没问题的，已经趁着假期前开始联系老师。唐错在准备出国，自然不再关心这事，只是偶然间听班上的同学提了一句，谁谁谁和谁谁谁都想找唐老师。

唐这个姓还不算大众，在他们学院的这点老师里，姓唐的就这么一个。

晚上回家他跟唐绪说起这事，唐绪点了点头："她俩是都找过我，你们这届学生跟老师联系得还挺早。"

唐错窝在床上看着Kindle，心想没准跟别的老师联系得也没这么早。

"干吗？"唐绪看出了他的这点小别扭。

"要不我不出国了。"唐错扔了Kindle，煞有介事地仰起脑袋说，"你带我研究生行不行？"

唐绪失笑："求你了。"

唐错觉得自己憾失一大机会，一晚上都在唐绪身边问他到底打算招几个研究生，是不是那两个找他的女生他都要收了。

他有点无理取闹，却难缠得可爱。

唐绪最后扔了电脑。

"下学期我还会教你们计算机控制技术，你表现得好点，我接着让你当课代表？"

"真的？"唐错听见这话，立马去看唐绪。

唐绪点了点头，言语间透着掩不住的笑意："到时候我就说，哎，唐错同学在啊，那正好，既然有老手，就不开发新手了，不如唐错同学再辛苦一学期怎么样？"

唐错自己在那儿傻乐，没顾上回话。唐绪问："唐错同学，你看这样可以吗？"

唐错咯咯地笑着说："好的，唐老师。"

在大四的日子里，尽管不用考研，唐错也没有闲下来。他准备着出国的事情，为了能更有底气地去选择学校，还在唐绪的引荐下加入了几个师兄那边的一个模式识别相关的项目，每天在图书馆和实验室之间来回跑。

他如愿以偿地第二次走马上任，成了唐绪的课代表，逮着机会就跑到唐绪的办公室跟他交流一会儿公务。

到了4月末5月初，出国的准备工作彻底告一段落，学校安排的毕业实习也要开始的时候，唐错才总算是得了空。

第二天，毕业实习的地点公布以后，唐错吃了一惊，从床上弹起来冲着阳台喊："我们毕业实习去哈尔滨哎！"

唐绪正在阳台上浇着花，前几天两个人去逛超市赶上大清仓买的。他头也不回地将喷壶移了个位置，浇得那葱郁的绿叶水淋淋的。

"就这样吗？"

唐错踩着被子站在床上："啊？"

唐绪一翻手腕，收了花洒。

"你看看你们班的带队老师？"

唐错一呆，猜到了什么，忙低头去翻那份通知，等看见自动化二班后面那两个字时，他开心得立马蹦了起来。

唐绪拉开阳台的门走进屋，迎面被连鞋都没穿的唐错冲了个满怀。

"是你啊！"

唐绪笑意满眉梢。

"故地重游，开心吗？"

唐错亮晶晶的眼睛弯成了新月："开心死了！"

晚上，班长在班级群里说实习买票的事情，跟往年比，今年的实习地点非常不错，班上的同学积极性都挺高，群里的对话框唰唰地往外蹦。这次由班长统一买票，学校会打给大家买硬座的钱，不愿意坐硬座的可以加钱自己升级成卧铺，唐错想了想，问唐绪会买什么票去。

"我和另一个老师买软卧，你也买软卧吧。"

"不好吧？"唐错说，"大家好像除了坐硬座就是坐硬卧，还没人说要坐软卧呢。"

"十个小时呢，硬卧可能有点累，你应该睡不惯。"

唐错并不想搞特殊，而且人家女生都没说硬卧怎么样，他哪有那么娇气？最后他还是在唐绪的注目下，给班长回了消息，说买硬卧。

班长统计完以后就跟唐绪汇报了一下，除了一个女生、两个男生，剩下的同学都选择了硬卧。唐绪握着电话沉吟了两秒，说道："这样吧，你都买硬卧，他们三个的钱我转给你，买完以后你私下跟他们说明一下就行了，不要声张。"

班长也是个懂事的，在那端愣了一下，立马反应过来说好。

等唐绪挂了电话，唐错放下手里的手机，仰躺着看着他。唐绪走过去坐到他身边，说道："他们三个平时好像就比较朴素，男生还好，这事是艰苦朴素、磨炼意志的象征，但是一个女生自己坐十个小时的硬座……"唐绪说，"我不太愿意让小姑娘有这种差异感。"

唐错微微抬了抬头，眯着眼，高高扬起胳膊朝唐绪伸出个大拇指："唐老师天下第一好。"

唐绪给班长转钱的时候，想起什么，用胳膊肘捅了捅旁边的人，说："把你的也转了？"

"……"

唐错觉得唐绪就是故意的，明知道他不会让他转还要来逗他。

实习出发的那天，唐错是在学校跟着大部队走的，唐绪和他们虽然是一趟车，但是离得甚远。等都安顿好了、大家凑到相邻的两个车厢聊起天的时候，他才给唐绪发了个短信。何众就贴着他坐着，突然装模作样地咳了一声，吓得唐错手机差点掉在地上。

"干吗啊你？"他一边匆匆退出微信页面一边说。

"给唐老师发消息呢？"何众侧过身，以只有他们两个人能听到的音量低声说。

唐错瞪眼，一脸无辜地盯着他。

"看什么看，傻不傻啊你？还真当我什么都不知道。"

唐错扯着他的衣服，跟他凑得更近，问："你知道什么啊？"

"我什么都知道。"难得逮着可以对唐错的智商表示鄙视的机会，何众翻了个大白眼，"上次唐老师都告诉我你们是亲戚关系了。"

唐错挺震惊的，他一直以为他跟唐绪的事情无人知晓，可是看何众这话里话外的意思，一点都不像是刚知道的。

一声声"唐老师"打断了他俩咬耳朵的活动，唐错抬头，看见唐绪站在门口，一只手搭着这节车厢的门框，高高大大的身影几乎挡住了整扇门。

"都安排好了就别聊了，实习半个月你们有的是时间聊，待会儿就熄灯了，再聊下去也会打扰别人休息。"

一行人纷纷说着知道了，不大一会儿工夫就各自回了铺位。

唐绪又像模像样地交代了他们几句，无非是什么注意生命财产安全，不要一晚上只聊天、不睡觉之类的。

等唐绪走了，何众问唐错想睡下铺还是中铺，唐错摸了摸鼻子，说下铺。

何众"哦"了一声。

车上的灯熄了一会儿，唐错的手机闪了闪。

他扫视了一圈，看到同车厢的几个人都已经进入了休息状态，悄悄穿上鞋，摸着黑出去。

他在七号车，唐绪在二号车。列车的走廊很安静，他攥着手机往前走，偶尔路过几个不知为何不睡觉、在走廊上看着窗外的人。

走到三号车厢，他刚要加快步伐，一只突然伸出来的手猛地将他拽进了旁边的车厢。可能是因为他反射弧长，也可能是因为他太放松，他连一声惊呼都没发出来，就被唐绪抓走了。

唐绪替他整理了衣服，又从一旁的小桌子上拿了个水杯递给他。

"里面的水正好喝，回去喝半杯再睡觉。出门也不记得带水杯，出来这么多天，你还打算天天喝凉水啊？"

"我们90后出门都不带水杯。"唐错嘴硬，"年轻身体壮，喝凉水不怕。"

周围太黑，唐绪看不清唐错的表情，但心里觉得唐错此时顶嘴的样子一定很生动。

他笑了几声："你们到了以后会住在基地，我们老师不跟你们住一起，要好好照顾自己。宿舍有空调，但是晚上别贪凉，不可以开整晚，别上火，别感冒，知道吗？"

唐错发出一个不情不愿的语气词："你们不跟我们住一起啊？"

唐绪听着，乐了，手撑在门板上："嗯，我们住在基地附近的宾馆，而且我和一班的带队老师住一间。所以到了以后，可能不太方便见面了。"说罢，他摇了摇唐错的头，"真遗憾。"

"太遗憾了。"唐错使劲儿点头。

唐绪被他认真的语气逗得笑弯了腰，说："好好实习，这将是你们90后毕业之前最难忘的集体记忆了，相信我，会非常有趣。"

"哦，"唐错拎着水杯，"遵命，唐老师。"

后来的记忆证明了唐绪说的话是真的，毕业实习很有趣。虽然每天都有学习、实践任务，但在离毕业很遥远的时候再回忆起这次的实习，唐错总能不知不觉地笑出来。而填满他这段时光的，不是参观的内容，也不是学习的操作，而是每晚鏖战到深夜的狼人杀。临毕业了，大家却好像在关系上又近了一层，共同的欢乐太多，半个月的夜晚都没笑完。

在以后的留学、工作中，唐错也参加过一些集体活动，可是都没有那次来得深刻。他和唐绪讨论过这个问题，最后自己归结出了原因。

大学时期的他们，还没有被这个社会划分成三六九等，他们身份相同，经历类似，思想相近，没有什么经济利益冲突，也几乎没有人际关系矛盾，而最重要的，那是他们最后能享受景区门票学生证打折的一段时光。那时唐错还不觉得，后来才明白，让他们在闷热的环境里彻夜欢笑、不厌其烦地玩着一个游戏并且一直难以忘怀的，正是那已经被说烂了的，叫作青春的东西。

他庆幸听了唐绪的话，享受了这青春的尾巴。

唐错说完，便拉开门，回头小声说："那我走了，拜拜，80后。"

唐绪哭笑不得地看着唐错一溜小跑的背影，心想这小孩儿越惯胆儿越大。

可转身拉上这间空车厢的门，唐绪又自顾自地笑着摇了摇头，那不还得惯着吗？

往自己的车厢走的时候，唐绪的手机振了两下，他本以为还是唐错，毕竟已经是晚上十二点多，不太可能有别的人在这个时间联系他。没想到掏出来一看，竟然是许久未见的时兮。

——打你电话打不通，看到短信给我回个电话，有很重要的事情。

唐绪停下，看着短信内容偏了偏头，走到有些狭窄的窗户边上。

火车内始终保持着一种独特的安静，人们能听到它飞驰的声音，却依然觉得它是安静的。从少年时期坐着火车去四方的时候开始，唐绪就觉得这种夜晚流动的安静可以让人体会到一种很抽象的真实感，无论是归乡还是去远方，火车上的人都能在这种安静中真切地发现，我是在路上了。

火车上的信号并不好，唐绪拨了两通，才在嘟嘟的声响后听到了时今的声音。

他笑了笑，说："好久不见，这么晚了还没睡？"

一个挺拔的身影在窗前站了很久，开始是面对车窗站着，后来改成了背倚的姿势。他始终放轻了音量讲着电话，话不多，大部分时间是在听着那端的人说话。

一个出来接水的女孩儿在第二次路过他时，暗暗偏头扫了一眼这个很帅气的男人，她听见他用一种温柔的语气说了一句话，"我会带他去。"

女孩儿小心地捏着有些烫手的水杯想，这种语中带着三分笑的低音炮，最要人命了。

让一众学生怨声载道的是，实习就实习吧，还写什么实习报告。

"这玩意，我小学三年级以后就再没用过了。"何众站在机房前，一边往脚上套着鞋套一边嘟嘟囔囔。

他们都没带电脑，所以这实习报告，只能一周两次到机房去写。唐绪打开 Word 文档开始补第一天的，先贴图再写学习心得，他敲敲打打了半个小时，才写完一篇。何众在这时候戳了戳他："我写完了。"

唐错瞪大了眼睛："你这就写完了？"

他看了看自己的那五百个字，难以置信地倾过身子去看何众的。看清以后，他就开始捂着肚子笑。

第一天，参加狼人杀四局，当女巫一次，平民两次，狼一次，两胜两败，没能当预言家，继续努力。

第二天，参加狼人杀三局，当狼三次！彻底失去信任了！两胜一败！依然没能当预言家！

第三天，参加狼人杀四局，别的不重要，当了预言家！然而他们以为我是狼，被投死了！

…………

何众看着笑得上气不接下气的唐错，摸了摸他的小圆脑袋说："错错啊，知道你笑点低，不知道你笑点低成这样……"

过了一会儿，唐错好不容易笑够了，还不算完，他掏出手机对着何众那份"实习报告"端端正正地拍了张照，说这么经典的大作一定要留念。何众跷着二郎腿由着他拍，嘴上快把自己吹开了花。

但是何众万万没想到，唐错替他把报告交给了唐绪。

晚上，何众正兴致勃勃地观战，听见手机一振，掏出来看了一眼，他的脸色一下变得特别精彩。等唐错出了局，他立马拽着人拖到了屋外，唐错不明所以地跟着他出来，问："干吗？"

何众举起手机，都快要贴到唐错的脸上。

"你怎么还打小报告啊？"

唐错往后躲着，跟那手机拉开点距离，才看清屏幕上的内容。那个头像他再熟悉不过了，还是他给唐绪拍了只小白猫的脸。

——狼人杀战绩太烂，实习报告不过关，重写。

唐错又开始笑，气得何众掐着他的脖子让他给自己去正名。两个人在门口闹了一会儿，被上厕所回来的赵飞飞碰见，赵飞飞又站在那儿全方位地拍照。

何众实在同情赵飞飞这傻孩子，一直信奉谬论为真理，他上前两步一勾手，把人揽到怀里："走，哥哥带你去玩。"说完，便压制着怀里的人朝屋里走，还不忘回头给唐错做了个口型。

唐错自己弯着眼睛又笑了两声，这才揣着手机摸到走廊的尽头，跟唐绪打了通电话。

等实习的时间过了一周，唐绪在大家的强烈要求下给他们调出了半天的假期，再加上晚上，这对平时没事就十点、十一点起床的人来说就等于是一天的假。前前后后凑了十几号人，浩浩荡荡地就奔向中央大街。

有女生喊着要吃冰棍，唐错听见了，就说前面再过一个路口就是那家正宗的马迭尔冰棍，正面卖的是五块钱的，奶多的，侧面是三块钱的奶少的，五块钱的好吃。

一个女生回过头惊奇地问："错神你知道得这么全啊？我记得你是北京人啊！"

唐错被这么一问，顿时一阵心虚，再加上唐绪正好就走在离他一个人身距离的旁边，他舌头都打了哆嗦。

　　"我……我之前来过……"

　　"来玩过吗？"唐错点头偏过了头，没想到正好跟唐绪的视线对上，唐绪不躲不闪，嘴角还挂着笑。唐错转回脑袋，心想年纪大的就是不一样，心理素质真好。

　　到了广场，唐错看见有不少小孩儿在玩那种可以产生一大堆泡泡的东西，这儿的小商贩太有眼力，他只多看了两眼，就有转悠着的小贩跟了上来。

　　"同学，来一个玩玩吗？十块钱一个。"

　　唐错慌忙摆手说不要。小贩却跟看穿了他的心理一样，不依不饶地兜售："这老好玩了，新款，还有自动的，你看那边，不一堆大老爷们儿在玩呢？"

　　唐错没能甩掉这嘴皮子很溜的小贩，还吸引来了班上的俩女生，两人凑在那儿兴致勃勃地挑，小贩还热情地给她们演示每一款的用法。

　　唐错也不走，也不上前，就站在那儿看着。

　　看着看着，唐错忽然听见一个声音说："一人挑一个吧，你们都该毕业了，我这个当老师的也没送你们什么，送你们个这个，愿你们永葆童真。"

　　本就不是什么贵东西，两个女生也不扭捏，大呼着"谢谢唐老师"，就一人挑了一个。

　　唐绪又说："再挑几个，给他们男生也玩玩。"

唐错看着他们仨在那儿你一言我一语地挑款式、挑颜色，心里有点痒痒，但是又不好意思再回去凑热闹，就索性往江边走去。没走两步就听到了后面的脚步声，唐错回头，看见唐绪笑盈盈地追了上来。

他停下来，从背后掏出了个吹泡泡的，还是粉色系的。

"来，我劳苦功高的课代表，给你挑了个最好看的。"

这天天气并不是特别好，他们刚在松花江边上站了一会儿，天上就飘起了雨丝。广场边上的商场门口有临时摆摊出来卖伞的，唐绪赶紧买了几把发给大家。

5月的松花江边上，在太阳快下山的时候依然是别具一格的冷，一众人纷纷截了实时温度的图发朋友圈，感叹这里和帝都的温度差巨大。唐绪怕他们感冒，便招呼着大家往回走，可是一群学生非要打着伞"观潮"，等着灯亮了看看江边和中央大街的夜景再回去。说完，大家就两三个凑成一群，在最底下的两级台阶上坐下。

唐绪见了这番看似今天要扎根松花江的架势，颇有些头痛地四处扫视一圈，抬手虚点了点四周，说道："你们看看周围还有人吗？连开船的都收摊回家了，整个松花江，就咱们这么一帮不怕冷的。"

几个同学笑嘻嘻地说："我们年轻火力壮嘛！"

这话听着有点耳熟，唐绪望了一眼最边上的唐错，暗暗叹了口气走了过去。

本来唐错和何众一起打了一把伞，何众往四周一瞟，看见赵飞飞正在那儿手舞足蹈地跟别人说话，半个身子都露在伞外面。何众立时吆喝了一声："飞刀！来来来，到哥哥宽阔的伞下来！"

赵飞飞一瞥，发现唐错正呆呆地站在唐绪的伞底下。

"哎哟！"他咋了下舌，嚷嚷，"你怎么跟错错分开了？你俩不连体婴儿吗？"

唐绪听见声音看过来，其实并没有别的意思，何众赶紧用胳膊使劲儿捅了赵飞飞的肚子一下："别胡说八道。"

唐绪看得有趣，用耐人寻味的语气重复道："连体婴儿……"

"哎对！唐老师你不知道吧，他俩在宿舍还老睡一张床！"快毕业了，赵飞飞也撒了欢，伸着脖子朝唐绪激动地嚷，"你说说……哎你老踢我干吗啊？"

何众阴森森地笑着，拉着赵飞飞坐在台阶上，咬着牙冲眼前的人挤出两个字："闭嘴。"

唐绪微微低头，看着正欣赏江面的唐错，看了一会儿小声问："还睡一张床？"

唐错并不在意赵飞飞的玩笑话，晃了两下身子，努了努嘴。

他笑着说："反正……十天里面有八天吧。"

唐绪轻轻推了推唐错，两个人往另一边挪了几步，跟何众和赵飞飞保持了个大致安全的距离。唐绪将闲着的那只手插在裤兜里，看着远方的江水。

"其实我一直觉得，有水的地方特别适合放松。"

唐错偏头问："为什么？"

"我也不知道。"唐绪笑了笑，摇头看着他，"可能是因为，水比较能助兴？"

"哪有水助兴的？助兴的不是酒吗……"

唐绪还在笑："反正一直觉得，如果每天吃了晚饭，能到江边、湖边、海边什么的走走，是挺舒心的一件事。"

唐错听得神往，一动不动地看着他轻笑的侧脸。江面上亮了灯，铁路大桥也被倏然出现的一串串黄色灯光勾勒出鲜明的轮廓。

唐绪抬眼望过去，忽然抬手指着远方喊了一声："同学们快看，亮灯了。"

注意到的、没注意到的，齐刷刷的目光就顺着唐绪的指示看向对岸。

唐错也仰起头去寻那烂漫的灯景，微眯着眼睛，嘴巴抿成漂亮柔和的弧线。他的目光才碰触到灯光，没承想下一秒就被唐绪拍了拍。目光换了方向，原本罩在头顶的雨伞后错，挡住了后面来人的视线。

唐错瞪大眼睛看着眼前人，脑袋里像有个大大的烟花炸开，比夜晚的江景绚烂千百倍。

别人还在拿着手机拍江景，只有何众，正坐在地上仰着脑袋盯着他们两。

唐绪也看见了何众，冲他挑眉一笑，问："你怎么不看灯？"

何众抬手狠狠抹了一把脑门："唐老师，您看我够亮吗？"

唐绪低笑两声，说道："还可以。"

唐绪"哎"了一声，用胳膊轻轻碰了唐错的小臂一下。唐错这才又抬起头，一言不发地看着他。

"喜欢吗？"唐绪勾着唇角问。

"……什么？"

唐绪这回没出声，而是无声地对他说了两个字——灯光。

唐错说："特别喜欢。"

唐错微仰着脸，闭上了一只眼睛。

这是他的第一次实验，闭上离他远的一只眼睛，站在唐绪的旁边，当距离足够近的时候，便可以只看到唐绪的脸。视野被缩小了，但对他来说，能装下唐绪，便足够大了。

当唐绪告诉他时兮要结婚了的时候，唐错愣了好一阵子。他正在写毕业论文，屏幕上的光标一闪一闪的，盯着看了一会儿，觉得眼有点花。

"怎么……就要结婚了？"

"也不能算很突然吧，他们相处了也将近两年了。"

唐错把手从键盘上移开，抬起头问："你见过那个人吗？人怎么样？"

"见过。"唐绪走过来，"人很好，有学识有气度，虽然家世不错，但不是那种不学无术的花花公子。我们吃过两次饭，看得出来他很爱时兮，对她照顾得也很细致。"

唐绪的回答很仔细，唐错听着，点了点头："那就好。"

"婚礼在 6 月 12 日，时兮叮嘱我要带你去。"

时今的婚礼就在北京的郊外举行，一片绿绿的草地，满是白色的花朵，玫瑰、百合、马蹄莲等。唐错还是第一次看见这么多的花，一路走过来，不住地发出一个个感叹词，到了主会场，他轻轻拽了拽唐绪的手臂。

　　"真好看啊……"

　　唐绪环视一圈，低声笑着对他说："时今跟我抱怨，她只是说喜欢白色的花，结果她先生几乎把全北京城白色的花都搜罗了来，这还是撤掉一半以后的样子。"

　　"待会儿会更好看，到时候你好好欣赏。"看着唐错一个劲儿地四处张望的样子，唐绪笑着拍了拍他的肩膀，"走吧，先去看看时今。"

　　时今从镜子里看到他们两个进来，笑着转过身子打招呼。唐绪走过去，俯身给了他一个轻柔的拥抱："恭喜，最美的新娘子。"

　　很多时候唐错都能感觉出，唐绪从不会吝于给身边的女孩子应有的爱护，比如对时今，即使是这样熟悉的人，在拥抱时唐绪依旧将手放在一个礼貌的位置。

　　唐错安静地站在唐绪的身后，在他们两个人分开后才上前一步。

　　"时今姐，恭喜你。"唐错笑着，在短暂的停顿后又补了一句，"你今天真美。"

　　时今歪头，笑容灵动："谢谢思行。"

　　"来，"唐绪这才摸出一个大红包递给时今，"早就憋足了劲儿给你攒的。"

　　时今接过来捏了捏："唐老师出手这么大方啊？"

"双人份。"

刚简单聊了几句，就被推门而入的陆成蔚打断。陆成蔚见了屋里的人立马吆喝了一声："哟，小思行今天这身可真帅啊！"

陆成蔚今天依旧是一派自由散漫的作风，穿了黑色的衬衫，袖子撸到了手肘的位置。而唐错则因为是正式场合，坚持穿了西装，是唐绪前两天带他去店里挑的款式，领口还挂着个黑色的小领结。

"不过你这大夏天的，热不热？啧，领结都歪啦。"说着，他走到唐错面前，抬手替他整理领结。

"对了，成蔚，"时兮想起什么，拍了拍陆成蔚问，"有没有告诉放视频的人顺序变了？"

"还没呢。"陆成蔚摇了摇头，放下手，"刚从司仪那里回来，我这就去会场那儿。"

说完，他拉住唐绪的胳膊："你跟我一块去。"

唐绪被他拉着往外走，临出门看了唐错一眼，唐错朝他微微笑了笑。

出了门，他甩开陆成蔚的手问："干吗？"

"等会儿，先去找一下放视频的小姐姐再跟你说。"

交代完事情，陆成蔚就拉着他到了吸烟区，两人各点了一根烟以后，开始瞎扯互相最近的近况。

而在新娘房里，唐绪他们两个出去以后，屋子里就剩下时兮和唐错两个人。闲聊了一会儿，时兮看着唐错说："我是真的没想到，最后你会回来。"

唐错诧异时兮会突然说到这个，一时间不知道怎么接话。

唐绪再回到屋子里的时候，不见了唐错，时兮一个人在镜子前面坐着，摆弄着待会儿要戴的项链。

"思行呢？"

"被我吃了。"时兮不回头地答。

唐绪轻轻地笑了出来："那我可要难过死了。"

相识这么久，时兮还是第一次听到唐绪说这种话。她放下手中的项链，站起身："唐绪，我们谈谈。"

"我一直想问你，为什么还会见他呢？"

听了这问题，唐绪站到时兮的身旁，与她并肩靠在桌子上，垂眸略略想了一会儿才启口："其实我是一个感情并不丰富的人，不知道你有没有感觉。"

唐绪看向时兮，她冲他颔首。

"就像你说的，这么多年，我遇到那么多的人，都没有在意过谁。是在后来和思行重逢后，我才慢慢明白了。"唐绪扯着嘴角，低低地笑了两声，皱着眉的样子似是有些苦恼。

迎着阳光，时兮定定地看着他。喜欢了这么多年的人，再怎么放下，心里总会有些酸楚的。她记得以前在看《倚天屠龙记》的时候，她告诉自己一定要做赵敏，不要做周芷若，可是到了最后，她也没能成为赵敏。不过幸好，她也没成为周芷若。

时今默然片刻，有种如释重负的感觉。

"我大概明白了。"

"是你心善，又宽宏大量。"

时今低着头，没说话。

唐绪轻轻拍了拍她的头："伴娘们已经在隔壁等了一会儿了，我叫她们过来陪你。"

唐绪转身要走，却又被时今伸手拉住。

"我还有最后一个问题。"时今的目光很深很远，不偏不倚，正好落在他的眼睛上，"如果当初我受伤不是因为思行，你还会陪我出国治疗吗？"

很奇怪，这次唐绪的回答来得没那么快，一阵空荡荡的寂静穿插在两人的对话之中。

"我说了，我会想要保护、爱护你，是当作亲人一样爱护，所以只要你需要我，我就会陪你去治疗。"

说完，唐绪轻轻拍了拍时今抓着他手臂的手："时今，以后也是，无论发生任何事，你都可以找我。"

出了门，唐绪没有立刻离开，而是靠在墙上思考时今刚才的问题。

他同时今说的话句句属实，但也有所隐瞒。

如果一个孩子儿时犯的错误酿成了不可挽回的后果，这无疑会成为他以后成长过程中永远甩不掉的压力与罪恶。他甚至还有可能会面临永远的指责。即使当初的唐错错得离谱，他也不希望唐错将来背负这些。因为牵扯到了唐错，所以他更加希望时兮能够安然无恙。

无论当初时兮是因何受伤，但只要她需要，他都会陪她治疗，而刚才的迟疑不过是因为他忽然明白，正是因为当初犯错的是唐错，所以他才会在决定陪时兮去治疗时，不假思索，甚至不顾一切。

一旁的门再一次被推开，又合上，唐错安安静静地站在门口看着他。

两个人对视着，但谁也没提刚才的事情。唐绪直起身子。

"离婚礼开始还早，刚才我看到旁边有一条小溪，反正这里也没什么要我们帮忙的，要不要去走走？"

唐错点头，说好。

看得出来选择婚礼场地的人真的很用心，无论是会场还是会场周围，都美得足以满足每一个女孩子对于童话世界的想象。

唐错一路都若有所思，直到走到溪边，好像才回了神，开始欣赏这风景。

溪边有一簇簇盛开的小菊花，唐错摘了一朵接近红色的，举到唐绪的眼底下，问他："你知道这是什么花吗？"

唐绪含笑望着他，摇头。

"非洲菊，它还有一个别称，叫扶郎花。"

因为太热，唐错已经脱掉了西装外套，此刻同唐绪一样，只穿了一件白衬衣，下摆被抻了出来，随着风的节奏飞舞着。

没等唐绪接话，他突然朝前跑了两步，转过身，倒退着前进，隔着层层叠叠的阳光与唐绪相望。

"唐绪，我要给你唱首歌，我很喜欢的一首歌。"

唐绪插着兜，眼神里满是纵容。

"今天这么热情？"

唐错眨了眨眼睛，扭头看了一眼身后平坦的草地，又迅速回头看着唐绪："反正你也听不懂，闽南语的。"

少年灿烂地笑着，将那朵非洲菊举到唇边。

唐错的嗓音是少年人的温润清朗，和初夏相配，出口的歌曲，尽管唐绪听不太懂歌词，却好似完全不需要听懂般理解了其中的含意。

唱完，唐错在几步之外问他："听懂了吗？"

唐绪做思考状，深沉地回味了一会儿，才说："歌词的话，好像只听懂了两个字——快乐。"

前方的唐错停住，唐绪继续向前。

"那你很厉害了，你听懂了我想给你的全部的东西。"

唐绪伸出手。

"那很巧，我和你一样。"

不知是对或是不对

不知是好或是不好

不知你甘会笑阮憨

热天西北雨的下午

想你不知影你在哪

真希望

看到你的笑容

你的温暖

充满着阮孤单的心脏

……

我一生唯一的希望

要给你快乐

好或不好

　　如果说世间最美不过阳光和你，那我恰好在这一刻全部拥有，且万分幸运。

毕业季

毕业照，几乎是对大学生活最后的定格。

电信学院的专业集体照和正式班级照安排在一个清晨拍摄。这一天，平日里总是胡乱套着衣服的男生换上了正儿八经的学士服，女孩儿们看上去更是明眸笑靥，她们抛弃了往日的随意，就连从不化妆的女生都在脸上点缀上了淡淡的妆彩。好像男生都比平时帅气一些，女生都比平时漂亮一些。

这一天确实是特别的，早上到了食堂，触目所及都是熟悉的面孔，大家端着餐盘，三五成群地边走边说笑着，悬挂的电视机里依旧是万年不变的早间新闻，值班大叔依然在那个小方桌后摇头晃脑地听着曲儿，只是整个食堂里，好像忽然寻不到了学弟学妹，进餐的每个人都穿着学士服，仿佛吃着一顿提早的毕业大聚餐。

拍专业合照的时候，一列列学生依次走到合影架上，第一排坐着院长、书记、辅导员，唐错看着前面的一排老师，几不可察地叹了口气。有点遗憾，这么有纪念意义的照片，都没有唐绪。

前一天晚上他还问唐绪，明天的大合影你会在那儿坐着吗？

唐绪把一颗很甜的车厘子递给他，笑着摇头："我就是个普通的任课老师，还不具备跟你们去大合影的资格。"

唐错撇撇嘴，吐出个核："可是我毕业照想和你照……哎，怎么这么多年，你都没混成个大牛啊？"

唐绪听了这话哭笑不得，问："你这是在嫌弃我？"

唐错举起手，把三根手指捏在一起："在毕业照这件事上，稍微'嫌弃'你一点点，别跟我讲道理，不想听。"

唐绪一听，这小孩儿现在出息可大了去了，这种话都敢说了。他也不说什么，抬手从那盘车厘子里挑了个颜色浅、一看就没熟透的。唐绪睨了唐错一眼，递给他。

唐错正盯着唐绪，看都没看就张嘴吞了下去，一秒没过，五官就拧成了一团。

"你……"唐错捂着嘴，"打击报复！"

唐绪笑得很大声，又给他递了个特别甜的，唐错记吃不记打，依然不看，张嘴就吃。

"你们不是还要拍自己班里的照片吗？"唐绪拍了拍他，"可以偶遇。"

夏天的日头出来得很早，七点开始，七点半结束三个专业合照，八点半就结束了各个班级的合照。班长在前面吼了一声，带着一帮人奔了七教。在大家热热闹闹地聚在七教门口以后，唐错寻了个没有人的角落，摸出手机来给唐绪通风报信。

——我们在七教门口了。

早就等在办公室的唐绪收到短信便起身,按照他们前一晚约定的,下楼偶遇。

唐绪是被眼尖的路洪拉过来的,刚入了他们这个人堆,就被学生们拉着拍合照。唐错想站到他的旁边,却发现他的一左一右都早就被人霸占。这和昨晚他做的部署大不相同,唐错懊恼地站在边上,不知道要以什么理由去穿越两人之间的人群,挤到他旁边。

唐绪在这时候忽然转头,朝他看过来:"哎,我的课代表怎么跑边上去了?站这儿来啊!"

他起了个话头,何众立马会意,拉过唐错把他往唐绪身边一塞:"就是就是,跟唐老师合照,错错必须站中间。"

推推搡搡间,唐错就站在了唐绪的右手边。学士服的衣领被挤得有些歪,一只手伸到背后,帮他正了过来。

另一个班来帮忙拍照的同学在前方摁下快门,呐喊声在天空汇聚。

在这张合影中,唐绪他们两个人只是简单地并肩而立。但是等后来看到这张照片,唐错才发现,其他的人都摆出了各样的姿势,配着鲜活生动的表情,唯独他们两个在正儿八经地站着微笑。一下子,一张照片就好似分出了两个世界,心有灵犀一点通。

合照拍完,班上的同学又纷纷来找唐绪拍各人的照片,等不及单反的,索性直接掏出手机来跟他自拍。唐错在一边候着,打算在大家拍得差不多以后瞅准时机凑过去顺势合影一张,不过没等他上演这出尊师爱师的戏码，唐绪就开了口。

"课代表，来。"

他一听，立马跑到唐绪的身边，尽管不那么自然，但还是叫了一声"唐老师"。

唐绪不言不语地看了他一眼，没答应，将手搭在他的肩膀上："来，给我们两个拍一张。"

"等一下，"唐错忽然说，"我要戴上帽子。"

虽然他和唐绪可以有很多合照，但穿着这身衣服、光明正大地站在学校里的，应该就只有今天的这两张了。集体照没有戴帽子，这次一定要戴上帽子，正正式式的。

他迈了两步，从何众手里抢过帽子，匆忙戴在头上，回过身欲往回走，却正撞上唐绪专注的视线，因为四周的人声鼎沸，更显得安静，独一无二。

他走过去，说："好了，唐老师，我们拍吧。"

唐绪笑了，抬起双手敲了敲他的帽子："帽子都没戴好。"

他扳正了他的学士帽，又拨弄了一下那缕流苏："流苏在右边，是没毕业，在左边，是毕业了，你要放哪边？"

闻言，唐错愣了一下，立即抬手将流苏捋在了右边，嘴上却说："我要左边。"

唐绪明白他这是什么意思，眉头微耸："下周的毕业典礼，会有德高望重的教授、院长给你们拨穗。"

"不，"流苏被唐错摇得乱晃，他放低声音说，"我要你拨。"

说完，唐错便轻收下颌，做出了等待的姿势。

唐绪从喉咙里发出一声轻笑，用仅能被两个人听到的音量问："不嫌弃了？"

唐错刚要回答，一只手就抚上了那串流苏，将它从帽檐右前移至左前。当它摇摆在唐错的视野左侧时，他听见了唐绪的声音。

"恭喜毕业，课代表。"

唐错抬起头，看到了正骄的太阳和正好的人。

他一直以为那天他和唐绪只留下了两张合照，没想到等照片出来，微信上还收到了一个来自班上某位女生的意外惊喜。他拿着手机将那张照片放大、移动，仔仔细细地看了好久，又赶紧转发给唐绪，才郑重地回复了那女生两个字。

——谢谢！

加的感叹号。

那个女生很快回复过来：错神，你是故意让唐老师给你拨流苏的对不对？心机啊心机！还好我反应快，给你留存了这珍贵的一幕！

唐错抱着手机在床上打了个滚，夸奖那个女生抓拍得真好。

关了聊天框后，他想了想，又打开微信把聊天记录截了个图，给唐绪发了过去。

可没料他捏着手机兴致勃勃地等了半天，都没等到唐绪的回复。他坐不住，又追加了一条，问唐绪不会是因为"较为成熟"，不理解他们的聊天记录吧。结果依旧没有回复。

一直到跟何众去吃西瓜回来，唐绪的消息才蹦到了他的手机里。

手机都没响完一个提示音，他就滑开了屏幕。然而唐绪回复的内容让他大失所望。

——抱歉，我刚才在健身，又洗了个澡，一直没有看手机。

"什么啊……"他小声嘟囔。

失望归失望，他还是顺着唐绪的话回复了他。

——哦，你办了健身卡？

唐绪这次回复得很快：嗯，前两天才办的。

唐错多少有些意兴阑珊，也不去想别的话题，就接着问，怎么想起办健身卡了？

刚回复完，何众就喊他让他帮忙接一下从柜子上拿下来的箱子。他把手机扔在桌子上，帮着何众弄完行李，又去洗了个手，才想起来还没跟唐绪聊完健身房，赶紧拿起手机来看微信。

弹出的消息框就躺在手机桌面上，不用解锁就能看到。

——怕有一天我年老色衰，不能再理解你们的聊天。

唐绪的脸肿了几天，还挂着带血的伤口。他有意躲着唐错，结果没想到这天在教室门口被堵了个正着。

"你脸怎么了啊？"唐错一看见他，也没顾上正从教室出来的学生们，急匆匆地上前。

"唐老师。"他慌忙补了一句。

唐绪宽慰道："没事，不小心碰了一下。"

有关于出国的问题要咨询，唐错跟着唐绪到了他的办公室。

唐绪说："只是被打了一顿，老爷子年纪大了，力道其实比以前差多了。"

老爷子是军人出身，打人从不手软。

大夏天的，唐绪就穿了个短袖。老爷子这一拐杖抡上去，唐绪的胳膊立马浮起了一道红。

唐错问："疼不疼？"

"不疼。"唐绪摇头，轻笑着说，"这才哪儿到哪儿，我从小到大挨的打多了去了。"

唐错问："你以前总挨打吗？为什么啊？"

"嗯，小时候我跟陆成蔚一个流派的，满大院找不出比我们两个更顽劣的了，不过在中学那会儿，活生生被打成了三好学生。"

这叙述和他对唐绪的定位反差太大，唐错想象不出来，只觉得那会儿的唐绪就算顽劣，应该也特别好。他见不到少年的唐绪，就让现在的唐绪给他讲，讲怎么逃学，怎么被抓到，怎么翻墙去打游戏，以及怎么被打。

本来唐错一直笑得很欢，可是听到唐绪挨打的经历时，忽然沉默了。

"怎么了？"

唐错斟酌片刻，问："你知道他的消息吗？"

在反应了一会儿以后，唐绪才想明白这个"他"指的是谁。

道路前方好像出了交通事故，大晚上的，竟然堵了老长的车。他换到空挡，转过头来。

"其实我一直让人留意着那边来着，怕他追过来找你麻烦。"

唐错没想到唐绪会这样说，有些讶异地看着他。

"几年前就病死了，连医院都没去。"

如同被按了暂停，唐错垂着脑袋，盯着自己的腿看了好久。

唐绪把手摁在变速杆上。

"不要想关于他的事情了。"唐绪说，"充其量，他就是一个对你造成过伤害的不相干的人。"

唐错"嗯"了一声。

堵车的趋势有所缓解，唐绪推动变速杆。车慢慢朝前溜着，唐错看着窗外，表情还算平静。

"那我……亲生母亲呢？"唐错动了动手，问，"她家里人带她回家了吗？"

"这个问题，我是后来去公安局问的，带回去了。"

"哦。"唐错点头的动作有些迟缓，像是掺着思考，杂着犹豫。

"你说，我能不能去看看她？"

唐绪料到唐错定然是有什么打算，迎上他信任的目光，小幅度地扯了扯嘴角："你想去吗？"

"我不知道。"唐错凝眉想了想，摇头，"我想着，她应该不愿意看见我，可是又觉得如果让她知道我没有那么糟糕，她会不会稍微好受一点。"

唐绪考虑着他的话，又听唐错接着道："可是，如果你讨厌一个人的话，那是不是这个人变得再好，你也不会有一点点高兴？"

唐错的目光有些忐忑，却又带着说不出的期待。

略略收紧了手，又揉了两下，唐绪才缓缓开口："或许你不是她期待的，但现在的你，一定不是她讨厌的。"

"真的吗？"唐错扑闪着眼睛问。

"嗯，起码她会觉得，没有白白救起你。"

唐错移开视线，过了一会儿才点了点头："嗯，那我想去看看她。"

"好，"唐绪答，"我托人找一下她安葬的地方，到时候我陪你去。"

"嗯。"唐错轻声应着，又说，"要买花。"

"好。"

唐错沉吟了两秒，补充："买最贵的、最大的。"

唐绪笑了笑，又说好。

车辆走走停停的，半天没挪出去几米，总算等到前方障碍彻底清除，唐绪轻抬起食指，点了点："使劲儿，挂挡。"

7月末，唐错准备出发去美国。他说不愿意看着唐绪离开，所以坚持不要唐绪送，自己坐飞机过去。

他盘腿坐在床上，看着唐绪给他收拾着行李箱。

"给你写了几样简单的饭菜的做法，放到箱子里了，吃不惯那里的东西就自己鼓捣点吃，或者去中餐馆吃，那里会有点贵，不要舍不得……"

或许是因为要离开了，唐错这些天都没什么精神，看着看着，就倒在床上，脸扎在带着熟悉的柠檬味道的被单里，不管唐绪询问他什么意见都不吱声。

唐绪摇着头笑了笑。

"怎么了？"

唐错转了转脖子，露出一只眼睛瞅着他。

唐绪说："我有空就会去看你的。"

"不想走。"唐错闷声说。

两天以后，他和唐绪之间的直线公里数便可以以万计。

唐错从手机上翻出世界地图，举到唐绪眼前。唐绪拿眼睛扫过去，扫到两个标红的小星星，和一条连接着两颗星星的红线。

"我们隔着一个大洋，还有十二个小时的时差。"唐错像是在发牢骚，一条一条数着即将隔在他们之间的物理条件，"我们都没有共同的晚上和中午了，也不能讨论早上吃什么，晚上吃什么了。你要睡觉的时候，我已经起床了，我要睡觉的时候你已经起床了。"

唐绪耐心地听着，在他说完以后轻笑一声。

"隔着一个大洋，但是飞机可以飞越大洋，至于时差，我二十四小时开机，任何时候，你想找我都可以打我电话，我睡眠质量很好，睡到半路陪你聊一个小时也能在结束之后倒头接着睡，所以说，时差这东西对我们两个来说不存在。"唐绪不紧不慢地逐一陈述，"我还是会跟你念叨吃了什么，做了什么，你也要这样。而且，就算经历的时刻不同，但你想想，我们看着的还是同一个太阳，同一个月亮。"

唐错真的认真地想了想，却摇摇头："可是你比我先看到太阳，先看到月亮。"

　　唐绪轻抬下巴。

　　"那我就告诉太阳，告诉月亮，你要记得接收。"

　　唐错愣了一下，马上笑弯了眼睛。

妈妈

小时候，唐错以为所有的妈妈都是这样的。

不爱笑，不爱说话，有时候还会用很可怕的眼神看着孩子。唐错说不清那眼神里有什么样的情感，好像是讨厌，好像是恨，以及很偶尔地，会出现一次喜欢。

唐错以前不明白，为什么他尽量很乖了，妈妈却还是讨厌他。

妈妈没跟别人说过她的名字，村子里的人都叫她"金子"，唐错便以为这就是妈妈的名字。直到有一天，来支教的老师教他们写了自己的名字以后，他跑去跟妈妈说想给她写一个名字，妈妈却在地上写下了另外两个字。

地上的字很漂亮，和支教老师写的一样漂亮。

"这两个字，怎么念？"

"谭秋。"两个字被衔在唇间，配着的，是唐错从未听过的温柔语调。他一下子愣了神，抬头去看妈妈，却见她也在怔怔地看着地上浅浅画下的字。

"谭秋……"唐错蹲在地上，又将这两个字看了一会儿，随后仰头问，"这是妈妈的名字吗？"

"嗯。"妈妈今天好像心情很好，竟然这样好脾气地回答了他的每一个问题。她应了一声，然后说，"不要告诉别人。"

唐错知道，妈妈说的别人，指的是村子里的人。

"好。"唐错扔了小石子，站起身，把手在衣服上蹭干净了，才去牵妈妈的手。他跟着妈妈朝家的方向走了几步，又问，"妈妈，你是不是不喜欢村子里的人？"

据他观察，妈妈不爱理其他人。路上碰见人，妈妈从不会主动和他们打招呼，有时候别人说话，妈妈也像是没听见似的，不应声。

"对，我讨厌他们，"谭秋忽然笑了笑，侧头看着唐错说，"我也讨厌你。"

唐错愣了愣，心里突然疼了一下，像被针扎一样。虽然早就感觉到了，可这样听妈妈直接说出来，还是头一次。他一直觉得，如果是不喜欢的东西，只会越看越讨厌，比如家里那个总是喝酒的男人，唐错就根本不愿意看。所以他不敢再看着妈妈，赶紧低下了头。

这样沉默地走了一段路，唐错还是有些不甘心地晃了晃妈妈的手。

"干什么？"谭秋问。

"我喜欢你。"唐错小声说。

唐错说的是实话，在遇见唐绪之前，他觉得妈妈是这个村子里对他最好的人。爸爸打他，有时候妈妈会把他抱在怀里护着，棍子或皮带落在妈妈的背上、肩头，声音听得人害怕又绝望，但妈妈还是将他抱得很紧。有时候妈妈还会给他找药，家里的药很少，都被妈妈藏了起来。平时他们如果受伤了，轻一点的伤口也都是舍不得用药的，只有疼得厉害了，才会抹一点。

　　其实他那时候也想不明白，为什么妈妈明明讨厌他，却又在保护他。后来他才知道，保护是出于本能，出于善良，讨厌他，则是出于理智，出于她本该有的人格。

　　唐错知道谭秋一直想要逃跑，她有一个小包，就藏在卧室那几块松动的砖后面。就像帮妈妈保守着名字的秘密一样，唐错也帮妈妈保守着这小包的秘密。其实他打心里希望妈妈能够逃跑成功，他不想妈妈像他一样受苦，所以每次她偷偷跑走的时候，他都会在心里祈祷，祈祷她不要被抓回来。可事与愿违，谭秋一次都没有成功过。如果一定要说最接近成功的一次，应该是那个冬天的下午。唐错记得很清楚，那天那个男人早早就出了门，好像是和别人约了喝酒，妈妈在他出门后不久便从墙根拿出了那个小包。唐错站在门边捂着肚子看着她，没说话。

　　跨出那道门之前，谭秋又看了唐错一眼。唐错本来想跟她挥挥手道别，可他心里又有股怎么也掩不掉的恐惧，使得他怎么也做不出动作。

　　"肚子疼？"谭秋忽然问。

　　唐错摇摇头，轻声说："饿。"

谭秋听了，别过了头。她跨出了门槛，可走到院子里，又忽然回了头。

往后的日子，唐错一直在想，如果那天妈妈没回头就好了，或者，如果他没那么诚实，没说那句"饿"也可以。那样的话，妈妈或许真的能做回谭秋。

唐错会游泳，也是妈妈教他的。村子里有一条河，那条河很宽，小时候妈妈会在那里洗衣服，唐错不敢自己在家，所以从记事起，便总是跟着妈妈去河边。大多数时候，他都是蹲在一边，捡一个小石子在地上画画。

有一天妈妈忽然问他，想不想游泳。唐错不知道游泳是什么，但既然妈妈问了，他觉得自己就应该说"想"。

于是，在那个夏天，他真的学会了游泳。但那条河太宽，水流太急，河底下又有纠缠不清的水草，唐错每次都只敢靠着岸边扑腾几下。

妈妈总会望着那条河出神，有一次唐错从水里上了岸，看到妈妈又坐在岸边，望着对岸发呆。他顺着妈妈的目光望过去，对岸看上去和这边没什么两样，甚至更加荒凉，连房子都没有。他扒在岸边，问谭秋："妈妈，你在看什么？"

谭秋看着她，静了一会儿，然后朝着对岸扬了扬头。

"知道那边是什么地方吗？"

唐错摇了摇头。

"是另一个世界。"

谭秋说的话唐错听不懂，他不知道是自己太小了，还是谭秋说的话太深奥。

"你想去看看那边的世界吗？"

唐错揪了两根野草，卷在手里，犹豫之后，他仰头问："那边有什么？"

谭秋很久都没有说话，好半天，她才嗤笑一声，说："不知道，但那边应该没有这些讨厌的人。"

唐错皱着眉头思考了一会儿，问："没有爸爸吗？"

"对，"谭秋说，"没有他。"

对还是小孩子的唐错来说，这个回答已经具备了足够的诱惑力，他点了点头，说："那我想去。"

谭秋静静地看了他一会儿，随后勾了勾嘴角："那就去吧，往江对岸游。"

那浪头有些吓人，唐错迟迟没敢动。

"去啊，"谭秋忽然放轻了声音，似在诱惑，"到了那边，就没人会打你了。"

"那你呢？"唐错有些舍不得，他扯着谭秋的衣角，问，"你跟我一起去吗？"

"你如果过去，我就也过去。"

有了妈妈这句话，唐错好像忽然就鼓起了勇气。他按照妈妈说的，往江心游，可水流越来越急，他的四肢也逐渐没了力气。唐错回头，想要朝谭秋呼救，可回头的一瞬间他便觉得右脚被什么东西缠住了。他一下子失去了平衡，在涌来的浪头里慌张地喊："妈妈！"

　　挣扎间，唐错回过身，望见了在岸上站着的谭秋。破破烂烂的衣服，几缕飘在脸侧的头发，使得她整个人看上去都是悲伤而落寞的。就像是秋风里飘着的落叶，枯黄，安静。

　　唐错就是在那一刻，突然看懂了谭秋的悲伤。他惊慌、无措，死亡的逼近使得他的感官变得异常灵敏，江水拍在他的身上，水草像一个可怕的怪物，要将他拖进这个能够吞噬人体的漩涡。可真正让他绝望的，是谭秋那张毫无生气的脸。她就像是看着一个与她毫无关系的小东西，不带任何感情地旁观他的挣扎与痛苦。

　　"妈妈！"

　　他又喊了几声，和着泪水。

　　视线逐渐变得模糊，在唐错觉得自己快要喘不过气的时候，突然有一只手拽住了他的腿。他感觉到束缚着脚踝的水草被断开，他被一股力量托着，胸腔逃离了那可怕的压力。

　　唐错在谭秋的怀里，像曾经很多次，在那个昏暗的屋子里一样，被她揽在臂弯，护在胸口。

　　"往回游。"谭秋的声音是抖着的，唐错不敢耽搁，求生的本能使得他用尽了全力。可当他借着谭秋的力量上了岸，回头，却看到谭秋已经又被水冲走了一段距离。

"妈妈！"唐错着急地呼喊，喊声也引来了周边的人。他被赶来的人推搡到了一边，一双眼睛紧紧跟着水里那个挣扎的人影。

不知是谁拿来了绳子，唐错看绳子被扔下去，谭秋抓住了绳子。他着急地又朝前凑了一步，又叫了谭秋一声。

"妈妈！"

混乱中，谭秋似乎听到了他的叫声。唐错猝不及防地和她对上了视线，却被那双眼睛里骇人的绝望震惊得闭上了嘴巴。那是死水一般的平静，掺杂其中的，还有浓浓的怨恨。

是的，怨恨。

妈妈恨他。

唐错眼睁睁地看着谭秋松开了原本拉着绳子的手，就像一个慢镜头，宣判故事的结局。他的耳畔轰隆作响，不断盘旋回响的，是在那条小路上，妈妈说过的那句，"我也讨厌你"。

到底是多大的恨意，会让一个人连生的本能都放弃？

谭秋死了。

没有葬礼，没有任何仪式，甚至连她的尸体都没有找到。准确地说，是根本没人去找过。

对村子里的人来说，死的只是一个和他们不大熟的人，可对唐错来说，却是天都塌了下来。他没有回家，就躲在一个草垛里，咬着袖子一直哭到了天黑。天黑了，村子静下来以后，他抽泣着捡了一根小树枝，顺着河往下游走——从前他在河里放过小船，他知道小船会被江水卷到下游去，所以他想，妈妈说不定也在下游。

晚上的河岸没有灯，唐错一边哭一边走，不知道走了多远，忽然踩到了一个不大深的坑里。他跌了一跤，明明和那些曾经打在身上的痛相比只是微不足道的疼，却像是一下子把他心里的恐惧和委屈都摔了出来。

他把小树枝扔了，坐在岸边，一直哭到没了力气。

江水在这会儿忽然平静下来，也或许只是天色暗了，他看不见了其中的汹涌。水面像是一个幻境，那里面好像有一个唐错看不到，也摸不到的世界。唐错望着水面，忽然想，如果跳下去，去找妈妈，是不是就不会那么痛苦了？

他爬起来，站到河岸的边缘，脚底下搓动的碎土块滚到江里，沉沉入水。他的脚下晃了晃，冷不防地，被夜风吹得打了个寒战。

不对，唐错忽然反应过来，慌忙后退了几步。他想，他不能去找妈妈，妈妈好不容易摆脱他，他不能再去找她了。

没有人等我

"马上就要高三了，我给大家发一张小纸条，大家把心里的目标、志愿，写在上面，我们贴在墙上。"

班主任把手里的小纸条分给每一列的第一个人，大家依次往后传阅。

唐错将那张小纸条捏在手里，盯着空白的页面发呆。

同桌戳了戳他，笑着问："干吗？你是打算 A 大啊，还是 B 大？"

唐错捡起桌上的笔，在纸条上写了三个字。他写得很慢，一笔一画，似是非常郑重。同桌好奇地凑过来一看，惊诧地抬头："理工大？"

这一声，引得前桌也转过头来。

"理工大？"前桌狐疑地皱着眉，"错错你别闹了，虽然理工大也很好，但你这成绩明显应该 A 大啊！"

唐错却摇摇头，笑着把那张纸条放在了桌角，等着老师来收。

他还在不紧不慢转着笔，看着书，可谁也不知道，他的心跳得有多快。好像仅仅是在纸上写下这几个字，都使他慌得手发抖。

班主任走到了他的课桌旁边，看到那纸条上写的字，沉吟几秒后，问他："最近感觉怎么样？压力大不大？"

裹着校服的清瘦少年摇了摇头："不大。"

"嗯，"班主任点了点头，"你的成绩其实一直挺稳的，其实……可以考虑一下更好的学校。不过这些都是后话了，让大家写志愿也只是想着激励一下大家，到报志愿前，都是可以改的。"

唐错没说话，也没反驳老师。

早饭的时间，班主任已经把大家的志愿纸条贴到了教室的墙上，唐错没去吃饭，而是趴在桌上想补会儿觉。也不知道是不是因为刚刚写下了"理工大"三个字，那些埋藏于心底的记忆又涌到梦中。那张多年未见的脸在梦里依旧清晰，唐错看到了那个他们曾一起生活过的房子，阳光从窗户照进来，他坐在沙发上，唐绪将一杯煮好的奶茶递给他，脸上是纵容的笑。

这明明是个美梦，唐错却被同桌晃醒。

"错，醒醒。"

唐错在臂弯里睁开眼，模模糊糊的视野里，逐渐出现了同桌眉头紧皱的脸。

"又做噩梦了？"

唐错在心里否认，同桌却用手指指了指眼睛，说："你哭了。"

唐错忙用手去摸，果然，眼角是有泪的。

"没事吧你？"

唐错借着校服袖子把眼泪蹭了，抿着唇摇了摇头。

"我出去透透气。"

从教室出来，他一个人去了教学楼的顶楼。那里有个小窗户，按理说应该是关着的。但很久以前，唐错有一次在那里打扫卫生时，发现那个窗户护栏被破坏过，是可以打开的。从那以后，心里实在难过的时候，他会偷偷跑到天台上吹吹风。

冬天的早上，风很冷。唐错找了个避风的墙角，靠着墙坐下来，从兜里摸出手机，第无数次打开了那个邮件的界面。

现在比以前发达了很多，那时候唐绪教他发邮件的时候，还只能在电脑上操作。后来，便有了智能手机。可再发达的科技也修复不了已经断联的关系，石沉大海的邮件，也不过是数据库里一行行冰冷的数据。

"今天老师发了个小纸条，让我们写高考志愿。我写了，可大家好像都觉得很奇怪。我也不知道我是不是真的写错了，可我实在想不到其他的。我想……"

最后这一句话，唐错编辑了几次，又都一字一字地删去。光标不住往前，最终，所有有关自己的独白都被删去，一封邮件只留了开头那短短的一句话。

把邮件发了，唐错盯着那个"已发送"的界面看了好一会儿，又退回到菜单栏，点开了只有一些垃圾邮件的收件箱。他不住地用手指朝下滑着屏幕，一遍又一遍地刷新收件的界面。

窗户在这时被打开，唐错从墙后探身，看到来的是班上的一个女生，名叫卢瑶。

"错神，你真的在这儿。"

卢瑶从窗台上跳下来，拍了拍手里的土。

"怎么了？"唐错把手机收了，用胳膊撑着地面起了身，站到栏杆前。

"也没什么事……就是……来谢谢你。"

唐错略微愣了一下，随即很快说："不用谢我。"

"怎么不用？"卢瑶快走了两步，到了唐错身边，与他并排站着，"要不是你放弃保送名额，怎么会轮到我？不过，错神，我其实不太明白，你为什么不要保送啊？"

高考可不是小事情，一个保送名额，意味着能够稳妥地去到一所顶尖的学校。卢瑶到现在都记得，自己在听到老师说唐错放弃了保送名额时有多吃惊。这对她来说无异于是天上掉馅饼，可她又实在不明白，唐错怎么会做这么个馅饼出来。

"我……"踟蹰几秒，唐错轻轻笑了，"不符合要求。"

似是听到了什么了不得的笑话，卢瑶一下子笑了起来："你还不符合？你那成绩都让第二名怀疑人生了。"

谁不知道他们年级有个叫"唐错"的大神，不论老师怎么考，试卷题目难还是易，他永远稳居理科第一，而且甩开第二名二十分以上。

甚至还有人开玩笑说，唐错卷子上唯一的"错"，就在姓名栏里。

"也不能光看成绩吧，"唐错望着楼底，低声说，"保送，不是要德智体美劳都要合格吗？"

"啊？"卢瑶反应了一下，很快笑说，"现在不就是看成绩吗？再说了，就算是德智体美劳，你也都符合啊！"

平时乐于助人，谁来问题都耐心讲解，别人不爱打扫教室的卫生，唐错却经常主动扫地、拖地。卢瑶这样想着，更奇怪了："你是觉得你体育不好吗？别闹了，这种保送，没人看体育成绩，再说你体育也没有很差啊！"

唐错勾了勾嘴角，摇头："不是体育。"

"那是什么？"

唐错没有继续回答卢瑶的问题，而是说："你拿保送挺合适的。"

"这倒是，"卢瑶皱皱眉，"我心态没那么稳，考试发挥不稳定，模考这几次虽然还行，但我真怕高考考崩。哇……想想我如果真的考崩了，没考上 B 大，我会哭死。"

女孩子描述得有些夸张，配上活泼的语气，不免逗得唐错有些想笑。

他侧头，问："考 B 大那么重要？"

"嗯，"卢瑶眨眨眼，压低声音说，"因为和人约好了，他去年已经考过去了，就等我了。"

"啊，"唐错点点头，"那挺好的。"

唐错说完这话便忽然沉默了下去，卢瑶偏头看着这个永远考第一的男生，忽然觉得，他似乎有些……忧伤。

"有人等，是什么感觉？"

天台上忽然响起这样一声，使得卢瑶一开始都没反应过来，这是唐错在说话。

她愣在那儿看着唐错，唐错也不急，就扭着头与她对视，静静地等着她的答案。

"有人等……"卢瑶喃喃地念了一句，想了半天以后，她舒了一口气，"就是……有点着急，有点迫不及待，会憋着一股劲儿努力，也会偶尔瞎想，担心自己到时候考不好，战战兢兢的。"

说到这儿，卢瑶的好奇心又探出了头。

"错神，我看了贴在墙上的志愿。我能问问，你为什么想去理工大吗？"卢瑶小声试探，"也有人……在等你吗？"

天台下，是来来往往赶着吃饭、赶着回班级的学生。在唐错的眼里，人群总是一簇一簇的，像群居的羔羊，像流淌的水流。

很奇怪，这个天台总能让唐错想起那晚的江。那时深不见底的江水一直留在他的脑海里，黑暗无边的夜也从未被他忘记。每次他站在这儿，好像都能体会到与那晚一样的恍惚与迷茫，他的体内还会涌出一种和那晚一样的冲动。唐错会突然有些精神错乱地想，江水到底是流到哪里的，如果他纵身跳下，是不是……也能获得解脱？

多年过去，他好像终于明白了妈妈口中的另一个世界是哪里——那条江水流湍急，人根本游不到对岸。

唐错平静地望着楼下，摇了摇头："没有人等我。"

番外四

或许，思行在等你

陆成蔚已经将车在路边停了好一会儿，车里的歌都循环播放了一个遍，坐在副驾驶的人却一直一动不动，看着操场上那一群正在踢球的小学生。陆成蔚顺着唐绪的目光望过去，视线落在一个瘦瘦的男生身上。

"我说，你看看你这一脸严肃的样，你不行就下去跟思行说句话吧，再不去人家等会儿都要下课了。"

唐绪沉默片刻，苦笑着摇了摇头："算了。"

他降下车窗，给自己点了一根烟。

"真有意思，你这回来两天，来这儿两趟，还不敢下车。"陆成蔚是知道唐绪这一年过得如何的，眼瞧着他一下子比之前瘦了不少，陆成蔚忍不住说，"当初我就说你这么贸然把一个小孩儿带出来会有不少麻烦，你看看现在，你自己的计划全被打乱了。"

"你知道什么……"唐绪没有继续反驳。事实上，唐错家里的情况，除了自己爷爷，唐绪便谁都没说过了。所以陆成蔚这帮好友只知道唐错这小孩儿以前过得挺苦，却不知道到底有多苦。

"行，我不知道，我就知道，明明你是出于好心，现在倒像是两头都欠了一样。时兮那儿你得陪着，思行这你又不放心，我看你纯粹是给自己找罪受。"

操场上，唐错正带着球奔跑。小孩儿穿着一身崭新的运动衣，脚上是一双白色的球鞋，刷得很干净。

挺好。唐绪心里想，起码比跟着他的时候，穿得整齐干净多了。他自己就不爱洗衣服，平时衣服都是直接丢进洗衣机，但小孩儿的衣服总有些洗衣机洗不掉的顽固污垢，所以先前经常能看见唐错的衣服上有残留的油点子、不知从哪儿蹭的墨水。唐绪不得不耐下心来手洗，有时候实在洗着烦了，便想着索性扔了，给唐错买件新的。可唐错不让，他伸出一只小手将自己的衣服扯过来，然后在洗手池里慢慢搓洗。

"这衣服还好好的呢，干吗要扔啊？"小孩儿皱着眉头，责怪唐绪浪费，唐绪侧倚着墙壁，看着认真干活的人笑。

回忆起往事，唐绪的嘴边不自主地带了点笑。

正这么想着，操场上原本在跑着的人忽然被人绊了一脚。唐错摔到了地上，重重一下，唐绪似乎都能看到那周围被他扑开的青草，在轻轻颤动。

"哎。"唐绪一个恍惚，在大脑反应过来之前，已经伸手打开了车门，一条腿迈了出去。

"怎么了？"

被陆成蔚的询问拉回了神志，唐绪停住了动作。

就在他犹豫的这很短的时间里，操场上的小孩儿已经自己爬了起来。唐错低头，拍了拍膝盖和手肘。许是因为刚才摔倒时用胳膊支撑了一下，他的胳膊上擦出了伤口，一道红红的印子，格外显眼。

"伤着了。"唐绪皱着眉说。

陆成蔚扭头看了一眼："你这眼神够好的啊！"

不知是不是有什么心电感应，站在球场中央的人忽然抬头，朝汽车停靠的方向望了过来。

体育老师注意到唐错的摔倒，此时也已经跑到了他身边。

"唐错，怎么样？摔到哪里了？"

唐错把胳膊递给老师看，轻声说："没关系，破了一点皮。"

体育老师还是有些紧张，毕竟现在的父母都将孩子宝贝得紧："走，我带你去医务室处理一下。"

唐错没动，这点伤对他来说其实不算什么，以前早就习惯了，现在偶尔磕了碰了，他都感觉不到疼。他没跟着体育老师走，而是仍旧静静地立在那儿，望着路边停着的那辆车。

体育老师奇怪，问他在看什么。

"那辆车……"唐错抬头，跟老师说，"昨天也停在那里。"

"嗯？"体育老师微微弓着身，听清唐错声音不大的话之后，朝路边瞧了一眼，"是吗？"

306

"嗯，"唐错点点头，说，"昨天也有烟从车窗里冒出来。"

"这么注意观察呢啊？"体育老师笑着撸了把唐错的脑袋，"走，先去医务室。"

这动作太熟悉，引得唐错一下子抬头看他。

"怎么了？"

唐错摇摇头，跟着体育老师朝前走了几步后，忽然说："我有个哥哥，也总是这样弄我的脑袋。"

"是吗？亲哥哥？"

"不是……"唐错回头，又朝那辆车望了一眼。随后他敛下眼皮，小声说，"他也爱抽烟。"

唐绪重新关上了车门，陆成蔚却看着操场上并肩而行的师生，若有所思。

唐绪把一根烟抽完，在车内的小烟灰缸内摁灭，揉了揉眉心："走吧，老师应该是带他处理伤口去了。"

陆成蔚发动了车子，却在起步前，忽然叫了唐绪一声。

唐绪循声看过来："嗯？"

陆成蔚又朝车窗外望了一眼，原本已经在朝操场外走的思行又回了一次头，陆成蔚有些分不清他是否在看着他们的方向。

"你有没有想过，或许，思行在等你？"

陆成蔚叹了口气，他也没养过孩子，也不知道唐绪送走思行的时候，那个小孩儿到底是什么样的，只是将心中的猜测说了出来："可能，他在等你去看他。"

去看他？

没人说话，车内安静了很久。

寂静中，唐绪叹了口气："很快又要走，我怕……又惹他哭。"

那日把唐错送走时，唐错哭得过于撕心裂肺，以至于唐绪之后很久都还能梦到那个晚上。夜晚的风吹得眼泪在唐错的脸上四处飘散，泪痕像是写满了控诉和祈求的书信，看得唐绪心疼又无措。现在回想起来，他以前从没见唐错哭成那个样子过，哪怕是小时候在村子里被那个酒鬼男人打，唐错都没流过那么多眼泪。

唐绪闭了闭眼，将头朝后靠，试图缓解心里那股隐隐的疼痛。

他心里清楚，他无法一直陪伴唐错，唐错需要时间去习惯一个正常的家庭，也总要自己长大。

"走吧，看得出来，新爸妈对他很好。"说完这话，唐绪像是寻求认同般，问陆成蔚，"对吧？"

"嗯。"陆成蔚没想到一向很有主见的人会这样问，扯着嘴角笑，"那身运动衣，可不便宜呢。只不过，你确定真的不要去跟小思行说句话？你这一走，可不知道又要什么时候才能回来。"

唐绪侧头，看到那个瘦瘦的人影正在阳光下远去。他比离开自己时长高了许多。

"那就……"

隔着这很长的距离，唐绪轻声开口。

"希望思行，健康、快乐地长大。"

去看看更广袤的世界，去体会美丽的人生。

图书在版编目（CIP）数据

思绪万千 / 高台树色著 . -- 上海：上海文化出版
社，2023.1
ISBN 978-7-5535-2650-8

Ⅰ . ①思… Ⅱ . ①高… Ⅲ . ①长篇小说－中国－当代
Ⅳ . ① I247.5

中国版本图书馆 CIP 数据核字（2022）第 228863 号

出 版 人：姜逸青
责任编辑：顾杏娣
监　　制：邢越超
策划编辑：柚小皮
营销编辑：文刀刀　周　茜
版式设计：李　洁
封面设计：有点态度设计工作室
插图绘制：猫　尽　张大浦　宥
内文排版：百朗文化

书　　名：思绪万千
作　　者：高台树色
出　　版：上海世纪出版集团　上海文化出版社
地　　址：上海市闵行区号景路 159 弄 A 座 3 楼　201101
发　　行：中南博集天卷文化传媒有限公司
印　　刷：三河市鑫金马印装有限公司
开　　本：640mm×915mm　1/16
印　　张：20
字　　数：218 千字
印　　次：2023 年 1 月第一版　2023 年 1 月第一次印刷
书　　号：ISBN 978-7-5535-2650-8/I.1025
定　　价：52.00 元

如发现印装质量问题，影响阅读，请联系 010-59096394 调换。